THE
MIDDLE
EAST

刘茁野 著

中东纪事

北京联合出版公司
Beijing United Publishing Co.,Ltd

图书在版编目（CIP）数据

中东纪事 / 刘苗野著 . -- 北京：北京联合出版公司，2017.7
ISBN 978-7-5596-0034-9

Ⅰ. ①中… Ⅱ. ①刘… Ⅲ. ①纪实文学 – 作品集 – 中国 – 当代
Ⅳ. ① I25

中国版本图书馆 CIP 数据核字（2017）第 157124 号

Copyright © 2017 by Beijing United Publishing Co., Ltd. All rights reserved.
本作品版权由北京联合出版有限责任公司所有

中东纪事

作　　者：刘苗野
出版监制：刘　凯　马春华
责任编辑：刘　凯　闻　静
装帧设计：聯合書莊　bjlhcb@sina.com
封面设计：奇文云海

北京联合出版公司出版
（北京市西城区德外大街83号楼9层　100088）
北京联合天畅发行公司发行
北京京都六环印刷厂印刷　新华书店经销
字数222千字　710毫米×1000毫米　1/16　19印张
2017年8月第1版　2017年8月第1次印刷
ISBN 978-7-5596-0034-9
定价：49.80元

版权所有，侵权必究
未经许可，不得以任何方式复制或抄袭本书部分或全部内容
本书若有质量问题，请与本公司图书销售中心联系调换。电话：（010）64243832

序　言

2016 年 3 月,当我坐在电脑前,准备记录一些当年在中东地区工作的经历和感触时,人却身在美国,在位于芝加哥市中心的寓所。而这时候,我作为中央电视台的一名驻外记者,在美国已经工作了五年整。

这是我在国外工作的第二个五年。20 世纪末的 1999 年,我和同事梁玉珍老大姐一起,作为央视驻外记者来到了埃及,建立起央视在中东地区的第一个记者站——开罗站,并一直工作到 2004 年年初。

此时,早春三月的芝加哥,乍暖还寒,窗外的残雪随处可见。不远处,烟波浩渺、一望无际的密歇根湖开始解冻。夕阳下,鳞次栉比的摩天大楼在街道上投下长长的影子。透过紧闭的窗子,都市的喧嚣声声入耳。

望着窗外的景色,我的心绪悠然又回到了十几年前的中东,那个我曾经工作和生活过五年多的地方。此刻的开罗应该是旭日初升吧，办公室楼下静静流淌的尼罗河又该是波光粼粼、船帆点点了。凭窗远眺，那座历经5000年历史的金字塔，不知道又要第多少次迎来日出朝霞。飘进窗子的，应该是清真寺大喇叭送来的高昂的宣礼声了。而此刻，在巴格达，在耶路撒冷，在贝鲁特，在大马士革，那些我曾经去过的地方，那里的老朋友们，还有那里从未谋面的人们，还都安好吗？

真没想到，经过了这么多年，那个遥远如天边的地方，那段像梦一样经历过的五年，竟然还是这样清晰地刻在脑海里，这样的刻骨铭心，甚至超过了在美国同样的五年工作生活。也许是因为那里的人民太过淳朴，也许是因为那里发生的许多事情太富有冲击力了！

伊拉克战争，巴以冲突，自杀式爆炸，定点清除，核危机，空难，地震……
耶路撒冷，加沙地带，巴格达，大马士革，贝鲁特……
卡扎菲，阿拉法特，沙龙，佩雷斯，穆巴拉克……

五年多的时间，作为中央电视台驻中东地区的记者，我和我的同事报道了这些事，去了这些地方，见到了这些人。

当我结束在中东地区的工作，转道法国回国时，曾经很有感触地对到机场接我的朋友说，在巴黎可真舒服啊，朋友笑笑说：此言何来？你不是才下飞机一个多小时吗？

是啊，一个多小时的印象已经足以令我在心理上感受到冲击。巴黎街头，灯红酒绿，车水马龙，绿树成荫，见不到端枪的士兵盘查行人，见不到装甲车隆隆驶过，更没有街垒旁的浓烟和燃烧的大火。这对我来讲，相比那些在中东地区早已习惯的景象，反差实在是足够大了。

前不久读到阿拉法特夫人苏哈的回忆录，她在写到离开巴勒斯坦来到巴黎生活的感受时，竟然也有这样几句话："在这里我有一种奇怪的自由感……我最先发现的是，大街小巷没有军队，因为我习以为常的是，天天目睹荷枪实弹的士兵站在十字路口……"看来，不仅仅是我，很多人在中东地区生活工作过一段时间以后，都会产生一种全新的感受。和平与自由，对于生活在这个地区的人们来说，竟是这样的新鲜，这样的出乎意料。

长久以来，阿拉伯人和犹太人的恩恩怨怨，阿拉伯国家和以色列的冲突，使整个中东地区动荡不安，而巴勒斯坦和以色列的争端又是其中的核心所在。一些大国在这里的角逐更让这里以及整个世界不得安宁。在这里，和谈天天在进行，却依旧冲突不断、流血不断，自杀式爆炸事件的出现几乎成了家常便饭。

中东让很多人望而却步，敬而远之，却成为全世界新闻记者趋之若鹜的地方。因此，当中央电视台提出要打造世界级大台，开始在世界范围内设立驻外记者站的时候，这里自然而然地成了排兵布阵的重要地区。

1999年，作为较早设立的驻外记者站之一，我们在埃及首都开罗扎了根。当时在中东地区，开罗还算得上是个相对平静的地方。我们虽然身在开罗，但关注的热点始终没有离开周边那些新闻不断的热点地区，五年多的驻外生涯，我们就是在这些地方跑来跑去，用最快的速度把各个地方发生的事情尽快告诉国内的观众。

现在，中央电视台已经陆续在非洲、西亚地区设立了十余个记者站，而那些年，开罗是中央电视台在整个中东和非洲唯一设立记者站的地方，我们也因此兼顾了整个非洲地区重要新闻的报道任务，报道范围覆盖了东起伊朗，西到摩洛哥、突尼斯，北到土耳其的广大地区，而向南则包括了整个非洲大陆，直到数千公里之外的津巴布韦、南非。地方广，热点多，那五年，既是蛮辛苦的五年，也是蛮有收获的五年，更是工作生活中充满刺激的五年，让人留恋，难以忘怀。所以，我一直想写出来一些文字，和大家分享那些难忘的日子，难忘的经历，告诉大家那几年我在中东动荡世界里的真实感受。

目 录

第一章
001 **中东：阿拉伯国家的战争与和平**
004 申办以色列签证的奇特经历
008 开罗机场的特殊安检程序
011 热点中东的前世今生
013 沙姆沙伊赫：中东和会上克林顿疲惫不堪
019 屡经战火洗礼的苏伊士运河
025 危机中的阿拉伯国家联盟

第二章
029 **埃及：悠久的历史，独特的文化**
029 金字塔和木乃伊
036 绿洲里过宰牲节
039 埃及的斋月和中国的灯
041 开罗街头的椰枣摊
045 撒哈拉沙漠中的贝都因人

第三章
051 **和平：以色列和巴勒斯坦人民的共同渴望**
051 初识以色列
056 首次经历枪击和爆炸
060 杯弓蛇影，草木皆兵

- 065　世道乱生意难
- 068　门可罗雀的死海度假地
- 069　重兵围困下的杰宁
- 075　艰难的归家之路

第四章
079　**巴以地区的领袖们**

- 079　拉宾：与战争相伴，为和平而死
- 085　专访以色列总统卡察夫
- 089　采访巴勒斯坦传奇人物阿拉法特
- 095　以色列政坛元老西蒙·佩雷斯
- 097　强硬派人物：沙龙

第五章
103　**巴勒斯坦的那些人和事**

- 103　戒备森严的关卡
- 107　拉马拉印象
- 111　巴勒斯坦：和平遥远，建国不易
- 114　生死一念间
- 119　加沙地带的苦难生活
- 127　被士兵的平静震撼
- 128　走出加沙

第六章
133　**黎巴嫩：历经劫难的弱小国家**

- 136　路边的野花不能采
- 140　以军撤离后的南黎巴嫩
- 141　黎以边境上的枪声

143	贝鲁特巴勒斯坦难民营见闻
147	难民哈迪亚老人

第七章
151　萨达姆时代的伊拉克：一个强国的没落

151	神龙见首不见尾
158	国际制裁下的伊拉克
165	导弹来袭，防空洞成炼狱
167	开着奔驰领救济

第八章
171　约旦：笼罩在战争的阴云下

171	为伊拉克战争报道做准备
176	大战将至，约旦左右为难
179	边陲小镇的生意经
184	救援物资堆积如山
186	激战前夜，中国记者撤离巴格达

第九章
191　受战火殃及的约旦

191	边境上的难民营
199	伊拉克人战火中返乡
202	四位留学生在轰炸中丧生
203	导弹来袭，记者殉职
206	中国记者遇险
208	失踪的外国记者

第十章
215　**利比亚：贝都因之子卡扎菲**

- 215　卡扎菲时代的利比亚
- 219　当了一回卡扎菲请的客人
- 222　卡扎菲的"社会主义"和《绿皮书》
- 225　难逃厄运
- 229　神秘的阿齐齐亚兵营
- 234　贝都因人的儿子
- 236　女保镖

第十一章
243　**阿尔及利亚：地震袭来，同胞罹难**

- 245　大使相助记者紧急出动
- 246　中国救援队不负众望
- 250　找寻罹难的同胞
- 252　三十秒生死体验
- 253　危机中的中国大使馆
- 255　归国专机遭遇尴尬

第十二章
257　**土耳其：连遭强震**

第十三章
267　**叙利亚：一个古老国度的前世今生**

- 269　沙漠遇险，叙利亚司机出手相助
- 272　新总统临危受命
- 274　千年古城大马士革
- 276　战略重地戈兰高地

第十四章
- **283 巴林：海湾小国突遇灾难**
- 284 空中客车坠毁麦纳麦
- 287 遇难者家属悲痛欲绝
- 290 与遇难同胞的最后告别

第一章

中东：阿拉伯国家的战争与和平

多年前的一天，我所在的中央电视台新闻部的领导对我说，作为一个世界级的电视台，中央电视台准备在国际新闻报道方面有更大的作为，因此计划在国际上的几个热点地区设立记者站，用我们自己的视角，快速、翔实地报道发生在那里的新闻事件。作为规划的一部分，计划在埃及首都开罗设立在中东地区的第一个记者站，报道中东地区的热点事件，关注与中东和平进程有关的重要新闻。领导问我是否有意愿去开罗建立记者站，并在那里从事一段时间的新闻报道工作。

正合我意。在大学里，我学习的专业就是国际政治，一直对中东地区发生的事情很感兴趣、很关注，就连毕业论文都是关于中东教派冲突的。于是一口答应。

1999年9月，我和首席记者梁玉珍大姐一起，抵达开罗。中央电视台驻开罗记者站从此开始不断发回发生在西亚、北非这片神奇、广袤而又冲突不断的土地上的电视新闻。

中央电视台在中东地区的第一个记者站设立在埃及首都开罗，主要是因为埃及在中东事务，尤其是中东和平进程中起着决定性的作用。埃及有着七千万的人口，一百万平方公里的土地，是阿拉伯世界的政治文化中心，公认的阿拉伯盟主，在

埃及是阿拉伯国家联盟所在地。图为阿盟秘书长穆萨就巴以冲突问题在开罗总部接受中国中央电视台采访

在西奈半岛，不时可见战争中被摧毁的坦克

苏伊士运河是亚非两大洲的分界线,也经常成为战与和的临界点

苏伊士运河岸边残存的巴列夫防线确实能给人带来坚不可摧的感觉

第一章
中东:阿拉伯国家的战争与和平

几次阿拉伯国家与以色列的冲突中，都起着关键性的作用。在某种程度上可以说，埃及决定着中东的战争与和平，决定着中东和平进程的走势。

正是因为埃及所处的重要位置，长久以来，美国一直十分重视与埃及发展双边关系，在开罗设立了美国最大规模的驻外使馆。那些年，美国对埃及的军事和经济援助也是美国最大的外援项目之一。而历史上，美国和当时的另一个超级大国苏联在这里的争夺也是相当激烈，他们争夺的不仅仅是对埃及一个国家的控制权，而是在整个中东地区的话语权。

以色列也把埃及视作生死攸关的对手，在密切关注、严加防范埃及一举一动的同时，努力改善与埃及的关系，争取化干戈为玉帛。以色列人经常会说，在中东，没有埃及就没有战争，离开埃及就不会有和平。1979年以色列终于与埃及签署了和平条约，阿拉伯世界与以色列的关系开始了一个新篇章，中东和平进程开始了一个新阶段。关注中东，自然要关注埃及。

但我们在开罗设立记者站，除了要报道在埃及发生的大事小事，更多的是把这里作为一个大本营，关注周边地区所有国家发生的热点事件。在这里，有巴勒斯坦与以色列的冲突，有整个阿拉伯世界与以色列的敌对，还有不少国家每天都在上演的教派与民族冲突、领土纠纷，以及一些大国在这里的角逐争夺和博弈。这里发生的事情，关系着各国的政治利益、经济利益，关系着全球的安全事务，牵动着全世界的神经。

回顾我在开罗记者站那几年向国内发回的报道，最常用的主题词应该首推爆炸、冲突，而十多年后的今天，这里新闻报道的主题词依然如故。其实，又何止这十几年呢，在过去六七十年，甚至更久远的时间里，流血与冲突一直与这块土地相伴。每次来到这里，我都会在心中暗想，这样的日子，当地的百姓到底要到什么时候才算过到头呢？或者说，他们能有希望过上平静的生活吗？

申办以色列签证的奇特经历

应该说，我们驻开罗记者站工作正式展开，是从申办以色列签证开始的。大多数阿拉伯国家至今还与以色列处于敌对甚至是交战状态，只有埃及和约旦是例外，这两个国家和以色列先后建立了外交关系。要往返以色列和众多阿拉伯国家进行采访，开罗是个最好的选择，因为从地理上看，埃及与以色列接壤，又位于阿拉伯世界的中心地带；从政治和外交上讲，几十年来埃及都是阿拉伯世界当之无愧的领头羊，有关中东问题的国际谈判、阿拉伯国家首脑的交流，开罗自然是首选之地。

中东问题的核心是巴以冲突，我们关注的重点无疑也在巴以地区。因此，来到开罗后，立足未稳，我们就开始筹划着去办理以色列签证。我知道，去那里的次数肯定少不了，决不能等到有事情发生了再去办签证，一定要未雨绸缪，因为那里或迟或早，注定会发生些什么，这似乎就像老天迟早会下雨一样顺理成章。那时我们的记者站甚至还没有自己的房子，我们初来乍到，还都暂住在旅馆中，办公室用房尚在找寻中，但毫无疑问，办理以色列的签证是当务之急。

申办以色列的签证有可能会比较麻烦，对此我们早有心理准备。既然是相互仇视、互存戒心的国家，在埃及办理以色列的签证应该不太容易。事后证明我们的这个判断是正确的，但出乎我们意料的是，找到以色列驻开罗使馆竟然也费了相当的一番周折。按照我们通常的理解，使馆都是独立的建筑，大国的使馆是栋宏伟的建筑，小国的使馆好歹也有栋别墅，至少要在当地地标性的大楼里租几间办公室，房顶上必然有自家的国旗迎风招展。

但以色列驻开罗使馆不是这样。

去之前，我们被告知，使馆就在尼罗河边上的一栋大楼里，过了横跨尼罗河的大桥，使馆也就到了。我们虽然是初来乍到，但对尼罗河上面的这座大桥还是清楚的，于是信心十足地"杀"了过去。

没想到的是，我们围绕着尼罗河大桥转了三圈，找遍了周围几乎所有可能会用作使馆的地方，都始终没有发现以色列使馆。当我们经过一路打探、历经千辛万苦，最终踏进使馆时，都禁不住脱口而出："怎么会是这里呢？"

埃及是首个与以色列建立外交关系的阿拉伯国家。但是外交关系的建立并不意味着这两个在短短30多年里就经历了4次战争的国家从此新仇旧恨一笔勾销、相逢一笑泯恩仇了，尤其是要让普通百姓在心里接受对方显然不是件容易的事情。当时的埃及总统萨达特虽然通过埃以建交迎来了和平，迎来了经济发展的空间，但是也引起了极端分子的仇视，不久他就遭到了暗杀。所以才有阿拉法特说过的话：正如战争是一种冒险一样，和平也同样是挑战和冒险。

以色列十分清楚自己所处的环境，因此在设立使馆的时候他们有自己独到的设想：不租大厦，更不盖自己的大楼，偏偏一头钻进了普通百姓的居民楼，租用了民房，而且楼层要在中间位置。因为这样的话，使馆遭到炸弹袭击的可能性自然就大大减少了。据说这难坏了当初来建立使馆的以色列先遣人员，因为心理上的隔阂让很多埃及房主不愿意把房子租给他们。

以色列的国旗就飘扬在这座居民楼的楼顶上，但位置隐蔽，很不起眼，很难被来往的人们看到，真不知道这样做是出于疏忽还是有意而为。使馆的设立在一定程度上会给大楼里其他住户的生活带来不便。因为大楼四周军警密布，大楼所在的小巷口修建了岗楼，停放着装甲车，架设着机枪，旁边是吐着舌头的警犬。往来的陌生人都要接受盘查，进入楼内还要经过一道安全门的探测，然后打开背包，接受安全人员的严格检查。大楼里有一部电梯是专门通往楼上的以色列使馆的，其他居民不得使用。

经过各种盘查后，我们终于进入大楼上了有专人操控的电梯。出了电梯，还不能立即见到以色列签证官的真容，一道"防盗门"

就紧闭在你面前。有人在里面通过摄像头在审查你，你却看不到对方，只能通过话筒回答问题，然后"防盗门"打开，又是一道类似机场安检用的安全门。楼下是埃及的安全保卫人员负责安检，在这里则是以色列人自己负责动手，检查每一个来访者。安全门后面，终于看到了一位以色列人，那人个头不高，却壮得像头牛，胳膊粗壮，胸肌发达，无疑他就是使馆的安全人员。经过安全门的探测，这位安全人员还要再对你来一番细致的检查，他捏了捏我的衣兜，又拆开了我随身携带的圆珠笔，然后示意我，可以进入到里面的签证窗口了。过了这一关后，终于见到了坐在防弹玻璃后面的以色列签证官。这时，我有了一种过五关斩六将的感觉。在十多年的记者生涯中，我曾经多次出国采访，但这种办理签证的经历还真是第一次。

签证官的态度很友善，我们作为外国记者，手里有中国大使馆给开具的照会，想要取得以色列签证似乎也不难。但他没有急于答应我们的签证请求，而是很有经验地提醒我们：他可以在我的护照上盖上以色列的签证章，但从此我就休想再去周边的阿拉伯国家了，因为作为以色列的敌对国家，有些阿拉伯国家不接受到过以色列的人来自己的国家。这样一来，我们的护照岂不成了埃及—以色列专用了，可我还要去黎巴嫩，去利比亚，去伊朗，去伊拉克……还没有去过以色列，却已经体验到以色列和阿拉伯国家之间紧张敌对的氛围了。两三分钟的对话之后，我们就只好撤退，另做图谋去了。

经过艰苦的努力，我们在两国政府外交部门的帮助下，特事特办，用一本特殊的护照和特殊的签证方法，终于解决了这个难题，据说享受这种待遇的记者以前还从未有过呢。从此，我们许多次往返埃及和以色列，然后又奔赴许多个阿拉伯国家进行采访报道，包括对以色列一直持敌视态度的伊拉克、利比亚，都从未因护照签证问题而遭遇麻烦。

　　签证、护照问题解决了，但这并不意味着我们被阿拉伯世界和以色列方面同时接受了。在后来的几年时间里，因为我们频繁地往返于埃及和以色列之间进行采访报道，埃及安全部门对我们似乎起了一些疑心。当时，我们为图省事，签证办理后通常会在约定的时间里，让雇员去使馆领取我们留在那里的护照。雇员几次去以色列使馆，结果上了埃及方面的黑名单。每次从以色列使馆办事回来，这位雇员都会很委屈地向我们抱怨，他又如何如何地在以色列使馆外被身穿便装、腰里别着武器的埃及警察盘查询问，甚至遭到搜查。按他模仿的动作和语言神态，我们感觉埃及秘密警察的态度还是相当严厉粗暴的，似乎把他当作了以色列的奸细。有一天，我们再一次匆忙赶往以色列采访，这位雇员开车送我们去开罗国际机场。我们在机场入口处下车后，前去停车的雇员好长时间没有过来，而我们还有些东西在车上，差一点耽误了我们登机。当他满头大汗地跑回来后，我们才了解到，原来秘密警察又找了他的麻烦。警察在车边拦住他，打探我们这次又去以色列是要做什么，质问他我们真的是去采访吗？我们真的是记者吗？我们平时都做过哪些报道。盘问之后，警察警告他，不得把他们的会面告诉我们，但是看到我们焦急冒火的样子，诚实的小伙子不知道如何解释这一段时间的去向，只好原原本本地向我们坦白了。他恳请我们千万不要声张出去，否则不但他的饭碗保不住，而且他全家人的日子都会不好过。

开罗机场的特殊安检程序

　　我们的以色列签证到手不久就派上了用场，因而我们都不由得庆幸自己的先见之明。这将是我们第一次去以色列，这次，我们的任务是报道以色列和巴勒斯坦之间的政权移交。当时，中东和平进程出现了积极的动向，缓和、对话之风吹到了这片数十年来被战争、冲突所困扰的地方。这个过程虽然很短暂，但却更显得弥足珍贵。

2000年3月，为报道以军向巴勒斯坦警察移交约旦河西岸小城图勒凯尔姆的控制权，我们紧急赶往以色列。因为，虽然这次移交的仅仅是一个小城的管理权，但在中东和平进程中，却有着标志性的意义。

从埃及去往以色列主要有三个途径：乘坐飞机到首都特拉维夫的本－古里安机场；或者开车穿越苏伊士运河隧道，进入西奈半岛后经埃及边境城市塔巴，进入以色列地界，然后穿越荒芜的内格夫沙漠，沿约旦河、死海一线直奔耶路撒冷或者特拉维夫；再有就是在西奈半岛穿越加沙地带后进入以色列。几年中这三条路我们都尝试过了，各有便捷之处，也各有麻烦的地方。第一次去，两眼一抹黑，只有选择坐飞机最稳妥。

埃及与以色列虽然建交多年，但两国间的往来并不密切，埃及到以色列的航班也就不多，坐飞机去以色列要有好运气，赶上近期有航班才行。另外，还要有足够的耐心，因为你必须提前三个小时到机场，在那里排队，等待接受以色列安全人员的问话和盘查。

在有航班去往以色列的日子，开罗国际机场就会早早地在登机手续办理柜台的周围拉起警戒线，开辟出一片特定的安检区域。警戒线外，等待登机的乘客排成大队，警戒线内，摆着几张小圆桌，每张圆桌后面都站着两个人，他们会对每一位来到面前的人进行盘查，告诉你：我们是以色列安全人员，为了飞行安全，对你提几个问题，我们的问题有时候可能触及你的隐私，请不要介意，如实回答，如此这般。相识的同行者会被分配到不同的桌子前接受询问，并回答相同的问题，随后安全人员会碰个头，把两个人的回答进行比照，看是否真实，是否有出入。如果发现有破绽，这次旅行估计就不得不取消了。每次安全人员的问话时间都挺长，经常会把被问者问得有些不耐烦。如果是单人出行，他们会用车轱辘话反复问你，绕着弯子问相似的问题，并试图从你的回答中找出前后不一致的地方。经常会有乘客被他们的问题激怒，而安保人员却显得司空见惯，无动于衷。他们唯一要做的，就是确信你没有威胁。这一次，我被问到：那个与你同行的女士不是你家里人，为什么你们说是从同一个房间里出发的。我本来就有些不耐烦了，这个问题更激怒了我，于是态度恶劣地告诉他：这是一个愚蠢人问的愚蠢问题。很简单，我们是同事，从办公室一起出发的。他并不在意地说，谢谢，我明白了。然后他开始提出下一个问题。

这样的安检和盘问过程是一种特殊的待遇，只有前往以色列的乘客才能有机会享受得到这样的"厚爱"。最后，当你的行李接受过以色列安全人员的检查之后，当你回答了所有刁钻的问题并获得通过之后，才获准前往柜台，办理登机手续。然后，你还要通过安全门，接受埃及机场安全人员对你和行李的再次检查。整个过程前后要持续两三个小时，尤其是我们通常携带的行李和采访设备比较多，有时候还携带有防弹衣、头盔等防护设备，往往会接受更严格的检查和回答更多的问题。因此我们很怵乘飞机前往以色列，只要是时间允许，我们宁可辛苦一些，自己开车过去。

从办签证开始到登机前的询问，人还没有进入以色列，似乎已经领略到他们生活在一种什么样的紧张环境中，我们也已经被这种感觉"预热"了。以色列人的这种做法几乎让所有第一次和他们打交道的人觉得有些过分，觉得他们有些小题大做，或者是有些神经质，而当你真正进入以色列，并且在那里生活工作一段时间以后,你会体会到,让你觉得"过分"的地方还有很多,这些"过分"的做法其实是以色列人在安全形势极为严峻的环境中生存的本能反应。

热点中东的前世今生

中东是个不十分确切的地理概念,也是个有着浓厚政治意味的地理概念。它泛指从地中海东岸到波斯湾的广大西亚地区,以及非洲北部地区。欧洲人最早向外扩张的时候,把远在东方的中国及其周边国家称为远东,西亚、北非地区距离欧洲相对较近,就被称为中东。这里也是连接欧洲与亚洲、非洲与亚洲的地方。在北面:土耳其黑海海峡上的大桥把欧亚两大洲连接,而在南面,穿越苏伊士运河下面的隧道就从非洲大陆来到了亚洲的西奈半岛。

这里也是连通印度洋和大西洋的地方,因此地理位置十分重要。从欧洲经苏伊士运河到印度洋去南亚、东亚,要比经过非洲南端好望角的行程缩短5000—8000公里。

这里盛产石油,中东石油占据着世界石油储量的2/3。因此从某种程度上说,这里掌握着世界经济的命脉。沙特阿拉伯、伊拉克、科威特、伊朗等中东国家都是世界主要产油国和石油出口国。从20世纪初开始,众多产油国家,尤其是沙特、伊拉克、阿联酋、科威特等,几乎是一夜暴富。因此有人在形容石油开采给这里带来的天翻地覆般的变化时,曾经这样说过,石油、美元让那里的人民从帐篷直接住进了别墅,从骆驼背上纵身跳进了高级轿车。那些年,在海湾国家,的确有人执意在豪华别墅的房间里铺上沙子,在汽车的座椅上蒙上骆驼皮,体现出在这样一个社会变迁的过渡阶段,传统与现实的强烈反差和文化差异带来的巨大冲击。

但石油给这里带来的绝不仅仅是财富。对石油、美元的追逐也不时地把这里引入灾难的深渊。持续8年的"两伊战争"、伊拉克入侵科威特和后来推翻萨达姆政权的海湾战争，都与对石油的争夺息息相关。

中东地区有很多阿拉伯国家，阿拉伯语在这里使用的范围最为广泛。这些国家的人民大多信奉伊斯兰教。中东也有一些信奉伊斯兰教的非阿拉伯国家，如土耳其、伊朗。信奉天主教等其他宗教的民众也不少。信奉犹太教的国家以色列处在中东地区的中心位置。

这里的土地大部分为沙漠所覆盖，干旱少雨，水资源匮乏。为争夺水资源的拼杀不断上演。有人预测，下一场大规模的中东战争，将是为水而战。

这里流淌着几条著名的大河：尼罗河，幼发拉底河，底格里斯河。它们孕育了人类最古老的文明：古埃及文明，古巴比伦文明。金字塔、象形文字在这里，汉谟拉比法典、空中花园曾经也在这里。

历史上，中东一直是兵家必争之地、大国逐鹿的场所。马其顿帝国的亚历山大大帝，罗马帝国的恺撒大帝都曾在这里征战。中世纪，这里发生过萨拉丁抵抗十字军东征的故事。"二战"时，这里有著名的北非战场，英国的蒙哥马利将军与德国的隆美尔率军在阿拉曼战场鏖战，争夺苏伊士运河。

很多现代历史事件发生在这里：30多年里5次中东战争，旷日持久的伊朗—伊拉克之间的"两伊战争"，两次海湾战争，等等。这里还出现了不少有过重要影响、人们耳熟能详的领导人物：萨达姆·侯赛因、亚希尔·阿拉法特、穆阿迈尔·卡扎菲、阿里埃勒·沙龙、胡斯尼·穆巴拉克，等等。那些年，我们的采访报道很多都是围绕他们的举动，因而有机会多次见到这些被称为"中东枭雄"的人物。

埃及在中东和谈中始终占据着特殊的地位，扮演着特殊的角色。埃及是阿拉伯世界的领导者，对阿拉伯国家有着长期和深远的影响力，当时的埃及总统穆巴拉克更是中东和平进程中的领军人物。埃及人口多，面积广，又是阿拉伯国家中最早与以色列建立外交关系的国家，为加强阿拉伯国家和以色列之间的沟通，埃及一直起着桥梁作用，因此一直深得美国的倚重。所以说，中东问题的解决，绕不开埃及。缺少埃及的参与，中东的政治事务似乎也就不完整。1979年，埃及总统萨达特力排众议，毅然决然地提出要承认阿拉伯国家的死对头以色列，并与之缔结和平条约，建立外交关系。萨达特亲赴以色列进行访问，他的双脚踏上以色列的土地上时，媒体这样说：萨达特总统在以色列迈出的一小步，是中东和平进程的一大步。这句话是模仿人类第一次登上月球时那位宇航员说的话：这是我迈出的一小步，却是人类迈出的一大步。的确，在中东问题上，埃及人的一举一动，经常是举足轻重，影响深远的，让世界瞩目。为走出这一步，萨达特总统付出了生命的代价。

沙姆沙伊赫：中东和会上克林顿疲惫不堪

正因为地位特殊，埃及多年来一直是推动中东和平进程中最活跃的舞台。大大小小的国际会议三天两头地在首都开罗召开，阿拉伯国家联盟的总部设在开罗。

但是，开罗太大了，将近两千万人口在这里挤成一团。要是有大型的国际会议召开，或者有特别重要的人物出席，开罗的交通和安全保障就要面临巨大的考验。在这样的情况下，埃及人为会议的召开找到了一个理想的地方：沙姆沙伊赫。

沙姆沙伊赫，一个因为中东问题而让人耳熟能详的名字。沙漠尽头一座举行了无数次中东和谈的小城，一个旅游者的天堂。

西奈半岛，是红海最北端一个由沙漠构成的半岛，一块埃及在亚洲的土地。半岛隔苏伊士运河与非洲大陆相连。半岛最南端，在漫漫黄沙包围下，有一个海市蜃楼般的所在：白色的沙滩上，海浪轻拍；棕榈树掩映下，一排排别致的洋房；比基尼女郎，太阳伞。这就是沙姆沙伊赫。

"宁要没有和平的沙姆沙伊赫，不要没有沙姆沙伊赫的和平。"20世纪70年代末，当埃及和以色列进行和谈时，以色列国会中的激进分子喊出了这样一句后来广为流传的口号，用以反对向埃及归还当时还由以色列占领的西奈半岛，归还半岛上天堂般美丽的小城沙姆沙伊赫。这话听起来充满刺激性，也道出了以色列人对小城的依恋。

因为地处相对孤立的半岛上，又是在沙漠边缘，这里的安全保卫工作就相对容易。小城地处红海之滨，宾馆饭店林立，一直是旅游度假胜地，因此接待大型国际会议也不困难。十多年的时间里，一有巴以问题的谈判，或者关系到中东和平进程的国际会议，沙姆沙伊赫的名字就会出现在各大媒体之上。

跋涉沙漠的人最大的希望是发现绿洲，在战火中失去家园的人最希望的是和平。沙姆沙伊赫正是沙漠中一块经常在编织着中东和平的绿洲，一个经常给中东地区的人们带来希望和梦想的地方，当然，这里也经常是在一番热闹之后，把失望和梦想破灭带给人们的地方，因为在这里召开的那些会议，签署的那些协议，最后几乎都没有得到执行，就像一杯泼在沙漠上的水，很快便消失了。

作为中央电视台驻埃及的记者，我们每年都要几次穿越西奈沙漠，来这片绿洲中报道各式各样的"沙姆沙伊赫和谈"。每当天气转凉，沙漠中毒辣辣的太阳变得温和起来时，就预示着沙姆沙伊赫和谈即将上演了。

2000年9月，强硬派的以色列领导人沙龙闯入耶路撒冷被穆斯林视为神圣之地的阿克萨清真寺，引发了巴以之间新一轮大规模的流血冲突，短短几天，数百人伤亡，刚刚出现一点转机的中东和平进程急转直下。这引起了国际社会的高度关注，各种斡旋、调停工作紧锣密鼓地进行着。规格最高的那一次国际调停会议，被称作中东和平峰会，又是在沙姆沙伊赫举行。当时的联合国秘书长安南、美国总统克林顿、埃及总统穆巴拉克、以色列总理巴拉克、巴勒斯坦领导人阿拉法特、约旦国王阿卜杜拉、欧盟外交和安全高级代表索拉纳等风云人物，纷纷来到了这座红海之滨的小城。接到埃及方面的通知，我再度出发赶往那里。

沙姆沙伊赫距开罗正好500公里，自己驾车前往，真正是千里走单骑。

自开罗往西奈，要从河底隧道穿越苏伊士运河。苏伊士运河隔断了非洲和亚洲，却连通了地中海和红海，连通了印度洋。幻想着头顶上几十米深的海水正在流淌，庞大的万吨巨轮还压在上面，行驶在运河下面的隧道时，不由得自己要紧踩油门。

驶出隧道，进入西奈，我的第一感觉不是从非洲大陆到亚洲大陆的新奇感，而是感受到像看到了月球表面一样的冲击。这里，没有人烟，不见水草，遥望天地相交之处，永远的戈壁沙漠。

沿着平整的沙漠公路一路南行，两三个钟头的行程里，没有人与你为伴，甚至见不到一个加油站，开车的人要保证自己不迷路，汽车不出故障，才能使燃料足够用到目的地。在蒸腾的沙漠上，在骄阳的淫威下，驾车人感觉好像是打虎上山，义无反顾。一路上，轮胎的碎片随处可见，高速飞奔的汽车遭遇高温，爆胎的事故在这条路上屡见不鲜。当心力交瘁的感觉出现后，汽车终于冲出沙漠。前面，碧海蓝天下一点绿色，顿时让你激动，沙姆沙伊赫到了。

与周围广袤的沙漠相比，与它的名声相比，沙姆沙伊赫实在是太小了。以至于一不小心汽车就会在片刻间穿城而过。这不是一个真正意义上的绿洲，极少常住人口，淡水要靠汽车从远方运来，它是人们用双手在沙漠上凭空建造出来的。与其称之为城，不如叫它"旅馆区"更贴切。这里，除了旅游业从业人员，就是世界各地来的游客。

关注中东和平进程，关注"沙姆沙伊赫和谈"的人们都有这种感叹：每次"沙姆沙伊赫和谈"都是在危机的形势下，由国际社会各方费尽心血促成的，每次也都能达成措辞严谨的协议，给在苦海中挣扎的人们带来和平的希望，让他们恰如发现绿洲一样兴奋和激动。但是，每当谈判桌上的政治家们四散而去之后，人们都禁不住要问，协议哪里去了？除了报纸的标题，会议的成果还体现在哪里？希望一次次出现在眼前，可是和平却迟迟不肯到来。待到下一回，沙姆沙伊赫迎来的还是喋喋不休的谈判官员，沙姆沙伊赫送给人们的仍然又是一个美好的希望。

也许，这就是沙姆沙伊赫的性格？当然不。不要责怪沙姆沙伊赫，它不过是一座沙漠小城。换个地方，又能如何？几十年来，所有关于中东和平的谈判，总是一遍遍给人们带来希望，又再三让人们失望。

这一次的中东和平峰会是在2000年的10月16日举行的。国际社会为这次会议的召开倾注了不少的心血，也对会议的成果寄予了很大的希望。那期间，美国一直致力于和平解决巴以冲突，为了巴以能达成一份可行的和平协议，克林顿花了不少的工夫，虽然此前和平协议还没有达成，但巴以双方的态度都有所软化，解决问题似乎只差临门一脚了，但沙龙突访圣殿山引发的暴力冲突让这些努力面临前功尽弃的危险。克林顿总统为促使会议召开并取得成果，决定亲自与会。会议召开前，光是为美国总统空运物资、汽车的C－130运输机就整整往来奔忙了两天，美国总统专机"空军一号"也飞来了两架。更有多达2000多名记者从世界各个角落赶来报道。

会议召开的那天早上，克林顿成为各路记者紧盯不放的核心人物。当时，美国代表团的一长串汽车在埃及和美国双方警卫汽车的护卫下，鱼贯来到会场大门口。两辆几乎一模一样的黑色防弹汽车悬挂着美国国旗停在了最靠近入口的地方，随后几位身材高大、戴着墨镜的安全人员围了过去。车里必是克林顿无疑了，大家当时都这样想，于是所有在场记者都把镜头瞄准了那里。

车里的人终于露头了，但不是克林顿。就在大家感到莫名其妙时，克林顿已经从前面一辆悬挂着美国使馆牌照的越野车里出来，闪身进入了会场。原来，为了确保总统的安全，美国方面使用了障眼法。那两辆不远万里用专机送来的总统座驾仅仅短暂地用作了道具。

不过，那天来头最大的应该还是作为东道主的埃及总统穆巴拉克。穆巴拉克抵达会场前，开道车、警卫车的警笛声响作一片，先声夺人，随后四五辆顶着巨大天线的大型越野车呼啸着驶过来。这其中，有通讯车、警卫车，也有专门对周围实施无线电干扰和屏蔽，防止路边炸弹袭击的专用车辆。穆巴拉克下车的一瞬间，众多警卫像是从地下突然冒出来一样，一下子将他团团围住，簇拥着他进入了会场。那些年，埃及的治安状况在中东国家中算是很不错的，但反政府的极端组织和反对与以色列媾和的激进分子也不时有所行动，让人不得不防。穆巴拉克的前任萨达特就是在一次集会上被刺身亡的。在后来的"9·11"事件中，有一名劫持民航飞机撞向纽约世贸中心大楼的恐怖分子也来自开罗。所以穆巴拉克出行时，埃及军警都要高度戒备。在开罗，每当总统出行，沿途高楼的楼顶上都会提前数小时就布置上众多的狙击手用于防范袭击。

第一章
中东：阿拉伯国家的战争与和平

那天的会谈进行得十分艰难。以色列总理巴拉克和美国总统克林顿两人先后与东道主埃及总统穆巴拉克举行了双边会谈。穆巴拉克与巴拉克的会谈长达一个多小时。穆巴拉克要求以色列将部队撤回到骚乱发生前的营地，并解除对巴勒斯坦自治区的封锁；巴拉克表示愿意考虑这项议题，但先决条件是巴勒斯坦地区的骚乱必须终止，而且巴勒斯坦当局必须重新逮捕那几天刚刚得到释放的反以极端分子。此后，穆巴拉克又与克林顿谈了半个多小时。紧张的双边会晤导致全体会议的开始时间比计划晚了一个半小时。

开幕式上，坐飞机长途跋涉赶到会场的克林顿，已经是一脸倦容，疲惫不堪。他在开幕时表示，各方不能再互相指责了，现在是坐下来好好解决问题的时候了，因为中东和平进程的未来已经是危在旦夕。东道主穆巴拉克将矛头指向以色列，他强调会议的召开就是因为以色列对巴勒斯坦人民进行的侵略。

１６日当天，原定一天的会议未取得任何结果，美国总统克林顿决定推迟原定当日的回国行期。经过前前后后长达１２个小时的艰苦谈判，与会的领导人没有就停止巴以冲突达成任何协议。在共进晚餐后，克林顿再次与阿拉法特和巴拉克举行双边会谈。至此，克林顿已经与巴拉克进行了３次会谈，与阿拉法特的会谈也达到２次。克林顿最后不得不决定推迟原定于１６日午夜的回国计划，继续同与会领导人会谈。克林顿曾表示说，这次会议计划达到的目的是，制止巴以之间正在发生的流血冲突、寻求恢复巴以和谈的途径。

第二天上午，会议继续在紧张的气氛中进行。中午，一直守候在会场外的记者终于看到与会者走出了会场，开始在外面的草地上散步休息。看来会议进行得真是太艰难、太紧张了，记者们远远望到，在众多领导人簇拥下的克林顿，伸出双臂，张开大嘴，深深地打了一个哈欠。

最终，由于巴以双方的分歧太深，会议还是没能取得任何重要进展。甚至以色列总理巴拉克和巴勒斯坦领导人阿拉法特在会场上都没有做任何交流，更没有举行直接会谈。巴拉克总理因自己的条件没有得到满足，竟然坐汽车绝尘而去。被众多人寄予厚望的会议终于不了了之。此后巴以冲突不但没有终止，反而更加激烈，一年多的时间里，700多条生命，大约平均每天两人，在冲突中消失。

屡经战火洗礼的苏伊士运河

说到埃及，人们在想到金字塔的同时，也几乎无一例外地会想起另一个人类伟大的工程：苏伊士运河。

20世纪在不到三十年的时间里，以埃及为首的阿拉伯国家同以色列发生了四次大规模的战争，其中三次都是围绕着苏伊士运河展开的，苏伊士运河或成为争夺的目标，或成为战场的一部分。运河屡经战火洗礼，见证了阿拉伯国家和以色列之间尖锐对立、不可调和的矛盾冲突。

目前总长达到190公里的苏伊士运河是1869年11月通航的，建设工期长达11年，在高温恶劣的条件下，10多万埃及民工在修建运河时丧失了生命。运河沟通了红海与地中海，使大西洋经地中海和苏伊士运河，最终与印度洋和太平洋连接起来，是一条具有重要经济意义和战略意义的国际航运水道，它把从亚洲各港口到欧洲去的航程，缩短了八千到一万公里。

苏伊士运河是埃及经济的"生命线"和"摇钱树"。大量过往船只缴纳的通行费，与旅游、石油一样，一直都是埃及外汇收入的重要支柱之一。当然，埃及也曾为夺回运河付出了高昂的代价。

"二战"时期的1941年2月，德国驻北非远征军司令隆美尔指挥发动了著名的北非战役，与英国将领蒙哥马利将军指挥的部队在埃及北部的阿拉曼战场展开决战，目的就是为了夺取苏伊士运河。

1956年7月，埃及总统纳赛尔宣布苏伊士运河收归国有。此前运河一直由英国人和法国人掌管，但埃及禁止以色列使用运河，从事与以色列贸易的商船也不得使用运河。为夺得运河，当年10月，以色列军队入侵埃及，为期一周的苏伊士运河战争爆发，这次战争在历史上称为第二次中东战争。但在国际社会干涉下，双方很快停火，以色列未能夺取运河。

1967年，第三次中东战争爆发。当年的6月5日，以色列出动了几乎全部空军，对埃及、叙利亚的机场进行了闪电式的袭击。半小时后，地面部队也发动进攻。很快，以色列取得全面胜利，并夺得运河东岸的西奈半岛。从此，埃及和以色列隔运河相对峙，已经有近百年历史的运河就这样一直关闭了8年之久。

丢失的西奈半岛，不死不活的运河，这一切都让埃及人难以面对。1973年，经过多年卧薪尝胆一般准备的埃及发动了第四次中东战争，立志夺回西奈，重开运河。埃及军队经过精心设计，在突袭中一举跨越运河，击溃以色列军队沿运河沿线苦心经营多年的巴列夫防线，并乘胜追击。

1967年占领运河东岸后，以色列军队在运河东岸修建起一条主要由地堡、战壕构成的防线，防线全长170余公里，并且用以军总参谋长巴列夫的名字命名。地堡由厚厚的黄沙覆盖，炸弹很难起到破坏作用。面向运河一面的沙坡上，以军还设置了铁丝网和地雷区，还设置有通向运河的凝固汽油管，必要时点燃汽油即可在运河上形成一道火网。看起来，整个防线固若金汤，无懈可击。

为攻克巴列夫防线的沙堤，埃及军队演练了各种方法，最后凭借一名工兵的偶然发明，决定用高压水枪冲击沙堤。于是埃及通过注册采矿公司,秘密地在德国采购了大量的水枪。开战前一天,埃及军队的蛙人用水泥堵塞了以军安装在运河水下的喷油系统。

10月6日正值伊斯兰教的斋月,又是犹太教的赎罪日。斋月里,阿拉伯人白天不吃饭、不喝水,要通过缩短工作时间,减少活动来保存体力。所以以色列人想不到阿拉伯国家会在这一天发起进攻。赎罪日又是犹太人的休息日,他们同样从日出至日落,不吃、不喝,甚至不能听广播。但就在这一天,战争打响了。

埃及工兵用高压水龙头冲刷以军沿河岸修建的沙堤,很快打开了众多的缺口。面对潮水一样渡河过来的埃及士兵,以色列守军全线溃败。

后来,有人说,是沙龙旅拯救了以色列。当时,沙龙率领的是一支装甲部队,危机当头,他违抗上级禁令,让部队穿上埃及军队的服装,一路讲阿拉伯语,秘密出击,突然渡过运河一路杀向140公里外的开罗。此刻,埃及军队都在西奈,根本无力回防,危机之下接受了双方停火的要求。

1975年6月,苏伊士运河重新开放。后来,西奈半岛也回归埃及。

刚到埃及工作不久,我们就慕名驱车来到运河所在的重要城市塞得港,参观运河和西奈半岛。两个来小时的时间,我们就从开罗到了塞得港。这是一个随着运河航运发展而兴起的城市,城市不大却干净整洁,没有首都开罗那般的喧嚣与拥挤,由于长期在英法的控制之下,一栋栋小洋楼看起来有着浓厚的欧洲风格。

由于运河的重要地位,沿运河有许多军事机构。在铁丝网的围绕下,在浓密树荫的掩映下,这些军事机构看起来很有些神秘的感觉,任何人不得在这里拍照甚至停留。对外运营的轮渡码头几乎是允许参观运河的唯一地方。在这里,我们搭乘一艘渡轮,驶向运河对岸的西奈半岛。跨越这个人为造成的地理分界线后,我们从非洲驶向亚洲。

行驶在苏伊士运河上，我感觉运河并没有想象中的那样壮观。两岸都是简陋的沙堤，看起来好像随时都有可能被巨轮卷起的浪花所摧毁。河道并不宽，两岸风光可以同时尽收眼底，一边是城市里的绿荫楼房，一边是广袤无垠的西奈沙漠。

河面上不时有满载货物的巨轮通过，在河面上就像是一座移动中的小山，这让狭窄的运河看起来有不堪重负的感觉。几分钟之后，我们就渡过运河来到对岸。

西奈半岛的沙漠中，很少能见到行人和车辆。码头岸边，一座巨大的纪念雕塑矗立在那里，画面是一支顶着刺刀的步枪，这是为了纪念1973年夺回西奈半岛的第四次中东战争。一条公路从码头一直通向沙漠深处，不见尽头。这条公路向南，一直通到红海岸边著名的国际会议之城沙姆沙伊赫，向北则能通向以色列和巴勒斯坦地区。几次战争中，这里都是以色列军队进军西奈、夺取运河的必经之路。

沿着紧邻运河的沙漠公路，我们驶向不远处的巴列夫防线遗址。以色列军队认为不可能被攻克的巴列夫防线在1973年10月的那个下午，顷刻间被埃及军队摧毁，这被埃及方面认为是创造了战争的奇迹，全国各地纪念这次战争的雕塑随处可见。在战后的几十年中，苏伊士运河几次拓宽改造，巴列夫防线因为紧邻运河，大部分已经在运河改造时被拆除。现在遗留下来的只有一小部分了。沙漠中，不时能看到有遗弃在那里的坦克和装甲车，有的是以色列军队的美式坦克，也有的是埃及军队的苏式装备。这些坦克大部分都已经残缺不全、锈迹斑斑，有的履带断裂，有的炮塔被掀翻在地上。这些景象时刻向路人提示着当年战争的残酷。

残留下来的巴列夫防线是当年以军的一个指挥部所在地。现在这里已经开辟为一个博物馆一般的纪念地。在我这样的外行看来，这里的防线确实难以攻克。整个防线是沙漠中建起的地下工事，工事里面有官兵睡觉休息的地方，有储存弹药的仓库，也有通信和通风供水设施。这里的解说员告诉我们说，战争爆发前两个小时，以色列总理府的电话打到了这里，询问运河对岸敌方的动态。驻守在这里的以军军官回答说，一切平静，运河里只有两个埃及士兵在洗澡。其实这两个洗澡的士兵恰恰是埃及军队制造的假象，此时的埃及军队已经是刀出鞘、箭上弦，榴弹炮的炮衣都已经褪下了。

参观中，我们还看到，在防线的工事中，众多的房间相互独立，又能通过隧道相互连通。最重要的是，工事上面完全被厚厚的黄沙所覆盖，既难以被发现，也很难被炸弹摧毁。参观地的外面，摆放着大批战争中缴获的武器装备，有机枪、火炮，还有指挥官的吉普车，以军仓皇逃跑时丢弃的水壶鞋帽。有几个游客在这里拍照合影。

之后，我们又驱车进入沙漠深处，参观了不远处一个规模很大的引水灌溉工程，这是一个高大的抽水电站，电站被宽阔的水渠所环绕，而这些清澈的淡水则是来自运河对岸的尼罗河。

当时，由于经济的发展和人口的迅速膨胀，在狭窄的尼罗河谷生活的埃及人已经达到七千万，这就使得西奈半岛的开发成为埃及未来发展的一个重要方向，这里盛产石油天然气，旅游资源也十分丰富。按照原来的计划，埃及政府将把大批人口迁往西奈半岛，缓解尼罗河沿线的人口压力。这里将兴建城市、工厂和学校，开辟出农业种植区。15 年以后，在西奈半岛定居的人口将达到 320 万人，而当时只有 30 万左右。引水工程是整个计划的第一步。为此，埃及已经完成了将尼罗河水穿越运河，输送到西奈半岛的庞大工程。西奈半岛可望在数年后成为埃及重要的能源供应和生产基地，以沙姆沙伊赫为代表的丰富的旅游资源也将得到极大发展。这是当时的埃及总统穆巴拉克积极推动的一项宏伟工程，外国记者来埃及采访，经常会被邀请来这里参观。看到这样的工程，想象一下未来这片荒原上的繁华景象，大家都会激动兴奋起来。当然，这和我国当时正在规划的南水北调工程相比，完全不是一个重量级的。但毕竟，在这片屡经战争洗礼的荒漠中建设村庄城市，带给人的是铸剑为犁的欣喜。

不久以后，跨越苏伊士运河的大桥又建成通车了。这座大桥同样是埃及开发西奈半岛计划的一部分。大桥全长9公里，净高70米，足以满足运河上过往船只的要求。大桥重新把亚洲和非洲两大洲连接起来，在当时被命名为穆巴拉克和平大桥。当年，运河的开通虽然极大地便利了国际贸易，但将本来连在一起的亚非两洲人为地割裂开，也确实制约了埃及对西奈半岛的开发。20世纪80年代，虽然有河底隧道将运河两岸连接起来，但通行能力仍不能满足发展的需求。这座新桥的建成，为埃及开发西奈半岛奠定了良好的基础。这是继土耳其博斯普鲁斯大桥之后，又一座跨越两大洲的大桥。所以大桥开通时，埃及媒体称，这会加强亚洲和非洲两大洲之间的联系，为非洲经济的振兴创造有利条件。

当时，我们作为被邀请的记者，在现场见证了大桥的开通仪式。大桥是由埃及和日本两国合作，历经四年建成的。因此开通仪式上，埃及总统穆巴拉克和日本前首相桥本龙太郎出席了庆典并为大桥开通剪彩。而我们有幸第一批驾车通过大桥。远望大桥，像一条彩带，在运河上的两岸之间蜿蜒穿行。为方便运河上的巨轮通行，河面上的大桥看上去十分陡峭，初次经过大桥甚至会有胆怯的感觉。仪式之后，兴奋的当地百姓纷纷走上大桥。他们平生第一次用双脚跨越运河，走完9公里长的桥面，来到对面的西奈半岛。孩子们更是欢呼雀跃，激动不已。

危机中的阿拉伯国家联盟

在埃及工作的几年,我们去的最多的地方,除了埃及的总统府,就要数位于开罗市中心繁华地段的阿拉伯国家联盟总部了。那几年,中东地区大事不断,阿拉伯国家联盟自然也十分地忙碌,而我们就会三天两头地赶到那里去采访报道。

在我们的报道中,阿拉伯国家联盟通常被简单地称作"阿盟"。阿盟是第二次世界大战之后世界上最早成立的地区性组织之一,早在1945年3月就宣告正式成立了。按照阿盟宪章,它的宗旨是密切各成员国之间的关系,协调成员国的政策和活动,捍卫阿拉伯国家的独立和主权,等等。最多时,阿盟的成员国达到了22个,其中包括巴勒斯坦。同样的阿拉伯民族、阿拉伯语和共同信奉的伊斯兰教义,使22个成员国在民族、语言、宗教信仰和风俗习惯上都有很强的统一性,有着密切合作的坚实基础。为了共同发展,应对来自外部的挑战,这些成员国也都有建立密切联络的愿望,他们当中的一部分阿拉伯国家甚至尝试过要建立起统一的联盟国家。成立后的数十年当中,阿盟在一些重大历史关头,积极协调成员国立场,为采取一致行动也曾发挥过重要作用。

但从整体看,这个作用与阿盟创立的初衷和人们的期待尚有差距。许多年来,国际社会,甚至在阿拉伯国家内部,都有不少人认为阿盟一直人心涣散,没有在促进阿拉伯国家联合、促进阿以冲突解决方面起到应有的积极作用。从成员国数量上看,阿盟和当今的欧盟不相上下,但它们在国际事务中所发挥的作用却大相径庭。在我们采访当时的阿盟秘书长穆萨时,他就曾抱怨说,在阿盟成立时,欧洲共同体还没有影子呢,而现在,欧盟都快统一成一个国家了,可阿盟还是散沙一盘。

阿盟宪章规定,阿盟总部的永久地址设在开罗。但是,埃及与阿拉伯世界的宿敌以色列出乎意料地签订了合约，1979年3月，阿拉伯国家决定与背叛了它们的埃及决裂，将阿盟总部迁往突尼斯。直到1990年10月阿盟才又将总部迁回开罗。而阿盟内部的争吵始终不曾中断过，这极大地削弱了阿盟作为一个整体的力量，让成员国在与外部势力，尤其是以色列的斗争中不能一致行动，形成合力，而经常是分崩离析，时常被对手各个击破；另一方面，每逢大事来临，阿盟内部总是难以同仇敌忾，一致对外，反而是自己内部争吵不休，很容易被对方钻空子。这一点，在阿拉伯国家与以色列的数次战争中体现得最为明显。

正因为如此，我虽然报道了许多次阿盟首脑会议和外长会议的召开，但都没有留下深刻的印象。只有2004年5月在突尼斯召开的一次阿盟首脑会议，我的记忆比较深刻。当时阿盟国家面临美国占领伊拉克，推翻了萨达姆政权的特殊时期，却依然无法在大局上取得一致意见，而且领导人之间的意见分歧还导致会议不欢而散。

此时的阿盟，正面临着来自内部和外部的双重挑战。20多年前，埃及与以色列握手言和，导致了阿拉伯世界的大分裂，10年后，伊拉克入侵科威特，阿拉伯兄弟之间同室操戈，大打出手，阿盟又一次面临分裂的严峻考验。后来虽然大家又都重新回到了联盟之内，彼此之间再次以兄弟相称，但是媒体已经这样评论了：阿拉伯国家之间，兄弟还是兄弟，但是，同胞兄弟已经成了表亲，已经貌合神离了。

这么多年了，阿盟没能把巴勒斯坦从以色列的占领下拯救出来，没能把伊拉克从美国大兵的手中解救出来，那么，在本次的突尼斯阿盟首脑会议上，阿盟不可避免要首先考虑的是，如何把阿盟自己从危机中解救出来。

2004年5月22日，阿拉伯国家联盟第16次首脑会议在突尼斯开幕。与会各阿拉伯国家的国家元首、政府首脑就伊拉克局势、巴以冲突和阿拉伯国家改革等问题在两天的会议期间进行了磋商。这次在突尼斯召开的阿盟首脑会议原定于当年的3月29日召开,但在筹备会上,各国在阿拉伯国家如何进行民主改革和巴以和平进程等重大议题上产生了严重的分歧,各方再度争吵不休,互不相让。无奈之下,东道国突尼斯宣布首脑会议推迟。推迟召开首脑会议的决定让全世界都感到惊讶,以至于当地媒体在报道时评论说,这是近60年来阿盟首脑会议首次被推迟召开,会议的被迫推迟说明阿盟成员越是在重大关头,越是难以协调一致地行动。媒体还评论说,在阿拉伯民族利益和国家利益之间孰重孰轻、孰先孰后的问题上,每个阿拉伯国家都在忙于做出自己的选择。

时任突尼斯总统本·阿里主持了首脑会议的开幕式,因为正值美国军队推翻了伊拉克萨达姆政权一周年,伊拉克何去何从,如何发展与伊拉克新政府的关系成为会议开幕当天重要的讨论内容。会议呼吁阿盟采取外交行动,促使占领当局在当年6月底前能如期完成向伊拉克移交权力的工作。会议还呼吁尽快结束有关国家对伊拉克的占领。很显然,阿盟向美国表明了它的态度和立场。

更令人惊奇的是,就在会议开始不久,当阿盟秘书长穆萨在会上致辞时,利比亚领导人卡扎菲突然起身离场,拂袖而去。卡扎菲的这个举动不但让与会的各国元首十分不满,就连我们这些在会场外观看会议直播的记者也都惊讶得目瞪口呆。卡扎菲的这一举动再次加深了人们对阿盟内部矛盾激化的印象,而且原本内部的争吵也通过电视直播被外部世界所听到。利比亚多年来一直不满意阿盟的一些做法,曾经几次扬言要退出阿盟,只是在其他成员国和秘书长的苦苦劝说之下才勉强留了下来。卡扎菲时常指责一些以色列周边的"前线国家"对以色列不够强硬,对苦难的巴勒斯坦人民坐视不管。而那几个被卡扎菲指责的国家则反驳说，利比亚口惠而实不至，隔岸观火，"站着说话不腰疼"。

　　这次会议结束后，阿拉伯国家要彻底放弃挽留利比亚的幻想了，因为它们进一步确信，卡扎菲的精力和兴趣已经毫不掩饰地离开了阿盟，转向了非洲。因此很多成员担心，在阿盟的危难之际，在这样的多事之秋，利比亚会寻求"东方不亮西方亮"，抛弃它的阿拉伯兄弟，一心一意地关心它的非洲盟友去了。那几年，卡扎菲一直想做阿拉伯世界的老大，但埃及、沙特等阿拉伯大国对此无法接受，于是卡扎菲开始冷落阿盟，转而把热情投向了非洲。人们还记得，就在前一年的阿盟首脑会议上，利比亚领导人卡扎菲还在当众指责沙特王储阿卜杜拉是"美国的走狗"，这样激烈的措辞曾导致会议一度中断。但与之形成鲜明对比的是，卡扎菲自己开始不断与美国密切联系，甚至把利比亚的核设施拆除后送到了美国。要知道，那可是阿拉伯世界唯一用于军事目的的核设施，是对抗以色列的利器，阿拉伯国家都对这个设施有着很高的期待，而卡扎菲竟然没有和大家打个招呼，就擅自决定放弃了。

第二章

埃及：悠久的历史，独特的文化

作为从事国际新闻报道的记者，我们在开罗工作期间关注的重点是中东和平进程中出现的大事小事，周边各国的政治经济状况，当然也关注所在地的社会、文化和历史风俗等各个方面。尼罗河是人类最古老文明的发祥地之一，这里悠久的历史和独特的文化给我留下了深刻难忘的印象。

金字塔和木乃伊

埃及是世界四大文明古国之一，有着六千多年的悠久历史。埃及首都开罗市，是一座有着上千年历史的古城，人口将近1877万，是世界上人口密度最大的城市之一，也是非洲最大的城市和非洲及阿拉伯国家的文化中心。在这个古老的城市里，我工作生活了五年多，也几乎走遍了这里的每一处历史名胜古迹。算起来，离开埃及也有十多年了，但我依然对这个古老的国度充满着感情，

金字塔是埃及的象征,也是世界古代文明的代表

胡夫金字塔和狮身人面像同样充满神秘色彩

热情开朗的埃及少年儿童

第二章

埃及：悠久的历史，独特的文化

时常回忆起那五年多的难忘日子，留恋那里民风淳朴的人民和悠久的历史文化。

说起埃及，当然会首先想到金字塔，就像说到中国，自然会联想到长城一样。在埃及的几年间，我已经记不清多少次来到开罗附近的吉萨高地，拍摄金字塔，或者以金字塔做背景报道发生在埃及的各种新闻事件，也曾经多次陪伴同事、朋友来到金字塔参观访问。可以说，来金字塔参观的次数，已经远远多于我在北京这几十年间参观长城的次数。

在埃及期间，我的寓所就在开罗的近郊。楼下是缓缓流淌的尼罗河，隔窗远眺，就能望到吉萨高地上那三座大名鼎鼎的金字塔，驱车前往金字塔脚下，用时不过20来分钟。金字塔是世界七大奇迹之一，距今已有4700年的历史。建在吉萨高地上的胡夫金字塔是古埃及王朝法老的陵墓，是用230万块巨石堆砌而成的，而每块石头的重量都在两吨以上，最重的石块甚至超过了16吨，施工历时20年，工程浩大，令人叹为观止。以几千年前的技术装备水平如何完成这个宏大工程，至今还是人们津津乐道的一个谜。距离金字塔不远的地方，还有另一个神秘所在——狮身人面像。22米高、70米长的狮身人面像由一整块天然岩石雕成，同样让人觉得不可思议，也同样有着无数的猜测和神奇的传说。

因为围绕金字塔的很多传说，很多人惧怕进入金字塔，害怕被那些流传的咒语所蛊惑。但是，或出于工作需要，或为陪同朋友参观，我曾经几次钻进金字塔下面窄小的门洞，沿着后人搭建的木楼梯，艰难地爬到金字塔上面，进入那个停放着石棺的小屋。在那个昏暗的小屋里，我大气不敢出，生怕惊动了神灵，惹怒了法老，招来传说中的那些灾难。我虽然并不迷信，但对法老，对古老的文明，却是充满了敬畏。

其实，这三座同在一片高地上的金字塔，远非埃及仅有的金字塔，也不是最古老的金字塔。在开罗附近，在埃及各地，大大小小的金字塔多达数百座，只是保存不如吉萨金字塔这样完整，更没有像它们那样声名远播。我有幸参观过其他几座分散在各地的金字塔，看了这些金字塔，对于埃及古老的文明，自然会有更加深刻、更加感性的认识，也更多更深刻地感到了来自古老文明的震慑。

在埃及，还有另一个著名的文物：木乃伊。这些几千年前的干尸，像金字塔、狮身人面像一样，闪烁着古老文明的光芒。现在，很多具古埃及著名历史人物的木乃伊都保存在开罗博物馆中，在一个特殊的昏暗小房间里，供人们参观。

制作木乃伊是古埃及人的传统习俗。他们认为人死后会灵魂出窍，保留他们的尸体是为了以后灵魂的回归。他们掏空尸体的内脏，用药水浸泡肉身，再绑上布条，晾干后就成了木乃伊。那些年，埃及考古成风，世界各国的专家都来到埃及挖掘坟墓，寻找木乃伊。因此埃及出土了很多各种各样的木乃伊，除了人木乃伊，还有狗甚至尼罗河鳄鱼的木乃伊。

我们记者站在埃及开展工作后不久，就得到了一次机会，赶赴南方，报道当地木乃伊出土的情况。木乃伊的保存离不开干燥的气候，所以这次木乃伊的出土自然也是在埃及南方的大沙漠中。这里几乎终年滴雨不降，尼罗河是村民们唯一的水源。汽车在沙漠中行驶几个小时后，我们就来到绿洲中的一个小村庄。村子中央，已经搭建起简陋的木头支架，支架下挖出了一个巨大的坑穴。木乃伊就静静地在那里沉睡着。

这次的木乃伊挖掘发现工作之所以引起轰动，是因为与往次出土的木乃伊不同的是，这次出土的都是儿童木乃伊，而且有七八具之多，这在埃及文物保护的历史上还是第一次。为什么会有这么多儿童被制作成了木乃伊，而且被摆放在同一个墓穴中，成了专家们要探寻的秘密。当时我们有幸下到洞穴中，戴上考古工作者专用的手套，抱起了其中的一个儿童木乃伊。当时虽然感觉很新鲜，但也很紧张，一方面是担心因为自己的触碰导致木乃伊受到损坏，另一方面也是因为第一次近距离看到木乃伊的脸。

在我们结束采访开车返回开罗时，已经是夜半时分，没有一丝光亮、寸草不生的沙漠中，道路显得那么漫长。一路上，木乃伊的表情始终在我的眼前浮现，我紧踩油门，希望能早一点走出沙漠，回到喧嚣的开罗。

突然，前面出现了一点光亮，一辆汽车横在了公路中央。我降低速度，接近了站在车前面的几个人。那几个人围在我的汽车两侧，示意我摇下车窗，好像有事情要告诉我。这时候，坐在后排座位上的一位当地朋友急切地向我喊道，千万不要停车，快跑，他们是劫匪！脑海中的木乃伊本来就一直让我处在紧张中，这一声叫喊更触动了我的神经。我脚下一踩油门，从两排人的中间冲下沙漠，绕过横挡在前面的汽车，又绕回到公路上，疾驰而去。后面的人追了过来，一块石头重重地砸在了车上。路上，惊魂未定的埃及朋友告诉我，近来他已经几次看到报道说，有人在沙漠中抢劫行驶的车辆，劫匪惯用的办法就是把自己的车辆横在路中间，谎称没油了，骗受害的车主下车。

至今我也没搞清楚那天晚上遭遇的是劫匪，还是真的受困于沙漠中的旅行者。要是劫匪，我真是算得上运气好，如果不是，我会感到很内疚，因为对于在沙漠中受困的人，我竟然没有施以援手。但无论如何，还是小心为妙吧。

在埃及，最著名的木乃伊当之无愧地属于拉美西斯二世。拉美西斯二世是生活于3000多年前的埃及法老，在位60多年，活到了90多岁，是埃及历史上最有名的国王。1881年他的木乃伊在卢克索被发现，人们如获至宝，把它在开罗博物馆中供奉了差不多100年，供人们参观膜拜。但没想到，因为参观者过多，展室湿度过大，木乃伊的身上长出了霉菌斑痕，面临着毁灭的威胁。在法国考古专家的建议下，1976年，这个无价之宝被送往法国巴黎进行修复。

时任法国总统密特朗是埃及古老历史文明的崇拜者，他派出了自己的总统专机去埃及，接拉美西斯二世来法国。埃及政府给拉美西斯二世的木乃伊颁发了编号为0000001号的出国护照。当装载了拉美西斯二世木乃伊的专机抵达时，巴黎机场响起二十一响礼炮，密特朗总统在舷梯旁迎接，给予了这位埃及伟大君主最高规格的礼遇。

拉美西斯二世的木乃伊在法国停留期间，曾在著名的卢浮宫展出，600万人慕名来这里参观，一睹拉美西斯二世的真容。

有意思的是，拉美西斯二世的木乃伊在法国接受修复的过程中，它的崇拜者，也是负责修复工作的一位法国考古专家偷偷地从木乃伊上拿走了一小绺头发，作为纪念品保留在自己的家中，并在临终时将这把有着3000多年历史的头发作为遗产留给了自己的儿子。大约30年以后，他的儿子，一位邮差，通过互联网公开兜售自己收藏的这一绺拉美西斯二世的头发。结果，没等头发卖出，却先让法国政府获知了头发的下落。最后，这位考古专家的儿子被法国警方抓获，法老的头发也被追回。

埃及最高文物委员会和外交部随后与法国政府进行了反复交涉，要求归还法老的头发。最终这几绺木乃伊头发完璧归赵，回归开罗博物馆，回到原主人拉美西斯二世的头上。每次参观时，我都会给同来的朋友讲述这位伟大帝王出访法国的故事，只不过那时还没有人发现这一小绺头发的下落，甚至不知道拉美西斯二世曾经在修复的过程中有过一段"脱发"的经历。

绿洲里过宰牲节

在埃及工作5年多,我们熟悉了埃及的山山水水,熟悉了开罗的大街小巷,也结交了很多当地的朋友。每逢节假日或者婚礼这样的盛大活动,埃及朋友总会盛情邀请我们到家里,一起参加他们的庆祝活动。这些埃及朋友的热情、淳朴给我们留下了深刻的印象。在埃及朋友家出席各种庆典,印象最深的是那次在一位普通埃及人家过的宰牲节。

宰牲节又叫古尔邦节,它像我国的春节一样,是伊斯兰教里最盛大的节日,也是我国回族、维吾尔族等少数民族的盛大节日。"古尔邦"是阿拉伯语的音译,意思是献祭牲畜,时间是伊斯兰教历的每年12月10日。由于伊斯兰教历一年只有354天或者355天,比公历少十来天,因此宰牲节没有与公历相对应的固定日期,有时候是在冬天,有时候又在夏天。

传说很久以前,阿拉伯民族的祖先、先知易卜拉欣夜里梦见真主安拉,要他宰掉自己的儿子来献祭,以考验他对安拉的忠诚。当虔诚的易卜拉欣正要把儿子杀死时,安拉看到了易卜拉欣对他的虔诚和敬畏,派天使送下一只羊,代替儿子做牺牲。以后每年的这一天,阿拉伯人民都要宰羊献祭。

节日到来的那天,人们先要聚在一起做礼拜,然后开始宰牛宰羊。按照规定,这一天每家都要宰一只羊,或者由七个人合宰一头牛或一峰骆驼。即使家里很穷,也要宰一只鸡。但在城市中,由于受到客观条件的限制,很多人家也直接从市场上购买宰好的牛羊。宰后得到的肉要分作三份,一份留给自己食用,一份送给亲朋好友和邻居,还有一份要送给穷人,济贫施舍。这些工作完成后,人们开始走亲访友。

宰牲节那天,我们应埃及朋友之邀,来到了距离开罗不远的一处古老的沙漠绿洲法尤姆。主人平时在开罗工作，节日期间回到这里阖家团聚。

在主人家里，我们见到了他的老父亲、他的夫人和三个不大的孩子。每个人都是那么的兴高采烈，那么的热情。女主人端过来一杯烫手的茶水，茶很浓，散发着香味，里面还加了不少的糖，这是埃及人最喜爱的饮料，也是隆重的待客方式。家里的老爷子拿来一支烟为我点上，然后执意要我吸上两口。我虽然不吸烟，但是老爷子的盛情根本无法拒绝。三个孩子拥过来，兴奋地用阿拉伯语问候我，和我聊天。

坐下以后，男主人和我们聊天，而女主人则在里外忙碌。古尔邦节是家庭主妇最忙碌的时候，她们要制作各种油炸食品，烤制各式的点心，作为接待客人和馈赠亲朋的礼物。这些食品的质量味道，往往成为亲朋们评价各家媳妇是否贤惠的一个标准，因而这个节日也成了主妇们展示手艺与持家德行的重要时机。

埃及人过宰牲节，就像中国人过春节一样，提前很多天便开始准备，那几天，家里的主妇尤其忙碌。家家户户都要忙着打扫房间，采购糖果食品。各种由面粉和蜂蜜制作的糕点、各种口味的椰枣是最主要的节日食品。大人们还要给家里的孩子们添置新衣服，买玩具。对于那些孩子比较多，又比较贫困的家庭来说，节日的来临意味着孩子们终于可以有新衣服穿，有自己盼望了一年的新玩具，也终于得到了垂涎已久的美味食品。在这个小城的公园里，我们看到，不少的家长都把孩子带到了这里，他们会在公园里待上一整天。他们把家里的桌布、毯子铺到公园的草坪上，上面摆满全家人最喜欢吃的食品和饮料，全家人围坐在一起聊天，或者唱起节奏感十足的阿拉伯流行歌曲。此时的公园里已经搭起了几个旋转木马一类的巨大游乐设施，孩子们在那里开心地游戏，叫嚷着，蹦跳着。也有的孩子在围着家长，吵闹着要钱，然后去小商贩那里买些零食或者小玩具。

节日当天，在做完礼拜之后，宰牛宰羊自然就是宰牲节的高潮了。主人早已经备好了待宰的羔羊。这时候羊被牵到了屋子当中，一把锋利的弯头小刀已经在一旁准备就绪。宰羊是一个隆重的仪式，自然是全家老少一起上阵。主人邀请我们一起参与，但我们还是有些胆怯，只在一旁观看。一刀下去后，羊悄无声息地倒下了，鲜血汩汩地流淌出来，四周的孩子们并不惧怕，而是兴奋地用双手去蘸血。随后孩子们在家里的墙上和家具上拍上自己的血手印。据说这样可以得到上苍的庇护和保佑，来年一年都会健康幸福。

随后主人熟练地将宰后的羊剥皮，清理内脏，分割羊肉。

我们随孩子来到街上，看他们把血手印相互拍在对方的身上作为祝福。街道上，有些孩子还把血迹涂抹到自己的脸上。而此时，不少家庭的大门上都已经密布血手印了。有人在街上刚刚宰了一头牛，血水顺着街道流淌，有人在忙着用水冲刷，倒在地上的牛正在被肢解，空气中能闻到血的味道。

埃及人口多，但因为地处沙漠，能够用于耕种和放牧的土地不多，每到宰牲节前，埃及都要从国外进口大量的活羊供应市场。那几年，来自澳大利亚的绵羊最有市场。我国驻埃及使馆商务处的同志曾经给我们介绍说，中国的一些商家也尝试着向埃及出口绵羊，但因为经验不足，路途遥远，运到港口的羊好像晕船一样，左晃右晃不能自己走出船舱。埃及进口商担心这些羊不能活到节日那天，就拒绝接收。据说，埃及商人在船舱前放置一块低矮的类似门槛的木板，凡是能跨过门槛走出船舱的羊，他们就领走，否则就退回。最后多数羊都被退回了，只有那些最坚强的羊，才勇敢地跨过了门槛，进入埃及的大门，并最终走向了人们的餐桌。我们这些置身交易之外的记者，听到这个故事一样的卖羊经历，都忍不住乐了。当然我们是不会在那些出口羊的商人面前笑的。他们既然生意没做到圆满，但其精神是值得钦佩的。

埃及的斋月和中国的灯

对阿拉伯人或者全世界的穆斯林来说，在宰牲节之前，每年伊斯兰教历九月到来的斋月也是一段特别重要的日子。这段时间叫作"拉马丹"。"拉马丹"是阿拉伯语斋月的音译。一年一度的斋月总是十分的隆重。在长达一个月的时间中，信奉伊斯兰教义的人们要"把斋"，就是只在每日的天亮之前、日落之后进食，白天不得饮水吃饭。斋月的设立是为了表达对真主的信仰与敬畏。

在埃及工作那几年，我们每年都会经历一段斋月的时间。因此印象也是十分的深刻。斋月中，每到日落时分，埃及国家电视台的节目中就会有一门礼炮鸣响，这是"开斋炮"，炮声告诉所有的人，经过一天把斋的人们现在可以进食了。斋月的开斋食物往往比平时更丰富、更传统，全家人从四面八方赶回来，欢聚一堂，享受美食，更享受快乐的时光。

开斋时刻，那些在街道上、小区里常见的大棚子是最吸引人的去处。乐善好施的富人们在斋月期间搭起花花绿绿的布棚子，请来帮忙的人在里面生火煮饭，吸引穷人来这里免费吃饭。富人诚心诚意，穷人心安理得，大棚子里灯火通明，香气扑鼻，人声鼎沸，好不热闹。街坊四邻，过往行人，认识的不认识的，全凭一张嘴，只管来，来了只管吃，吃了就走人。我们也曾经几次坐在大棚里面的长条凳上，享用免费的开斋饭，有的时候是为了体验一下当地人的生活，分享他们的快乐，有的时候也真是因为忙于工作，没有地方吃饭，就闻着香味寻到了大棚里。要知道，斋月期间，所有的餐馆在白天几乎全都闭门谢客，因此我们通常也会饿上一整天，一方面是吃饭不便，另一方面也是为了尊重当地的习俗。斋月期间，提供开斋饭的大棚几乎遍布开罗的大街小巷，只要时辰一到，饥肠辘辘的人们随时可以找到地方享受一顿免费的美味。此时的开罗，诱人的美食味道弥漫在城市的每个角落，广场、空地上到处炊烟袅袅，清真寺里讲颂《古兰经》的声音在上空回荡，而平时拥挤的城市道路上已经空荡荡不见一辆车。作为外国记者，我们在这里看到了一幅美妙的画卷。

在埃及的斋月里，最不可少的是拉马丹灯，这是斋月到来的标志。这如同我们的春节，当街头或者商店中看到大红灯笼高高挂起，就预示着春节临近，人们也开始感受到春节热烈的气氛了。而从外观上看起来，拉马丹灯和我国的宫灯也颇有相似之处。后来我到美国工作，才注意到，原来每到圣诞节，家家户户也要在家中或者大门口点上五颜六色的灯，来渲染节日欢乐的气氛。原来不分民族，也无论宗教信仰，彩灯都是重大节日期间不可或缺的装点之物，都表达着人们的喜庆心情。

在埃及，斋月期间悬挂拉马丹灯的传统，据说已经有了1000年的历史。现在已经成为埃及人社会生活中不可缺少的一项非常具有特色的内容。每到斋月，大小商店、机关学校以及家家户户的房间里、阳台上都要挂上拉马丹灯；豪华饭店上闪烁着拉马丹灯巨大的霓虹灯造型；街头巷口，拉马丹灯随处可见，给夜幕下的开罗平添几分辉煌；五颜六色、能发出音乐声音的小拉马丹灯更是孩子们节日不可少的礼物。

最近几年，中国制造的拉马丹灯越来越受到当地群众的喜爱。几乎垄断了当地市场，据说当时每年从中国进口的拉马丹灯的价值超过了两千万美元。有一年斋月前夕，当地最大的一份英文报纸在头版发表了一篇图文并茂的文章。文中讲到，无论从制作技术还是材料，埃及制造的拉马丹灯都无法与中国的进口货相竞争，而且中国灯还很便宜，几乎占领了埃及市场。文章呼吁当地企业家和商人要有危机感，制作出中国产品那样精美的斋月灯，也呼吁埃及人多多购买本地产拉马丹灯，支持国货，支持民族企业。

漫步街头，有不少的小商贩都在贩卖大大小小、形状各异的拉马丹灯。有的小的可以作为钥匙坠使用，有的像台灯一样大小，也有的大到一人多高。我随便拿起一个小贩手中的拉马丹灯在手里把玩。东西做得很精致，图案和造型都是典型的阿拉伯风格，触动开关，随着里面小灯闪亮，一段阿拉伯语歌曲也欢快地飘逸出来，是正在当地年轻人中广为传诵的一首爱情歌曲。我不由得感叹生意人的精明。翻过来一看，却明明白白地写着"MADE IN CHINA"。在这个小贩的摊上，那些五颜六色的拉马丹灯全部来自中国，打开电源，有的唱歌，有的奏音乐，有的诵读《古兰经》段落，煞是可爱诱人。难怪购买者络绎不绝，几个孩子围着摊位叫着闹着不肯离去，执意要家长给买灯。

得知我是来自中国的记者，卖灯的小贩特别高兴，兴奋地和我聊了起来，他告诉我，这几年，每到斋月前，他都会采购大批的中国产拉马丹灯，而且这些灯的销量一年比一年好。现在已经有中国商人专门从"广交会"上定制拉马丹灯，然后用集装箱成批运到埃及来贩卖。"中国，伟大，中国的灯，好！"小贩对我竖起大拇指。

开罗街头的椰枣摊

椰枣是中东的特产。椰枣的种植范围一直从两河流域的伊拉克，蔓延到非洲西北部的突尼斯、摩洛哥。椰枣也是阿拉伯民族特别喜爱的食品。青涩坚硬的椰枣摘下后，在家中放置一段时间，就变软成了蜜枣，像北京的特色小吃果脯一般。蜜枣是他们平时的零食，也是饥饿时的充饥之物。在斋月时，椰枣尤其受到欢迎，因为斋月期间，人们整整一个白天不得进食，临近开斋时，很多人已经饥肠辘辘，如果不能及时吃上饭，那头昏脑涨的滋味自然难受。于是，很多人都在兜里备上一把椰枣，饿急了，就抓一两个放到嘴里，就像有时候我们吃不上饭时就会吃上两块巧克力。斋月到来前，椰枣也成了亲朋好友间相互馈赠的礼物。

2001年年底，斋月又一次来到。当年，发生在美国的"9·11"恐怖袭击事件搅乱了全世界，也严重影响了埃及的经济。这个国家制造业并不十分发达，经济高度依赖旅游业的收入，金字塔、尼罗河沿岸的古迹、红海的沙滩阳光，都是埃及的摇钱树。突如其来的"9·11"事件，却让来埃及的游客锐减，埃及的经济开始遭遇严冬。但对百姓来说，日子虽然变得艰难，却还要过下去，斋月到了，椰枣依旧必不可少。开罗的小贩们甚至告诉我们说，今年椰枣比去年卖得还要好些。

看到椰枣堆成小山，贩卖椰枣的摊位在大街小巷中排成长长的一排，听到此起彼伏的叫卖声，各个摊位前购买者人头攒动，我们这些好奇的老外也过去凑热闹，准备买一些来尝尝，或者送给当地的朋友。结果，在一个摊位前，我们被小贩冷不丁地吓了一跳，热情的小贩问我们：你是要"拉登"还是要"布什"？要是批发的话，可以享受更多的优惠。原来，这是他们对当时质量差异很大、销售价格也大不相同的两种椰枣的称呼。在开罗，人们根据椰枣生长的状态、加工工艺的高低，对出售的椰枣分出了三六九等，并且以他们熟悉的人物为不同品种、不同质量的椰枣来命名。

中东地区是沙漠的世界。椰枣树是这片沙漠的特产。四季常绿的椰枣树是生命的象征。在埃及，96%的土地是沙漠，星星点点的绿洲点缀在其中。在大漠黄沙中驱车驰骋，远远地看到一抹绿色，那便是绿洲了。这绿色通常是来自椰枣树，少有例外。椰枣树与干旱、沙暴做抗争，呵护着这一小片绿洲脆弱的环境，让人们在这里繁衍生息。椰枣树春华秋实，每到九十月份，就把累累硕果奉献给人们，人们把椰枣既当作水果，也当作甜食，还经常把它作为干粮。沙漠里的人们和椰枣树密不可分，就把椰枣里注入了自己的情感，赋予了自己对世界的解释。

埃及的椰枣树有七百多万棵，分布很广。品种各异的椰枣在质量上自然有优劣之分，不同地方出产的椰枣形状有很大差别，有的饱满如美丽少女纯真的眼睛，也有的布满皱纹，如老汉沧桑的脸。于是富于想象力的商贩们就对号入座，为不同形状的椰枣起了各种称谓，大部分是借用名人的姓氏，如某一知名女演员，或者大家爱戴的名流雅士。

人们通常不直接食用新鲜的椰枣，而是购买已经软化了的椰枣。新鲜的椰枣既涩且硬。买到家中的鲜椰枣也要放置一段时间。在沙漠干热的气候里，新鲜椰枣很快发软，同时里面含蓄的水分也神奇地变得有如蜂蜜一般，黏稠而甜，不几日，原本硬邦邦的椰枣变成了一个蜜团。这时候，椰枣的质量就分出了高低。外观好、口感佳、糖分高的能卖很好的价钱；看着干巴巴、放在嘴里发硬又不甜的，就只能廉价甩卖。尼罗河三角洲一带，气候相对好，椰枣的产量较高，但质量却是最低的，因而整麻袋地卖，也卖不到几个钱。最好的椰枣产自埃及南方的阿斯旺一带，这里因为有一座规模仅小于我国三峡的水库大坝而举世闻名。阿斯旺特殊的沙漠气候造就了椰枣树不寻常的品质，这里出产的椰枣就成了上品。

精明的椰枣批发商最了解椰枣之于百姓的特殊意义，也掌握着大家关注的内容。于是，在2000年巴以冲突再度激化、巴勒斯坦人抵抗以色列占领的运动进入新高潮之后，他们给那种产于阿斯旺的上等椰枣起了一个特殊的名字："圣战。"这个名字使当年的椰枣销量大增。在这一年聪明的小贩又如法炮制。当时，策划了"9·11"事件的本·拉登名气最大，他们就以他的名字命名了最受欢迎、售价最高的一种椰枣，这个品牌的椰枣每公斤能卖到二三十块钱。出产于尼罗河三角洲的廉价椰枣也不再默默无闻，有了同样响亮的名字"布什"，每公斤的售价大约一块钱。这样的命名方式，有一些调侃的味道，却也在无形中流露出人们对国际风云人物的态度。小贩们解释说，这并不含有任何政治色彩——生意人嘛，看中的是名人效应。仅仅把椰枣改名换姓未必就能多卖钱，人们最终看中的还是性价比。但的确，这些响当当的名字让他们增加了不少销售额。那一年，开罗销售的椰枣品牌还有"卡扎菲""萨达姆"等等，多得数不过来，这些品牌除了显示不同的加工质量和售价，也区分出不同的口味。

椰枣小贩们与时俱进的精神和放眼世界的视野，让我们这些外国顾客忍俊不禁，索性就一斤"拉登"、二斤"布什"地让小贩称重装包。其实，对我们这些外行来说，无论哪个品牌，味道都是一样的，都是甜得发腻，像是把一块蜂蜜含在了嘴里，同时又带有一点苦涩。拿到家中，中国朋友们都提醒说，椰枣要少吃，这不仅仅是因为糖分太高，不利健康，更因为椰枣都是在自然的状态下变软糖化，几个月的时间里就暴露在路边尘土飞扬的环境中，又不能清洗，不许加热，因此卫生状况堪忧。

后来，我又几次购买椰枣，用来在斋月期间赠送给埃及朋友。这时候我才真正认识到椰枣在埃及人心目中受欢迎的程度。斋月里，家家户户的埃及百姓都早早地在家中准备很多椰枣，正如我国北方的春节，家家户户少不了要买些花生瓜子。除夕夜，热腾腾的饺子下肚之后，大人孩子都会围坐在一起嗑着瓜子聊天，观看春节晚会。同样，埃及人在斋月这段隆重而特别的日子里，椰枣也是阖家团聚时必不可少的零食。斋月的夜晚，电视节目比平时要丰富得多，人手一杯红茶，各式各样的椰枣摆在面前，欢声笑语伴随电视机前的人们，度过又一个团圆的时刻。

撒哈拉沙漠中的贝都因人

有着"中东枭雄"之称的利比亚前领导人卡扎菲一直标榜自己是正宗的贝都因人。他每天要喝骆驼奶，晚上要在帐篷中睡觉。哪怕是出国访问，也要随飞机带上几头骆驼，他不住宾馆，要在人家的地盘上支起帐篷。

的确，这就是贝都因人的风格，贝都因人的生活方式。

贝都因人，有着传奇色彩的神秘部族。早就听说，在西亚、北非的大漠之中，生活着贝都因人。在埃及工作期间，终于得到了一次机会，我们来到埃及东南部的沙漠腹地，参观了一个偏远的村落，见到了传说中的贝都因人。

贝都因与撒哈拉相伴而生。在阿拉伯语中，撒哈拉的意思是大沙漠，贝都因的意思是逐水草而居的人。在伊斯兰教兴起前，贝都因人是阿拉伯半岛原有居民，伊斯兰教先知穆罕默德传教期间，贝都因人纷纷皈依伊斯兰教，并成为伊斯兰教统一阿拉伯半岛并向外扩张的重要力量。在之后的岁月中，贝都因人逐渐散布于西亚、北非的广大沙漠地区。目前贝都因人的总数在1000万左右，但这个数字并不确切，因为贝都因人流动生活于沙漠深处，游牧距离跨度很大，民族、国家的概念并不十分强烈，一些国家在人口统计中就难免有遗漏。

千百年来，贝都因人与大漠黄沙相伴，他们大多数靠放牧为生。骆驼是他们的一切。骆驼是他们的财富、新娘出嫁的彩礼、家庭财富的统计数据，甚至赌博时下的赌注都是以骆驼为计算单位。骆驼是他们转战沙漠深处的交通工具，他们驱赶着骆驼，动辄转战几百公里，骆驼背上就是他们的全部家当。骆驼也是他们衣食的来源，他们吃骆驼肉，喝骆驼奶，骆驼的皮毛制作成了他们的衣服，搭建了他们睡觉的帐篷。甚至骆驼的粪便也被他们拿来作为燃料。

当埃及向导提出要带我们去参观一个贝都因人的村落时，我们自然兴奋不已。

那天下午，我们乘坐的吉普车从红海岸边的一座小城出发，在茫茫荒漠中行驶了两小时左右，终于来到了传说中的贝都因人居住的地方。黄昏时分，我们看到，这个小村落其实不过就是在四面环山的一片沙漠中，零散分布着的七八间草棚和毡房。最先引起我们注意的，是散养在草棚外的骆驼。这些骆驼或者在四处游荡，寻找着食物，或者悠闲地卧在地上休息。我们的汽车卷着漫天的尘土冲过来，它们视而不见。

向导告诉我们，这是一个叫吉拉布的贝都因人村落，虽然村民们在这里是靠接待旅游为生，但他们似乎对此并不十分热衷，也并不擅长，面对游客，依旧我行我素，新生活似乎并没有给他们的生活方式带来多大的冲击。其实，这正是我们所期待的。要是贝都因人的村落变成了热闹非凡的旅游接待站，我们反而会感到失望。至少现在我们还能在村子里领略一些贝都因人的生活方式。

小村子里，青年男子们为前来参观的人牵骆驼，拍照留影，顺带出售一些饮料和自家制作的奶制品。女孩子们则在一旁忙着生火做饭，为远道的客人准备美食。几位妇女以黑纱遮面，蹲坐在摆放着几个手工艺品的小摊前，她们会对着你微笑，你能看出她们渴望你光顾自己的地摊，但既不显得热情，更不去吆喝。向导告诉我们说，这个小村子一共有三四十口人，他们之间大多都有亲属关系。

最让人惊奇的是，这个村落虽然小得不能再小、简陋得不能再简陋，却依然有着自己的清真寺，村民们照样会每天做礼拜。

不过，这个清真寺其实也是用树枝和毡子搭建的一个简陋小屋子，看起来很难抵挡沙漠上狂风的袭击。

近年来，到埃及红海沿岸旅游的人越来越多，除了在沙滩上晒太阳，在大海中潜水，前往沙漠深处参观贝都因人的村落也成为一个旅游项目。终日与骆驼相伴的贝都因人开始被卷入旅游大潮中。他们把自家的骆驼出租给游客，带着客人在沙漠中漫步，他们用自家的原料制作出传统美食招待来访者。

客人的到来，让这里的人们一阵忙碌。好几位女人都在忙着烤馕，有人趴在灶台前用力吹气，希望能让火苗更旺一点。炊烟很快在沙漠上飘荡，香味扑鼻而来。馕和骆驼奶一样，都是贝都因人须臾不能离开的食物，每家都要储备很多。但客人来了，他们执意要用新烤制的新鲜食物来招待。比较大的一间房屋里，几位老妇人仍然在忙着手里的活计，她们在原始的木制机器上编织着手工挂毯，挂毯的图案只是一些很简单的线条，却充满了浓郁的伊斯兰风情。机器旁边，还有一位老人在用针线制作着骆驼玩偶，制作用的材料显然也是就地取材，都是没有经过认真加工的骆驼皮革，这更让玩偶看起来古朴可爱。后来我买了几个老人手工制作的骆驼纪念品，并一直保留到今天。

天色已晚，村子的中间燃起了篝火，既用来照明，也兼顾取暖。在沙漠深处，白天的太阳还火辣辣地烤在头上，来访的人都只穿短衣短裤，但太阳一落山，立刻人们就有了冷飕飕的感觉。用木头搭起的简陋餐桌上，摆上了各式美食，有羊肉、骆驼肉、骆驼奶，还有少量的蔬菜沙拉。吃饭时，我们和招待我们的几位妇女聊了起来，她们说，这个小村子已经在这里存在好几年了，但没有人知道这一片地区到底有多大，她们只知道在很远的地方有绵延的大山，而山那边还有成片的沙漠。问到这周围的山叫什么名字，她们说山就是山，山就是它的名字啊。她们还说，她们不需要灯，不需要电，天上的星星和月亮已经足够了，因为这里从不会阴天下雨。

　　向导告诉我们，大约在几年以前，来这里放牧的村民偶然发现这里有能够饮用的地下水，于是大伙合力挖掘成了村里的那口水井，然后他们就在这里安顿下来。每天，他们还要赶着骆驼去几十里以外的地方放牧。

　　距离篝火不远的地方，两位老人坐在石头上，正在有滋有味地抽着水烟，看上去十分的安详和知足。老人的儿子也在忙着招待我们，他告诉我们，几年前，他二十二岁时，第一次走出了大沙漠，和族人一起来到了一百多公里外的省会城市，做了平生第一笔生意，把七头骆驼牵到市场上卖掉了，然后用得到的钱买了些面粉和生活用品回家。年轻人说，村子里已经有几个年轻人到外面去读书，也有人在城市里务工，但他并不喜欢外面的生活，他认为城市里人太多，不够清静，弄不好还会迷路。

　　说话间，饭吃完了。这时一队骆驼在主人的带领下来到了我们的面前。我们每人骑上一头骆驼，去不远处的小山包上赏月看星星。骆驼很通人性，到了客人面前就主动卧下来。我们都兴致勃勃地跨上了骆驼背。猛然间，那骆驼两条前腿直立起来，我们猝不及防，身体猛地向后仰去，匆忙间，急忙伸出双手去搂骆驼的脖子，但不等我们回过神来，骆驼的两条后腿也站直了。我们随之又向前趴倒。前仰后合的过程中，骆驼已经完全站立起来，昂着它那高傲的头，迈开大步向前走去。这是我第一次骑在骆驼背上，这时我才明白原来骆驼站立是这样的一个过程。

　　在小山包上，我们眼前的亘古荒原，漆黑，寂静，没有一丝的光亮，听不到任何声响，好像置身于一个真空密闭的环境中。而天上，是悬挂着的数不清的星星，有几颗星星还在向我们眨着眼睛。忽然，一颗流星在远处倏地一闪而过，随即消失在茫茫的天际间。半个月亮挂在天上，璀璨的星光已经让月光显得那么微不足道。天地苍茫，荒漠亘古不变，此时，寂静荒凉的撒哈拉沙漠让你感到了莫名的震撼，在这里，每个人都会感觉到自己是多么的渺小，体会到自己不过是天地间的一个匆匆过客。

第二章

埃及：悠久的历史，独特的文化

第三章

和平：以色列和巴勒斯坦人民的共同渴望

初识以色列

我们的首次以色列之行，是在 2000 年 3 月。这次的任务是报道巴以之间的政权移交和当地民众对此的反响。当时，以色列执行了相关和平协议的规定，将约旦河西岸的部分土地移交给了巴勒斯坦方面。我们此行就是要去报道这些地方的政权移交过程。在我的记忆中，这似乎是唯一一次为了报道局势缓和而来到这个地区，此后我们又多次进入巴以地区，但多数情况下是报道这里因发生爆炸、袭击和流血冲突而导致的局势恶化。

几十年来，阿以冲突不断，大规模的战争数度爆发，中东地区始终是国际社会关注的热点，也是大国角逐的重要场所。作为国际政治专业的毕业生，早在大学期间，我就对巴勒斯坦、对以色列充满了好奇，一直期待着能有机会来这里探访，亲历一下这

犹太人的圣殿哭墙紧邻伊斯兰教的尊贵禁地阿克萨清真寺

巴勒斯坦与以色列之间戒备森严的检查站。山坡上,伪装网内的机枪和士兵紧盯着过往的行人

里独特的氛围。而现在,机会来了。

飞机从开罗机场起飞,短短一个小时后,我们就降落在了以色列首都特拉维夫的本·古里安机场。这个机场的名字听起来有些古怪,它源于以色列首任总理本·古里安。1947年5月14日,根据联合国巴以分治决议,以色列国宣告成立,本·古里安成为首任总理。此前,他曾经为以色列国的建立奔走于大国之间,进行了长期不懈的努力。建国后他又领导自己脆弱狭小的国家与周边的阿拉伯国家进行了艰苦的战争,并最终让这个弹丸小国在敌对的环境中生存下来。因此他被以色列人当作国父,并以他的名字命名了许多设施和机构。在本·古里安机场,我们第一次踏上以色列的土地。

在接下来几天的采访中,我们先后到了特拉维夫,到了圣城耶路撒冷,到了巴勒斯坦政府所在的城市拉马拉,到了这些平时只在新闻报道中出现的热点地区。虽然这些名字我们早已通过电视报纸耳熟能详,但当这些"传说中的"城市活生生地展现在我们面前,当电视节目中的那些冲突、爆炸的场面真真切切地在我们面前发生时,这短短一小时的飞行,就让我们有了从一个世界到另外一个世界的感慨,让我从新闻事件的旁观者变身为目击者和亲历者。

那天到达特拉维夫后,我们首先拜访了我国驻以色列大使和负责政治、文化和新闻报道的使馆官员,听取他们对时局的分析和对我们报道的建议。几位官员透彻全面的分析让我们受益匪浅。

很长时间以来,我国都一直坚定地站在阿拉伯国家一边,在历次阿以冲突中,都在道义上和物质上对阿拉伯国家给予大力支持,对以色列进行谴责和抨击。随着国际关系的变迁,我国在与阿拉伯国家保持传统友好关系的同时,与以色列的关系也在不断加强,并最终在1992年1月与以色列建立了外交关系,在以色列首都特拉维夫设立了大使馆，从此我国与以色列在各方面的交流与合作飞速发展。以色列的先进工业装备、农业技术，甚至军事科技不断引入我国，这对我国当时的工业化和现代化进程起到了积极的促进作用；而在以色列方面，官方和民间都对"二战"时中国人在艰难的条件下，冒着生命危险向逃亡中国的犹太人提供帮助心存感激。中国积极参与中东和平进程更受到了阿以双方的欢迎。中国驻以色列大使馆在以色列政府中的影响力也在不断扩大，因而在大使馆的大力协助下，我们的采访很顺利地展开了。

为了让我们对以色列、对巴勒斯坦和双方的冲突有更多的感性认识，使馆的同志还给我们提供了一些书籍和介绍材料，并且带我们参观了使馆的物资储备室。在这间不大的储备室里，我们不仅见到了各种工作生活用品，还见到了不少必备的安全防护用品，包括防毒面具、防弹衣、止血绷带等等，这一下就让我们有了临近前线的感觉。在随后几天的采访中，我们感觉到这些装备对在这里工作的人来说，一点都不多余，就像家里的汽车、电视机和锅碗瓢盆一样不可或缺。

初到以色列，最深的感受是这里是一个全民皆兵的国度。在首都特拉维夫街头，随处可见的是扛着步枪的士兵。20岁上下的大姑娘小伙子，很多都穿着绿色的军装，长长的步枪斜挎在背后，或者三三两两在街头散步，或者乘坐公共汽车，甚至打出租车、排队买麦当劳，到处都有他们的身影。他们当中的多数人并不是在值勤，扛枪是他们生活的一部分，在肩上扛支枪，就像把手机拿在手里玩耍一样的自然不过，一样的顺理成章。但这不免会让我这样一个外来人隐约感受到这里的危机四伏，提醒你意外事件会如影随形，随时有可能发生。同时我也始终纳闷，不知道那枪里面有没有子弹，看他们习以为常、漫不经心的样子，真担心他们一不小心，枪支走了火该如何是好。当然他们更多在意的是，一旦有事，枪不在手，该如何面对。而显然，这是一个很现实的问题，容不得丝毫的马虎和懈怠。

写到这个场面的时候，不禁又让我想起相似的一幕。就在这次政权移交过后不久，我重返这里，报道当时如火如荼的以色列大选。当时沙龙正在竞选总理，而且呼声正高。曾经作为军人的沙龙在几次对阿拉伯国家的战争中攻城拔寨，屡建奇功，从政后又一向以对巴以问题政策强硬著称，他的参选造成阿拉伯国家和以色列阿拉伯人的担忧和反对，这给大选的顺利进行带来不确定因素。大选前的安保工作因此十分严峻。

当时，就在我住的饭店大堂里，也坐满了扛着长枪的年轻士兵。由于大选事关重大且局势紧张，众多的以色列国防军士兵被部署到商业中心、交通枢纽等地方加强警戒，防范万一。我住的饭店邻近政府机构，饭店里，常有重要会议召开，显赫人物出入频繁，因而也成为重点警戒对象。闲来无事，那些值勤的大兵居然有人坐在大堂的三角钢琴旁，像模像样地弹奏起来，琴声悠扬，弹琴的人一边十分专注地演奏，展现自己娴熟的技巧，一边又不时地耸耸肩，调整一下从肩头滑落的长枪。背着枪弹奏舒缓的钢琴曲，这让我感到很新奇，而那些围观的士兵也是一手扶枪，一手端着可乐或者麦当劳汉堡，更让我感到有些耐人寻味，也更加感慨万分。当时我在想，他们也许就是按规定服兵役的大学生，有自己的爱好、自己的专业，但在这种局势紧张的地方，他们首先要扛起枪，时刻准备着。这次对以色列大选的采访，我是一个人独自来到以色列的，工作中雇用了当地电视台的摄像人员。中午吃饭的时候，他又从车上把摄像机拿出来扛在身上。我说休息的时候，你可以放松一下了。他却坚持说，这里什么时候都有可能发生情况，我们已经习惯了，就像士兵一样，应该始终枪不离手。是啊，在一个随时可能发生冲突的地方，军人也好，记者也罢，大家都须臾不能离开自己的武器。

第三章

和平：以色列和巴勒斯坦人民的共同渴望

首次经历枪击和爆炸

　　2000年3月21日，以色列向巴勒斯坦方面移交了约旦河西岸的一座城市——图勒凯尔姆的控制权。城市很小，在我国，这里充其量可以被当作一个小镇。但这是巴勒斯坦方面几十年来苦苦追求的目标和流血斗争后取得的初步成果，因此成为当时很轰动的一个事件。21日当天，一长串满载以色列士兵的汽车从位于小城边缘的兵营撤出后，身穿便服的巴勒斯坦警察冒着大雨接管了兵营。兵营距离约旦河西岸的著名城市那不勒斯大约15公里，看起来已经十分破败，似乎以色列方面早已清楚这里不是属于他们的地盘，也就一直没心思在这里认真经营，因而我们看不到士兵们离去时有什么惜别的表情，倒是巴方的军警和民众显得欢欣鼓舞，十分兴奋，也许他们等待这一天已经很久很久。他们和许多记者一起，早早守候在这里，待以军撤离后，迅速在军营前升起了巴勒斯坦的四色旗帜。这成为巴以双方政权移交的一个标志性事件。

　　在巴勒斯坦的自治地区采访时，我们同样看到有很多人都拿着枪，不同的是这里的人大都是在腰里别上一把手枪，身着便装，分不清他们是"游击队""武工队"一样的民间自卫组织还是正规军。只有在重要的政府机关门口和进出城镇的关卡处，才能看到穿着制服、端着微型冲锋枪的军警人员。在军营前的升旗现场，不少人都端着枪，这些人依旧穿着随便的衣服，手里的枪也是五花八门，各式各样。路口后面是他们刚刚从以色列军队手里接收过来的小镇。

　　当天，这里升旗的方式也十分简单，就是在一个废弃的汽油桶里装满沙子，上面再插上国旗。为了让旗帜飘扬得更高，旗杆下面又绑了两根竹竿，所以看起来有些歪歪扭扭，和这样一个有重要意义的庄重场合不很搭配。年轻的士兵和围观的民众围绕在旗杆四周，在那里兴奋地喊着口号，庆贺着他们的胜利。我迅速地扛起摄像机进行拍摄，这是绝好的新闻画面。这时有人在朝我们用阿拉伯语高声呵斥，似乎在表示不许拍摄，我装作没有听到，继续拍摄，我知道，这样的画面稍纵即逝，迟疑不得。如果安全人员要走近我，到我的镜头前面来强行阻止我的工作，至少需要几秒钟的时间，而这几秒钟的画面至关重要，也足够我拍摄了。到时候我就会服从命令听指挥，停止手中的工作。这是我在一些敏感地区拍摄采访时惯用的伎俩，而且屡试不爽。这次我想如法炮制，于是拍摄继续进行。

突然，一声枪响，我能感到一颗子弹带着风声，嗖地从我的耳边擦过。

我没有当过兵，除了看电影电视，这是我第一次听到真正的枪声，因此着实被吓了一跳，心跳得很厉害。因为我很清楚，那子弹是朝我飞来的，飞过我耳边的时候，有一股猛烈的啸音。后来在巴以地区，在中东的其他地方，我又多次听到枪响，但这第一声枪响让我永生难忘。

还好，他们并非真的要结果了我，那只是一种警告，开枪就是他们的表达方式。枪响后，我和众多的记者一样，暂停了拍摄，然后找他们交涉，而他们竟然又同意让我们继续拍摄和采访。我后来猜测，他们在枪声里要表达的，除了显示自己接管这里的权威外，还有他们兴奋的心情。

似乎从这一声枪响，我在中东地区充满刺激的记者生涯正式开始了。

当天晚上，我回到了耶路撒冷。夜幕下的古老城市，一切都那么平静，灯红酒绿的街道，古老的圣殿山，街道上匆匆经过的车辆和行人，就像什么也不曾发生过，或者因为经历得太多，这座老城对什么都漠然了。在这种氛围的感染下，我因受到惊吓而猛烈跳动的心脏逐渐平静下来。

进入酒店房间,正准备洗澡休息,突然,一声巨响从窗外传来。强烈的冲击波下,酒店的窗户哗哗作响。我赤脚跑到窗前,只见饭店楼下,一条小路对面,大火在熊熊燃烧,一股浓烟在迅速地升腾,几辆汽车已经被炸得支离破碎。这是我第一次如此真实地体会到传说中的汽车炸弹有多么厉害。

等我赶到现场时,警车、救护车也呼啸着赶来了。还好,爆炸的目标好像仅限于路边停放的汽车,只有几个人受到轻伤。警察和救护人员看起来并不慌乱,很有章法,他们迅速拉走了伤者,并在勘查现场后恢复了交通。让我感到离奇的是,当爆炸刚刚发生,现场调查和清理工作还在进行时,很多住在附近的犹太人就纷纷聚拢在爆炸现场,手拉手地跳起舞来,就像我们围着篝火跳舞那样。这些人嘴里还念念有词,不知道在吟唱还是在祈祷。

男人们都戴着高高的黑色礼帽,虽然天气很热,他们依然穿着深色的长外套礼服,有的人手里还拿着手杖。每个人都留着长长的大胡子。这些人的形象我这几天也曾在街头见到过,感觉他们仿佛始终生活在很久以前的时代。后来经过了解,我才知道原来他们属于犹太教的一个极端教派——哈西德教派。这个教派以正宗犹太教派自居,在纳税、服兵役方面都享有特殊的待遇。据说,他们的这种装束,可以在《圣经》的《旧约全书》中找到依据。在耶路撒冷,这样装束的犹太人已经成了犹太人聚集区的一道风景。

汽车爆炸事件发生后,我还逐渐了解到,这样的且歌且舞是他们的一种仪式,大约是在感谢上帝的眷顾,没有让他们遭受太多的伤亡。见到我这个外国记者,有个犹太人主动走过来,向我谴责阿拉伯极端分子的暴行。其实那时还没有人能确定实施爆炸的极端分子是阿拉伯人还是犹太人,因为爆炸的矛头显然与当天的政权移交有关,而反对和谈、反对和平交接政权的人,在犹太人和阿拉伯人两方面都大有人在。这位犹太人随后将我引领到旁边他自己的家里，让我看在爆炸中损坏的门窗家具。这是一套不大的房子，屋内陈设的鲜花壁画给人温馨的感觉。但爆炸让对面的墙壁出现了裂纹，粉刷的油漆已经大片脱落，墙上挂的照片和桌子上摆放的花瓶、钟表已经震落到地上。地面上到处是破碎的玻璃和纸片，一把掉在地上的小提琴还断了琴弦。整个屋里一片狼藉。然而从他们的脸上，我没有看出恐惧，甚至感受不到他们的愤怒，只在他们平静的言语和表情下察觉到无奈与悲凉。

在以后的日子里，我多次来到巴以地区进行采访，也多次遭遇类似的爆炸事件。每当有爆炸发生的时候，感受最多的仍然是无奈与悲凉。也许，那些从世界各地移民到以色列的犹太人深知，选择了这里，就选择了要面对这样的一种生活方式。或者说，他们对这种事件的发生早已经见怪不怪了。正如我自己，既然选择了在中东地区做记者，就认可了要时常面对枪击和爆炸，认可了这是我工作和生活环境的一部分。

毫无疑问，流血冲突早已成为这里的生活常态，不会因偶尔迈出的和平步伐而轻易有所改变。政权的移交似乎让人们看到了和平开始的一线曙光，但正如当时许多媒体所分析的，冲突的基础由来已久，和平进程依旧十分脆弱。这一点很快得到了印证。此后的几年间，我所遇到的类似事件越来越多，程度也是愈演愈烈。

在此之后半年，也就是2000年9月，当时身为部长的以色列政府鹰派人物沙龙在军警的重重保卫下，在耶路撒冷强行进入了被穆斯林认为是神圣禁地的阿克萨清真寺，由此引发了巴以之间新一轮的大规模流血冲突。西方的报道当时这样形容沙龙的举动——一头冒失的公牛闯进了瓷器店——很贴切也很形象地描述了当时的情景。但其实，沙龙此举并不出乎意料，更不是头脑一热的冒失。毫无疑问，久经沙场之后，沙龙早已是一位成熟老练的政治家。他冒着巨大的政治风险，甚至不顾屡屡遭到的死亡威胁，执意冒犯阿拉伯人的情感，一定也是经过了深思熟虑。他有对时局的分析，对可能后果的预料，但是他有更多的意思要表达，要做给他的选民看，于是他迈出了这一步。

当天，大批阿拉伯青年聚集在清真寺外，高呼抗议口号，并投掷石块，试图阻止沙龙的来访，但以色列军警用橡皮子弹和催泪瓦斯驱散了他们。再之后，巴勒斯坦各地充满暴力色彩的抗议示威活动持续不断，流血冲突和伤亡事件屡屡发生，刚刚让人看到一点点转机的巴以和谈进程再度中断，而且始终没有得到恢复，这一地区的政治环境、安全环境因此进一步恶化，也正因为如此，我们后来又一次次赶到这里进行采访报道。

杯弓蛇影，草木皆兵

很多年来，工党和利库德集团是以色列的两大主要党派。两党轮流坐庄，交替着上台执政。每次竞选时，两派在内政方面、在经济社会发展方面的分歧都不大，最主要的政见差别就体现在对待巴勒斯坦问题的态度上。当鸽派上台时，他们会提出一些容易被对方接受的和解方案，比如通过向巴勒斯坦方面返还少量的被占领土、暂停在一些争议地区建设犹太人定居点、释放一些被关押的巴勒斯坦人等方式向阿拉伯世界示好，从而换取阿拉伯国家向巴勒斯坦方面施压，停止或减少针对犹太人的袭击，让以色列民众过上几天安生日子，这通常被简单地称作：土地换和平。

但"听起来美好"的鸽派方案在实施中却屡屡受阻。一方面，政府中的反对派势力强大，坚决反对这样的柔性方案，这就让坐在台上的执政者虽有意愿，却难有作为。普通民众中也不乏激进分子，他们从历史传统、现实生活等各个角度出发，反对政府的做法。另一方面，同样的阻力还来自巴勒斯坦方面。巴勒斯坦人虽然面临着恢复家园的共同任务和愿望，但党派众多，意见分歧巨大。有的相对务实，如曾经在阿拉法特领导下的巴勒斯坦解放组织，他们接受"土地换和平"的有条件的和解方案，但一些激进的派别，始终坚持不承认以色列、不与以色列媾和的立场。

当然，还有不小的阻力来自周边的阿拉伯国家。重建巴勒斯坦国虽然是阿拉伯国家面临的共同任务，但不同的阿拉伯国家时常会从自身的利益出发，利用自身的影响力去左右巴以和谈，左右中东和平进程。因而当时以阿拉法特为主导的巴勒斯坦政府要想收获一些和平进程的成果是难而又难。

20世纪90年代，在国际社会的努力之下，和解之风吹向了巴以地区，有关巴以问题的多边、双边会谈接二连三地举行，一些和平协议开始签署，被认为是鸽派的工党领袖巴拉克做了几年的以色列总理。然而历史的积怨、现实的矛盾、来自阿以双方的内部阻力让工党在巴以问题上依旧一筹莫展，毫无实质性的进展。虽然有以色列向巴勒斯坦土地归还的开始，但枪声、爆炸声依然不断，以色列的安全形势丝毫未见好转。

在这种大背景下，2001年年初，新一轮的以色列大选又开始了。既然鸽派的努力不见成效，以色列百姓开始寻找另一位领袖，找来找去，他们把目光投向了被认为是鹰派的另一党派：利库德集团，投向了它的领袖沙龙。"我并不认可沙龙，并不同意他的很多主张，但是我想换个人上台来试试看。"报纸显示了选民的心声，也反映出他们对时局的无奈。

在那个投票的日子，我来到特拉维夫，来到一个设立在居民区中的普通投票站。

投票站是临时借用的社区活动室。投票站外面，毫无意外是全副武装的军警。供投票的房间不大，三三两两的人来到这里，写票、投票，秩序井然。我先后找到几个投票后的选民采访，问他们希望新政府能在政策上有什么变化，能带给他们什么。除了增加就业、税收减免这些，人们谈得最多的就是希望政府能采取办法，让他们在乘坐公共汽车、在超市购物时不必为恐怖袭击提心吊胆。采访过程持续了一个小时左右，一切顺利，很快就可以结束工作了。

一位中年男子从投票的小隔间里走出来了，我上前拦住他，提出了我的问题。这位先生是位大学老师，就住在不远的一个小区里。对于政治，对于和平进程，他的谈话都很有见地，语言也精炼得体，而且十分配合。我一边听他侃侃而谈，一边暗自庆幸撞上了一个理想的采访对象。

然而，就在我全神贯注地采访时，旁边的一位女士居然上前捅了我一下，还说了些什么，我受到了干扰，瞥了她一眼，希望她注意到我在工作。没想到那位女士索性上前打断采访，大声地朝着我的采访对象说着什么，同时还用手指着不远处地上放着的一个东西。正在接受采访的男子顿时紧张起来，他告诉我，那位女士是他的妻子，她在问这个东西是不是我放到这里的。

我仔细一看，原来那不过是哪位母亲放在地上的一个小篮筐。当地年轻母亲出门时经常使用这样的篮筐，用来把婴儿提在手里，篮筐里还放着孩子的衣物和奶瓶。这怎么会是我的呢？ 没想到，就在我摇头的那一瞬间，这位夫人已经冲到里面喊了起来：这是谁的包，这个包是谁的？没等有人回答，她又连推带拽地找来一位肩上斜挎着步枪的年轻军人，并焦急地朝他喊着：这里有个没人要的包裹！在军人低头去查看时，夫人已经拉着丈夫和我的手跑到了院子里。那位丈夫对我说，我们的采访最好改在这里进行，因为我的夫人发现了一个被遗弃的包裹，当然我们不愿意相信那是一个炸弹，但是我们还是小心为妙。

原来如此，这位夫人也太过敏感了吧。还好，采访结束时，我看到一位母亲拎着那个引起虚惊的篮筐从里面走了出来，并且向那位军人不停地表示歉意。原来她在门口放下了篮筐，抱着襁褓里的婴儿去里面投票了。这短短几分钟的工夫，就引发了一场虚惊。

在采访中，这位丈夫对我说，我不想告诉你我投了谁的票，因为这其实无关紧要，重要的是我们想有一个能带来持久和平的政府，别再让我们活得这样战战兢兢，要知道，我的儿子才三岁，我只想让他平平安安地长大成人。

几年以后，我结束任期回到国内。每当我向朋友们讲起这位夫人的故事时，总有人不屑地说，这位夫人也太过于神经质了，简直就是病态。但我不这样认为。生活在中国和任何一个和平稳定的地方，人们的确难以理解以色列人的紧张心态。从安全角度看，那是一个病态的地区、病态的社会，如果不是这样神经质的话，那危险可能也就距离她不远了。因为在那里，危险无处不在，爆炸随时都有可能发生。

其实，不仅仅是这些常住居民，就连我们这样的过客，也无时不感觉到危险的存在。记得最初去以色列的时候，我喜欢在采访之余坐一坐他们的公共汽车，感受一下当地普通百姓的生活方式。车厢整洁，也并不拥挤，坐车的人都是最普通的当地百姓，他们经常会在不经意间向你投来一个善意的微笑。坐在座位上，拽一下车上的拉绳，司机就会在下一站为你停车，然后友善地跟你道一声再见。那种感觉远比在北京的公共汽车上，在拥挤的人群中挤上挤下要惬意得多。但在后来，接连不断发生的公共汽车爆炸事件，最终让我在恐惧之中告别了公共汽车。

不仅如此，有时候坐出租汽车，在路口遇到红灯停车时，如果这时候有公共汽车也停在了旁边，我心里也会打鼓，生怕那车上会传来一声巨响，爆炸会殃及周围。常驻以色列的新华社记者老高曾经告诉我，那两年，他根本不敢让夫人去买菜，每次他自己去超市买菜，也都十分紧张，东西买好，扭头便走，绝不敢多逗留一分钟，而其他的顾客通常也是这样。这种做法一点都不让人费解，想一想，在以色列的中国人并不多，而那段时间里，在几次咖啡馆爆炸中被殃及而致死致伤的中国工人就已经有好几位了。

沙龙当选的那天，我也被邀请参加他的庆祝仪式。鼓乐喧天、人山人海的庆祝会场，到处是沙龙的画像和飘舞的彩旗。当满头银发的沙龙像一位慈祥的老爷爷一样出现时，沸腾的人群喊出了"沙龙、沙龙，和平、和平"。是啊，人们把和平的希望寄托在一届又一届政府的身上，和平是他们内心的渴望，更是他们现实的需求。

沙龙当选的消息发出后，我结束了在以色列的采访，来到机场，准备返回大本营开罗。新一轮流血冲突的爆发使得机场的安检比以往更严格了。安检过程中，我所有的东西都摊在了台子上，照相机要卸下镜头，笔记本电脑甚至要摘下上面的电池。然后，安全人员将我这一堆东西送到后面的房间里去接受特殊设备的进一步检验。东西再送出来的时候，我发现笔记本电脑的电池不见了。正要跟检查人员理论时，机场候机大厅的广播忽然响了，好像是说要大家紧急疏散，语气并不紧张，就好像飞机遇到强气流时，乘务员悄声细语地提醒大家系好安全带，不要随便走动。然而眼前的安全人员却严肃起来，用不容置疑的口吻告诉我，或者说在命令我：快走，跑出大厅去！

跑出去？为什么呀？我的摄像机、电脑等等，这一大堆东西怎么办呀？我的话还没有说完，眼前的安全人员已经三步并作两步地冲到了候机大厅的门口，再一看，偌大个大厅里所有的人居然都不见了，全都跑到了外面的空地上，只剩下我一个人傻乎乎地守着那堆东西。

还好，又是虚惊一场，某位粗心的旅客遗忘了一个行李，被巡逻中的安全人员当作疑似的爆炸装置了。按照规定，遇到这种情况首先的反应就是尽快疏散人员，然后再对可疑包裹进行检测。虽然什么都没有发生，可自己还是有点后怕：万一要是个真家伙，那可如何是好啊。很快大家又都返回来了，各忙各的，好像什么都没有发生，可见这种场面他们已经司空见惯、习以为常了。当然，对我行李的检查要重新进行，经过不同的探测设备后，安全人员最后拿出个沾有粉末的小刷子，在我的行李和设备上来回涂抹了几次，难道这是为了检测生化武器或者炸弹吗？后来我在全球各地很多的机场也遇到用刷子检测行李的场景，但那都是多年以后出现的情况了。

世道乱生意难

多次来古城采访，早已是轻车熟路，于是我让出租车司机从本·古里安机场直奔以前经常下榻的一家饭店。这家二三十层楼高的饭店与以色列最大的一家电视服务机构相邻。多次与这家电视服务机构合作，已经混了个脸熟。在这里，我能很方便地租到电视采访设备，雇用摄像师，他们还有很好的信号发射设备，方便我们通过卫星向北京中央电视台总部传送制作好的电视节目。所以基本上每次来耶路撒冷我都住在这家饭店。

然而，当我兴冲冲赶到这里时，却发现饭店大门紧闭，早已经是人去楼空。此时已是深夜时分，从落满灰尘的玻璃门望进去，曾经熙熙攘攘的大厅里黑洞洞的，没有一点声息，不见一丝灯光。后来得知，持续的暴力冲突使以色列的旅游业遭到致命打击，游客锐减，害得这家饭店只得关门谢客，偌大的一家饭店就这样说关就关了。记得饭店不远处有一家中餐馆，我曾经在那里吃过饭。饥肠辘辘中我又找到这里，不料依旧吃了闭门羹，饭店破损的招牌还依稀可辨，而大门已经上了锁。旁边商店的服务员见我是中国人就明白了几分，他告诉我，游客少，生意不好做，饭馆早就歇业了。这使我更加怅然。一段时间以来不断有报道说流血冲突导致以色列的旅游业损失惨重，但没想到情况会严重到这般光景。

我转头来到那家曾经多次合作的电视服务公司，想先把设备租用、人员雇用和卫星信号传送等等工作事宜落实下来。公司的门口是停车场，里面满是采访用的越野车，车身上下，除了喷有BBC、CNN等媒体的名称外，还在四周和车顶上喷满了大大的"TV"字样。在这样一个热点地区，很多国际上的重要媒体都设立了自己的派出机构，其中有很多就在这家电视机构里租用办公室和设备。我知道，他们在车上喷字，实在是一种不得已的"自我保护"方式，是为了在冲突现场采访时避免被误伤。前几次来这里，也常见这样的车辆。那时我们租用的车上也满是"CHINA TV"的字样，这一方面是写给扔石头的巴勒斯坦儿童的，让他们手下留情，不要习惯性地把他们手中的石头丢向我们，更是为了让以色列军方的坦克和武装直升机能清楚地看到，让里面的军人"枪下留人"，千万别对我们搞"定点清除"。在那几年，"定点清除"这个词频频见诸报端，专门指以色列军人用直升机或者坦克炮消灭他们认定的激进组织的成员。通常在针对以色列犹太人的袭击事件发生后，以军会实施报复。他们通过获取的情报，锁定袭击者，然后派出坦克、飞机猎杀躲在家中或者坐在车里的目标。

这一次，当我再次走进停车场时，发现这些车已经升级换代，和我以前见到的大不相同了，不少的车都做了装甲防护改装，厚厚的钢板车身，厚厚的防弹玻璃，透过车窗，能看到车厢里还挂着氧气罐和钢盔，车座上堆放着口罩和标着红十字的急救包。暴力冲突在升级，记者的装备自然也要不断更新，这些也该算得上是记者采访车的标准配置了，这样做应该算不上小题大做，因为半年来，这一带在采访工作中殉职的记者已经不止一两个了。看到这些装甲车辆，我也理解了这些旅店、饭馆关张是出于怎样的一种无奈。

终于找到了一家饭店入住。刚刚进入房间，服务生就送来了报纸。随便翻一翻，里面依旧充满了自杀式爆炸、逮捕等等字眼，几乎没有一条能让人高兴的消息。报纸头版写的是以军昨日在杰宁等约旦河西岸巴勒斯坦控制区的城市内展开报复行动，拘捕了数百人，还造成数名巴勒斯坦人死亡，其中包括一名孕妇。随后的消息就是以色列军方征召预备役部队，准备下一步发动对巴勒斯坦地区更大规模的进攻。其他版面上则刊登的是在前一日的自杀性爆炸袭击中遇害者的名单与个人简历，里面有5岁的孩子，也有20岁左右的妙龄少女，甚至还有一名外国人。

打开电视，新闻里说的是头天夜里巴勒斯坦枪手进入犹太人定居点，打死5人；中午，闯入杰宁的以色列坦克由于"失误"，对着街上的市场发了一炮。最近这几天，在杰宁这个重兵围困下的城市里，一直实行着宵禁，禁止居民晚间外出。事发当午，人们正抓紧时间采购食物。炮声响处，一名巴勒斯坦妇女和三名儿童身首异处，当即身亡。

这就是当时的巴勒斯坦地区的状况。冤冤相报，你来我往，旧仇未报，新仇又现。记得当地人曾经对我说过，现在全世界的记者都往我们这里跑，这里的一切都吸引着你们这些"好事"的记者，可要是过日子，这里快赶上地狱了。

第三章

和平：以色列和巴勒斯坦人民的共同渴望

门可罗雀的死海度假地

旅游是以色列经济的支柱产业。巴以间新一轮暴力冲突爆发两年之际，我奉台里的指示采访报道冲突对当地旅游业的影响。当地的同行告诉我，去死海看看吧，那里最有代表性。

与我们国家相比，整个巴勒斯坦、以色列地区的地盘一共也没有多大。从耶路撒冷出发不过个把小时就可以抵达死海岸边，因此在这一带反反复复的采访期间，我已经多次从耶路撒冷来到死海，也有几次是从约旦首都安曼来到另外一侧的死海岸边，可谓轻车熟路。

吸引我来到这里的，当时是死海的独特之处：总面积1000平方公里的死海是我们地球上最低的内陆湖，湖面低于海平面400多米，比我国的吐鲁番盆地还要低250米，而它最深的地方还要再低400多米。所以它被习惯称为"地球上的肚脐眼"。

尤其神奇的是，死海海水的含盐量超过了一般海水的4倍，致使水中和岸边几乎没有任何生物存在，死海因此得名。

死海的水和岸边的泥土富含矿物质，对皮肤有很好的治疗保健作用，因而死海岸边建立了很多的饭店和水疗中心。

死海最著名的地方，在于它有超强的浮力，那是海水含盐量高导致的。无论是否会游泳，人们都可以随便躺在水面上看书读报，而不必担心沉下去。

正是这些独特之处，让全世界的游客对这里趋之若鹜。

让人难过的是，当这一次我们来到这里时，却难得见到几个游客。放眼望去，浩瀚无际的水面上，空荡荡的。

岸边高高的瞭望塔上，坐着几位救生员，估计也是闲得难受，就溜下来和我们聊天。他们告诉我们，这几天也没有见到几个游客下水，动荡不安让本地人不敢再来凑热闹，而外国游客更不愿意选择这个时候包租飞机往这里来了。相比以前，游客一来就几个小时不肯离开，经常导致海岸边人满为患，让他们这些负责瞭望的救生员整天都紧张兮兮的。现在清闲下来，他们反而有点不自在了，因为死海里连根水草都见不到，更不会看见有鱼吐泡，他们整天面对的就是一片死寂。

岸边的饭店都开设了室内海水浴场，浴场外面则是露天的餐厅酒吧。游客没有了，空留下一片片白色的餐桌餐椅。坐在餐椅上休息时，一群小麻雀叽叽喳喳地落在桌椅上，寻找可能的残羹剩饭。也许它们已经习惯了从游客手里乞食，还在猜想以前那么多的游客怎么都不见了。这时候我忽然间特别深刻地理解了门可罗雀的含义。后来这个词就用在了我那篇新闻报道的题目中。

离开岸边准备乘车返回的时候，迎面驶过来一辆装甲巡逻车，头戴钢盔的士兵紧握着车顶上的机枪，士兵背后高高的天线在微微颤动，让人感到一股强大的威慑力。这种车我在以色列与黎巴嫩、叙利亚和埃及的边境上都多次见到，没想到这一回他们开到家门里面来了。

近年来，死海遭遇了危机。死海靠约旦河补充水，而蒸发的加剧和入注水源的减少，让死海一天天在缩小，这引起了全世界的关注。为此我后来还专门采访过以色列的死海生态专家，他告诉我，为死海补水的计划早已经有了，设计方案也已经明确了，水源或者来自地中海，或者来自红海，现在就是要等，看看什么时候太平了，方案就可以实施，工程就可以开工了，而死海也就有救了。原来要拯救濒危的死海，也离不开和平的大环境。

重兵围困下的杰宁

我们在巴以地区采访的那几天，巴勒斯坦方面管辖下的城市杰宁冲突正酣,成了全世界新闻的焦点。我这次来到巴勒斯坦地区,杰宁自然是主要的目的地。

杰宁是巴勒斯坦中北部的一座小城。人口不足三万,而巴勒斯坦难民就有一万多。20世纪40年代末的第一次中东战争后,这里曾经成为约旦领土的一部分。以色列通过1967年的"六日战争"占有了这座盛产椰枣和橄榄的小城。从此,反抗、袭击和镇压在这里几乎不曾中断。

1995年9月,巴以双方在美国首都华盛顿签署扩大巴勒斯坦自治的协议,以色列同意在未来数月内从约旦河西岸7个城市撤出,杰宁成为以军撤出的第一个城市。当年10月,巴勒斯坦警察接管了杰宁,这标志着巴勒斯坦人在约旦河西岸实行全面自治的新时代的开始。当时很多杰宁的民众眼含泪花,激动不已,认为经过几十年的流血冲突之后,这里终于迎来了和平。但令人难过的是,形式上的自治是实现了,但和平却没有在这里扎下根来。

在杰宁,一些极端组织长期扎根于此,这座小城被以色列方面看作是恐怖的温床,而且是实施自杀式爆炸的那些"人肉炸弹"的主要来源地之一,据说那些年屡屡袭击犹太人、袭击以色列的自杀式袭击者有20多人出自这里,占到了自杀袭击者总数的一半,两年多的时间里他们实施的袭击一共导致100多位以色列人丧生。最早移交政权的小城也成为让以色列最为头疼的地方。

作为报复和防范手段,2002年4月3日凌晨,以色列国防军开进杰宁和附近的难民营,不准任何人出入并实行24小时宵禁,以军还切断了杰宁难民营的供水、供电和日常生活所需。大规模冲突由此引发。半个月左右的时间里,冲突共导致50多名巴勒斯坦人和20多名以色列士兵死亡,更多的人受伤,150多座建筑被摧毁。在阿拉伯国家的媒体上,这个事件被称作"杰宁大屠杀"。危急的局势导致联合国安理会向这里派出了观察员,并随后发表了事件的调查报告。阿拉伯媒体曾援引联合国观察员的话说："这里到处都是尸体，到处都是被以色列推土机推倒的房屋，简直就是一个人间地狱。"

事件发生后，很多记者和国际救援组织的人员随即赶往杰宁准备采访报道，但遭到以色列军方的阻止，军方表示，阻止记者和救援工作人员进入杰宁完全是出于对他们安全的考虑。

在耶路撒冷安顿下来，我决定第二天一早就出发前往那里。几次到以色列，多数情况下我都是只身一人。这次依然不例外。当地的电视服务公司为我联系到一位资深的摄影师作为我的搭档兼司机。很快我和那位搭档见了面。一看就知道，这是位很老练很职业的摄影师，那一脸的沧桑告诉我，他应该很多次出入战乱地区了。寒暄之后，摄影师对我说，价格和工作安排他已经清楚了，他建议我像其他很多前往采访的记者那样，租用带防弹功能的汽车，他可以帮我联络。租防弹车，坐防弹车，我从未想过这辈子会享受这样的待遇，因为那价格绝不是我所能承受的。我只好对他开玩笑说，一定会保护好他的汽车，不让它中弹，防弹车这次就免了。可摄影师还是顾虑重重，问我是否准备了防弹衣，"我们必须要有防弹衣才行"，他把"我们"说得很重，意思是我和他都必须要有防弹衣，防弹车没有，而配备防弹衣是没有商量余地的。在开罗的办公室，我们有很好的防弹衣，那是在当地的中国朋友赠送的，看到我们经常出入热点地区，就专门选了两件防弹衣送给我们。但这次因为是独自前来，随身携带的行李和装备太多，就把防弹衣丢在了家里。庆幸的是，在以色列，这不成问题，很快搭档就为我们租到了两件。这真是一位干练的摄影师，我们后来成了好朋友，每次我来以色列之前，从开罗一个电话打来，他就可以准备好一切设备，开上车，在机场接上我然后直接去要采访的地方，而那些发生冲突的地方几乎没有他不熟悉的。

第三章

和平：以色列和巴勒斯坦人民的共同渴望

在驱车前往杰宁的路上，搭档一路不断地向我介绍沿途的情况：这家豪华饭店就是以色列旅游部长被巴勒斯坦枪手乱枪打死的地方，为此以色列军队把阿拉法特总统府围困了5个星期，逼他交出凶手；这是前几天发生过油罐车被炸弹炸毁的油库，当时要是油库都毁了，整个城市也就难保了；昨天就在这里发生了公共汽车爆炸，炸死了7个人。在这里，我看到昨天警察用来封锁交通的彩色塑料条还在空中飘动，路边，一堆黑乎乎的废墟上，摆放着很多鲜艳的花束，显然是亲人们在凭吊遇难亲人时放上去的。

搭档告诉我，他的孩子在国外读书，所以以前他经常有机会和妻子一起去咖啡馆，看电影，近两年频繁发生的咖啡馆遇袭事件让他们无论如何也不敢去了。以前，妻子总是要求他一起去逛商店，而逛商店对他来说是件很不情愿的事情，他宁愿待在家里看电视。如今，不断的爆炸事件使这些妻子们受到惊吓，他和很多丈夫一样，免去了逛商店这样的苦差事。当然，他并不会因此而高兴起来。说话间，交通堵塞，车停在了高速公路中间。20分钟过去了，路上还是堵得死死的。下车查看，远远可见一辆高高的卡车上，一些手持长枪的军人正在警惕地巡视着停在眼前的数百辆汽车。车下围着更多的军人和几只猛犬。司机说，那卡车里是机场安全检查用的X光机，正在逐个检查每辆车上的人员和包裹，防范炸弹袭击。估计是安全机构又接到了什么恐怖袭击的情报。车里的人都很有耐心地接受检查和询问，看起来已经是习以为常了。大约半小时后，我们的车通过安检，继续赶路。

靠近与杰宁相接的边境时，我们停下车，打算向路边民居里的人打听杰宁城里的近况和进入杰宁的关卡。就在这时，对面山坡上开来一辆车，车里有人挥着手大声朝我们喊叫着，随后车子停靠在我们旁边。从车里出来的是位日本摄影记者，满身尘土，胡子拉碴，一脸的疲惫，一副惊魂未定的样子。他告诫我们，万万不能去杰宁城里。

他是几天前进入杰宁的,本想拍一些照片后,一两天就出来,结果杰宁被严密封锁,把他困在了里面。当地的饭店关了张,他只好在一户人家里借宿。他告诉我,杰宁城里到处是坦克和以军士兵,正在挨家挨户地搜查,抓捕他们认定的恐怖分子。巴勒斯坦人的抵抗还在持续,他们躲在暗处不时地打冷枪,而作为回报,以色列士兵用坦克荡平他们的藏身之所,因此城里枪炮声依然时时响起。在城里,所有的青壮年男子都被集中到一起进行询问。前一天他还和"房东"一起被关进了一所房子,记者证也没帮上忙。今天早上他溜出房子,钻到一辆医院的救护车里才逃出了杰宁。在医院,他看见以色列士兵和医生护士动了手,因为士兵认为伤员里面有激进组织成员,在他们想抓人的时候遭到了医护人员的拒绝。算他幸运,因为此时只有救护车能进出杰宁了。

既然如此,我决定先在杰宁外围进行采访,就近了解一下当地人的所见所闻和他们的感受。但语言上遇到了困难。我们所在的是个阿拉伯人的小村庄,村里没有人讲英语,而我的摄影师只会讲希伯来语和英语,最后我们好歹找到了村里一位会讲希伯来语的年轻人帮助翻译。于是我的问题由摄影师翻译成希伯来语,年轻人再转换成阿拉伯语,回答的话则是由阿拉伯语变成希伯来语,最后再翻译成英语告诉我。在采访现场,正好中央电视台的电话打了进来,与我进行了直播连线,于是我又把这些话变成中文播出了。在马拉松式的翻译过程中,谁知道有多少东西已经走调变味了,但我相信有一些基本信息还是确切的,那就是:前几天以色列的大军在眼前这条小道上隆隆开过,坦克都由平板卡车驮着,他们家的房子都被车队震得发抖,车辆卷起的尘土笼罩了整个村庄,他们吓得躲在屋里不敢出声,后来山坡下的杰宁城里,枪声就开始接连不断,村里不少人都有亲戚在杰宁,他们很担心,

第三章
和平:以色列和巴勒斯坦人民的共同渴望

彻夜难眠，都盼着这场冲突早点结束。

对村民的采访结束后，当地人都在劝我们赶紧回去，可我们心存不甘，尝试着继续赶往杰宁，一探虚实。

很快我们就来到了边界线上。正如之前所预料的，通往杰宁的检查哨早已经关闭。几个小时的时间里，除了偶尔疾驰而过的以军吉普车，没见到任何一个人来往。而据说以前过往的车辆行人都不少，因为这里是通往地中海沿岸港口和城市的必经之路，不少人在街边兜售商品，人来车往，十分热闹。

隐蔽在伪装网下的士兵对我说，杰宁正在发生围剿恐怖分子的战斗，任何人也不能进出。他怕我不信，朝前面指了指说："你往那边看，要是没有打仗，他们为什么要来这里。"顺着手指的方向，只见数十米之外，大批的坦克、装甲车一字排开，正严阵以待。坦克的炮口正对山脚下的杰宁城。一辆密布着鞭状天线的装甲车外，站着几位持枪警戒的军人，显然这是一辆作战指挥车。一些军人站在车辆周围，也许是待命随时驰援城里正在执行任务的战友。他们大都是20岁出头的年轻人，有男有女，在那里轻松地交谈着，就像在围观一场演习。这是一场敌对双方实力悬殊的冲突，守着坦克和装甲车的以军士兵自然不会过度紧张，但我想山下的杰宁城内，那些凭借手枪步枪甚至石块拼死抵抗的巴勒斯坦人一定是另一番感受。

看我用摄像机对着这里，坐在坦克炮塔上的一对男女军人居然搂在一起做亲吻状供我拍摄，一副天真可爱的样子。这些20岁上下的年轻军人，如果在家里，可能还被父母看作孩子，在平时，他们可能还要在大学的教室里苦读，然而他们却被带到了这个流血冲突的现场，也许他们还会制造出更多流血的悲剧。但他们必须服从，他们必须面对，因为他们就生活在这片冲突不断的土地上，他们和巴勒斯坦人一样，注定无法逃避。

不管怎么说，军人们就是不肯让我往杰宁的方向前行一步，采访计划最终泡汤了。

有趣的是，一辆兜售冰激凌的面包车这时候由远及近驶了过来，车上还大声播放着轻柔的音乐。对于那些在正午阳光毒辣辣地照射下，身处闷罐子一样的装甲车内的士兵来说，这可真是雪中送炭。而这样的生意也实在是做到家了。围绕着阵地兜了几圈后，面包车就径直朝我开了过来。我一边吃冰激凌，一边和小贩聊天，听他倒苦水。他告诉我，这样的局势下，他们进不去城了，城里人也出不来，没人买他们的东西了。要在以前，遇到这么热的天，他们的车早就被大人孩子团团围住动弹不得了。而眼下他们只好另辟蹊径，"跟踪"来到这里。但是收入还是比平时差了许多。真是世道艰难，殃及冰激凌。

艰难的归家之路

大约半个月后，杰宁的冲突逐渐结束。与此同时，一条350千米长、耗资10亿美元、分割约旦河西岸与以色列的隔离墙开始兴建，起始点就在杰宁城外。以色列政府表示，这样做可以有效防范巴勒斯坦激进分子向以色列的渗透。但我觉得，在那样一种氛围下，这道墙所能起到的作用不过是杯水车薪。

杰宁的采访结束后我就准备返回埃及的大本营了。从开罗出发前，考虑到从埃及到以色列的航班少，我就提前预订了返程机票。将近一个星期的采访结束后，我打电话给当地的旅行社确认返程机票，而得到的答复让我震惊：由于局势动荡，危险系数加大，而且鲜有乘客，从特拉维夫到开罗的航班从前天起已经停飞了，何时恢复要看局势的发展而定。旅行社建议我改乘大巴车回埃及，以前有定期的大巴往返埃及和以色列之间。结果，到车站一打听，那早就是老皇历了，大巴车也已经停驶多日了。

现在我只有最后一个选择了，那就是打出租车，赶到沙漠中的埃及—以色列边境，然后再换乘一辆埃及的出租车返回开罗。

当天下午，我从耶路撒冷出发了。中途路过死海，沿路能看到很多旅游广告牌。岸边孤独地矗立着几家饭店，却见不到一个人的身影，死海周边，死一样的寂静。以前我曾几次来到这里，气氛缓和时候的死海度假地，是何等的热闹。来不及感慨，前边出现了一片沙漠，天地相连，而天色也暗淡下来。

我们在深夜里一路疾驰，穿越了几百公里的内格夫大沙漠。行驶中，出租车因为出了一点小故障抛锚了，司机停下来检修。下得车来，只能看见天上繁星点点，感受到在大风中吹到脸上的沙粒。夜幕下的茫茫沙漠，伸手不见五指，甚至没有一辆路过的车辆，若真的是车辆出了大问题，那可真是叫天天不灵，叫地地不应了。司机见我有些焦虑，就开导我说，没关系的，这里既没有劫匪，也不会有枪手来袭击，比停靠在村镇边上还要安全些。这话不但没有让我安心，反而让我倍感悲凉。原来有人的地方会比这暗夜里寸草不生的沙漠深处更危险！

第二天凌晨，我们终于赶到了沙漠中的以色列边境城市埃拉特。望着天尽头那片越来越近的灯海，我一直悬着的心逐渐平静下来。这里虽然还是以色列的土地，但正是因为沙漠的隔阻，这里完全是另外一番景色，没有枪手，没有流血冲突。我越来越感到放松，感到释然，我终于摆脱了那片可能随时吞噬你的沙漠，更主要的是，我终于远离了那一片动荡的土地。远处的大海波澜不惊，近处是灯光下聚集在一起喝酒聊天的游客。

令人难过的是，在我已经卸任回国的几年之后，我在电视新闻上看到，这个沙漠边缘的旅游小城竟然也发生了自杀式爆炸事件，并导致了多人伤亡。凶手正是穿越内格夫沙漠来到这里实施了爆炸。在一个动荡的年代，要想有块清静的地方是多么的不易。

从埃拉特跨过边境，便是埃及的小城塔巴。打上一辆在关卡外等了很久的埃及出租车，我的心终于彻底踏实下来。眼前是西奈半岛500千米的沙漠，跨过它，5个小时以后，我就可以回到在开罗的寓所了。如果路上不耽误，也许我还能赶上和早上出门上学的儿子说声再见，然后我还要洗个澡，睡个大觉，醒来后去楼下的超市大大地采购一番。从巴以地区回来，你会觉得原来如此平凡甚至平淡无奇的日子，竟也是这样的珍贵。

第四章

巴以地区的领袖们

几十年来,在巴勒斯坦这块不大的土地上,阿拉伯人和犹太人之间的流血冲突书写了一部跌宕起伏的中东现代历史。在这段历史中,众多的领袖人物在舞台上各领风骚。有的戎马一生,指挥千军万马攻城略地,不达目的不罢休;有的审时度势,主张铸剑为犁,化干戈为玉帛。他们在中东现代史上各自写下了浓墨重彩的一页。

拉宾:与战争相伴,为和平而死

无论如何,在中东,尽管道路充满荆棘,但毕竟和平是众望所归,哪怕是对那些曾经在战场上出生入死的人来说。

提到巴勒斯坦和以色列之间的和平进程,不得不提到拉宾。出生在耶路撒冷的拉宾曾任以色列总理、国防部长。1967年,他亲自指挥"六·五战争",打败了约旦、埃及和叙利亚联军,使约

传奇人物阿拉法特奋斗一生,最终未能见到巴勒斯坦国的真正建立

从政半个多世纪的西蒙·佩雷斯是以色列资深领导人

希望置身于党派冲突之外的以色列总统卡察夫

阿拉法特官邸门口被摧毁的建筑和坦克碾轧后的汽车

第四章

巴以地区的领袖们

告别阿拉法特

阿拉法特总统官邸用沙袋封锁入口和窗户,看起来如同巷战的街垒

拉宾遇刺之处已成纪念地

第四章
巴以地区的领袖们

旦河西岸、加沙地带、埃及西奈半岛和叙利亚的戈兰高地，都置于以色列的掌控之下。战后他先后两次出任以色列总理。

但这位有着铁血总理之称的强硬人物，却是以和平先驱的形象被人们所铭记。1993年11月13日，以色列和巴勒斯坦在美国白宫签署了双方争斗几十年来的第一个和平协议：加沙—杰里科自治原则宣言。代表以色列签约的正是曾屡屡与阿拉伯人拼杀的拉宾。那天，拉宾与巴勒斯坦领袖阿拉法特终于握手言和。这个协议旨在实现巴以之间的永久和平，被看作是中东和平进程的里程碑。1994年10月，拉宾又推动以色列与约旦签署了和平条约，结束了两国长达46年的战争状态。

拉宾因此被许多人视为推动巴以和平进程的英雄。以色列著名的政治家西蒙·佩雷斯在评价拉宾时说，在整个国家还没有做好准备去迎接和平时，拉宾就已经在勇敢地致力于和平了。由于他对推动中东和平的杰出贡献，拉宾与当时的以色列外长佩雷斯、巴勒斯坦领导人阿拉法特共同获得了1994年的诺贝尔和平奖。然而，一年后，这位"和平英雄"在特拉维夫被反对巴以和谈的以色列极端右翼分子枪杀。在诺贝尔奖颁奖仪式上，在战场上同以色列人流血拼杀了几十年的阿拉法特这样说：在这里，正如战争是冒险一样，和平同样是挑战和冒险。但愿这些致力于和平的人倒下后，会有更多的人敢于为和平事业去冒险，去接受挑战。

现在拉宾遇刺的地方已经被命名为拉宾广场，并被辟为纪念地。几年后，我来到特拉维夫采访时，还专程来到这里，为他献上了一束鲜花。前一年，我也在埃及总统萨达特遇刺的地方献上了一束鲜花，而两年后，我又把同样的鲜花敬献在巴勒斯坦领导人阿拉法特的墓前。我佩服他们致力于和平的勇气，更期盼他们追求的和平目标能最终实现。一位以色列工党主席在集会上，曾经用与美国黑人民权领袖马丁·路德·金的演说《我有一个梦想》

相似的语气说："我有一个梦想：有一天以色列和巴勒斯坦的孩子能在一起玩耍。"这是一个听起来多么简单的愿望，而在现实中，又是那么的遥不可及。

在结束这一段文字的时候，我想起来几句经常被人们所引用的话。那是1993年9月巴以双方宣布互相承认，并签署《奥斯陆协议》时，拉宾在感言中说的："我们是带着鲜血从前线归来的士兵，今天要对你们说：够了，血流够了，泪流够了。"的确，经历了流血以后，会更加珍视和平。拉宾曾经是以铁血政策出名的将军，几乎参与了同阿拉伯人之间的所有战争，但最终他成为和平的缔造者，并因此获得诺贝尔和平奖，因为他知道，巴以之间是不能靠流血取得和平的。

专访以色列总统卡察夫

如果不是卷入那场性丑闻，以色列总统卡察夫会一直给我留下斯文儒雅的印象。2007年2月，沸沸扬扬的以色列总统卡察夫的性丑闻震惊了世界，卡察夫也被迫辞职。据当事的女职员透露，卡察夫是在总统办公室里侵犯她的。那天她到总统的办公室存放一本书。当时，卡察夫正坐在办公桌后，身后是一大排书架。当她把书放上去的时候，卡察夫总统突然出现在她身后，一把抱住了她。

2001年年底，当我采访卡察夫总统时，正是这个巨大的书架，众多的书籍，给我留下了很深的印象。当然，在总统办公室外面的秘书处，那些青春靓丽的女职员，她们热情而充满活力，同样给我留下了深刻的印象。后来我还曾经猜想过，是她们当中的一位吗？

2001年的12月是一个多事之秋，巴勒斯坦激进分子实施的自杀性爆炸和以色列军队的大规模报复事件接连不断，中东和平进程又到了一个新的危险阶段。为此，在我国驻以色列使馆和驻巴勒斯坦办事处的大力协助下，中央电视台开罗记者站向巴以双方的有关机构提出申请，希望能就中东和平进程的未来走向对巴以双方的最高领导人进行专访。我们计划的采访对象是时任以色列总统卡察夫和巴勒斯坦民族权力机构主席阿拉法特。

我们的申请提出几天了，一直没有得到答复。这也很正常，在那样一个特殊时期，就这样一个敏感问题对双方最高领导人进行采访，自然不是一件容易的事情。但我们还是决定努力去争取一把，并做好了各种准备。

还是迟迟没有反应。就在我们灰心丧气准备放弃的时候，突然，一天下午我们接到我国驻以色列使馆的通知：以色列总统卡察夫决定接受我们的专访，时间就定在第二天一早。

高兴之余，我们还有很多的忐忑不安。因为此时我们还在开罗，而耶路撒冷远在千里之外。我猜以色列方面一定不知道我们还身在开罗，以为我们一直守候在总统府的大门外，明天一早开始采访应该是件简单的事情。

更要命的是，今天两地间没有航班。但无论如何，我们不可能就时间问题去和总统府讨价还价。除了飞机，我们还有两条陆路可供选择：一条是经西奈半岛借道加沙地带，然后沿死海、约旦河直奔耶路撒冷。这条路虽然近一些，但要进出以色列在加沙城南、北两地设立的检查站，而根据经验我们判断，在目前紧张的局势下，检查站很有可能被关闭，任何人不能进出往来。这样的情况曾屡屡发生，我们能否如期赶到那里难有把握。

最后就只有一条路了：穿越西奈半岛的沙漠，进入以色列边境城市埃拉特后再穿越内格夫沙漠，最后抵达目的地。这条路有八九百公里，绝大部分是一望无际的沙漠，但正因为边境口岸设在沙漠中，往来人员少，没有受到冲突的影响，过境容易，还能节省时间。当然，在沙漠中夜行800多公里，还是挺有风险的一件事。但我们别无选择。明天早上九点，在总统府，我们的采访要准时开始。

当我们办理好各种手续之后，已经是晚上8点多。我们的汽车轰鸣着离开灯火通明的开罗城，冲进茫茫的夜幕中。

黑漆漆的沙漠中，没有一丝的亮光，更见不到一个人。我把油门踩到底，时速达到了160公里，车子就像高速行驶在一个黑暗的隧道中，大灯照出去，除了茫茫的沙漠，前方什么也看不到，一点反射回来的光线都没有，灯光完全被暗夜吞噬了。我们的心里不停地打鼓，但脚下却死死地踩着油门。

大约两个小时后，我们从隧道下面穿越了苏伊士运河，离开非洲大陆。待我们从运河下面再次返回到地面时，已经进入了亚洲，来到了西奈半岛。横穿西奈半岛的沙漠后，我们紧贴着红海岸边一路北上。这时，在我们的右手方向，隔着红海最北端的亚喀巴湾，能眺望到约旦唯一的港口城市亚喀巴，正前方，是以色列的旅游城市埃拉特，而脚下依然还是埃及的西奈半岛。我们一边狂奔，一边通过电话落实具体的采访安排。手机信号好像在捉迷藏，一会儿是埃及电信的信号，一会儿又是约旦的漫游信号，没走两分钟信号又显示是以色列的移动通信网络。看来，虽然我们人还是在埃及，却免不了要付出高昂的国际漫游费用了。

为减少过关办理手续的时间，在边境上，我们把车留在了埃及，改乘以色列境内的出租车。埃拉特是著名的红海旅游城市，地处沙漠中，阳光充足，又有红海环绕，不但以色列人会来度假，欧美的旅游包机也频频造访这里。游客如云，找到出租车应该不成问题。果然，在街道中站立一会儿后，一辆出租车悄然停在了身边。

但我们要去的地方大大出乎司机的意料。得知我们要去耶路撒冷，给多少车钱他也不干，双手还模仿射击的姿势，嘴中发出声响：砰！砰！我们宽慰他，不会有事情的，同时开始把行李强行地往他的车上搬，赖着不放他走。他倒也聪明，指着我们的行李说：这不是防弹衣和钢盔吗？你们还说没事，没事你们带它干什么？他的话把我们都逗乐了。因为还要去巴勒斯坦自治区，还要在一些近期内发生过冲突的地方采访，我们这次带上了一些必备的防护用品。出来的匆忙，就没顾得上打包装箱，结果被司机看到了。

我们心急火燎地赶路，怎么能放他走呢？可怜的老先生一脸的无奈，只好拉着我们满城跑，一个个询问他所碰到的出租司机，谁能带我们去耶路撒冷。司机们倒也热情，招手即停，可一听说是耶路撒冷，纷纷摇头。还好，终于他为我们物色到了一位司机。这位司机家在耶路撒冷附近，为谋生才投亲靠友，跑来这里开出租车。

穿过内格夫沙漠，我们沿死海蜿蜒前行。这里是地球上海拔最低的地方，在海平面以下400米左右。走到死海的尽头，天色开始发亮，而难得一遇的雨水开始唰唰地下起来。

在那个阴雨连绵的早上，我们一身疲惫地进入了耶路撒冷。此时，距约定进入总统府的时间还有不到一小时，勉强够洗脸更衣的。若是以此时此刻的形象出现在总统府里，人们肯定不会相信我们是来采访的，倒会以为我们是来上访的：没睡觉、没吃饭、没休息，从头到脚的尘土，没遮没拦地走在雨中。

万幸，采访过程一切顺利。通常采访国家领导人时都是我们选好位置，架设好设备后再请出采访对象，既节约了人家的时间，也是一种礼貌。但进入总统先生的办公室时，他已经在那里迎接我们了，然后很随和地让我们选取角度，架设设备，并交换了采访的大致思路，丝毫没有盛气凌人、高高在上的感觉，完全是一位宽厚的长者。我们采访的地方就选择在他的办公桌前，背景正是那一排巨大的书柜。几位年轻的女秘书也在一边忙来忙去，同样随和热情而又有着很高的工作效率。

卡察夫总统平和善谈而且直率，我们的采访很有收获。作为以色列主要政党利库德集团的一员，卡察夫一直在与巴勒斯坦的和谈中持强硬立场，甚至几次表示过反对巴勒斯坦建国。但他也表示，作为总统，自己不代表任何种族的利益，也会尽量避免政党偏见，做一个置身于党派冲突之外的国家元首。

卡察夫总统告诉我们，自己出生在伊朗，24岁时就当上了以色列一座城市的市长，还像我们一样，担任过以色列一家报纸的记者。1993年和1995年，他曾两次来中国访问，这给他留下了深刻和美好的印象。这样的谈话无形中拉近了我们的距离，让我们的采访变得轻松。

卡察夫是一个具有传奇色彩的总统。2000年7月，作为利库德集团推选的总统候选人，卡察夫在选举中出人意料地击败了当时呼声甚高的工党总统候选人、资深政治家佩雷斯，当选以色列第八任总统。但因沸沸扬扬的性丑闻，他的总统任职没能善终，并最终在2011年的3月，被以色列特拉维夫地方法院以强奸罪和性骚扰罪判处入狱7年。

采访巴勒斯坦传奇人物阿拉法特

2001年12月。我们在准备采访以色列总统卡察夫的同时，一直在努力争取对阿拉法特主席的专访，但我们的申请一直没有得到答复。传来的消息十分不妙：阿拉法特已经被以色列军队困在拉马拉的总统官邸中无法出行，甚至连官邸墙外的哨所也被直升机摧毁了。

台里催得急，我们不能再苦苦等待下去了。采访完卡察夫总统的第二天一早，我们从饭店退了房间，决定破釜沉舟，"闯"进巴勒斯坦城市拉马拉，"闯"进总统府，采访阿拉法特。

功夫不负有心人。在拉马拉，我们几经努力，又得到我国驻巴勒斯坦办事处的大力帮助，真就如愿以偿，获得了采访阿拉法特的许可。

多年前我在大学学习国际政治，那时候就熟知了阿拉法特。记得当时班里有个外国留学生，是巴勒斯坦解放组织派驻平壤的代表，经常住在北京，并且和我们一起上课。据说他曾经和阿拉法特并肩战斗过，还在1973年的第四次中东战争中抱着炸药包扑向以色列军队的坦克。课间休息或者下课后，他经常给我们讲阿拉法特的传奇故事。

阿拉法特的奋斗精神让很多人钦佩。上学时班上甚至有女生把他作为偶像。在开罗工作的几年间，又先后十多次采访他与穆巴拉克总统的会见或者出席有关巴以和平进程的国际会议。他的绿军装、方格头巾、稀疏的胡须、厚厚的嘴唇更给我留下深深的印象，熟悉他就像熟悉一位老朋友。

阿拉法特1929年8月出生于耶路撒冷，是一位逊尼派穆斯林。1948年第一次中东战争爆发，19岁的阿拉法特即开始投身于抗击以色列的斗争。20世纪50年代，他在科威特秘密建立了"巴勒斯坦民族解放运动"，这就是大名鼎鼎的"法塔赫"。1967年第三次中东战争后，阿拉伯国家战败，他也一直流亡海外，从约旦，到黎巴嫩，又到突尼斯，直到1994年回到加沙，回到自己的土地巴勒斯坦。其间他多次遭到驱逐、暗杀，他乘坐的飞机还因为遭遇沙暴而坠毁，驾驶员和他的几名卫士遇难，只有他大难不死，奇迹般地活了下来。

1988年11月，巴勒斯坦宣布建立巴勒斯坦国，次年阿拉法特当选为巴勒斯坦国总统。但巴勒斯坦国和阿拉法特的总统身份始终未得到国际社会的广泛认可。1991年中东和平进程开始，阿拉法特领导巴勒斯坦解放组织同以色列进行了艰难的谈判。1993年9月，双方在华盛顿签署了巴勒斯坦自治《原则宣言》（又称"奥斯陆协议"），拉开了政治解决巴勒斯坦问题的帷幕。协议规定巴勒斯坦在加沙和杰里科地区先行实行自治，随后自治范围扩大到约旦河西岸。1994年5月12日，以阿拉法特为主席的巴勒斯坦自治领导机构成立。7月11日，阿拉法特结束了27年的流亡生活返回加沙定居，巴勒斯坦自治领导机构也从突尼斯迁往加沙和杰里科。1996年1月20日，阿拉法特当选为巴勒斯坦民族权力机构主席。由于具有历史意义的《原则宣言》的签署，1994年，阿拉法特与以色列总理拉宾和外长佩雷斯一起获得诺贝尔和平奖。

直到1991年秋，年已62岁的阿拉法特才与比自己年轻34岁的苏哈小姐结为夫妻。苏哈是一位银行家的女儿，时年28岁，是一位曾经的基督教信徒，因为追随阿拉法特而改变了信仰。不久他们就有了自己的女儿。

2000年9月，巴以之间又一次爆发大规模流血冲突，以色列指责阿拉法特是恐怖主义的"幕后主使"。此后，由于一系列针对以色列袭击事件的发生，以色列把巴勒斯坦民族权力机构定为"支持恐怖活动的实体"，并决定断绝同阿拉法特的联系，从2001年年底开始，阿拉法特一直被以色列"软禁"在拉马拉的官邸内。

2004年10月，阿拉法特病重，取道约旦前往巴黎就医，这才走出了被困近三年的官邸，离开了巴勒斯坦的土地，但从此他再也没能回到这块他出生和为之奋斗一生的土地。2004年11月，他在巴黎病逝，享年75岁。

那天一早，我们从旅馆出发，乘坐一辆吱嘎作响的出租车，在拉马拉崎岖颠簸的道路上行驶几分钟后，就到了被人们习惯地称作总统府的阿拉法特官邸。走过被以色列直升机摧毁的哨所，路过一片建筑工地和几辆废弃的破汽车，我们到了官邸的大门口。

官邸的大铁门紧闭着，灰色的大门看起来只有一层薄铁皮，漆皮已经剥落，很像国内很多小企业常见的大门。经过联系后，我们从旁边一个开着的小门进了官邸院内。院内有一座不大的楼房，三四层高，每层的窗户上都堆放着沙袋，显然是防弹用的。不远处的楼门口，居然垒放着好几层用沙子填充的汽油桶。这里就是阿拉法特的办公大楼，而现在看起来更像是巷战中的街垒。这应该是我见过的最独特的总统府了，在全世界可能也是独一无二的。

再经过一遍简单的安全检查，我们进入了阿拉法特主席办公的地方。

办公室里，阿拉法特主席正在伏案工作，我走上前去，用阿拉伯语向他问候："真主保佑你。"这是我发自内心的祝愿。从我学会这句话的那天起，我就打算当面向他说。愿上苍保佑这位毕生奋斗的老人和他的人民。

他抬起头，转过身来，满脸是灿烂的微笑，那几根我早已熟悉的稀疏的胡须微微颤抖："嗨！"他这样说，随后他隔着桌子，用力把粗糙有力的大手重重击在我伸过去的手上，我们的手握在了一起。当时我在想：毫无疑问，我们是老朋友。虽然这是我们第一次真正相聚。

采访十分成功。阿拉法特侃侃而谈，还有丰富的表情和手势。他讲到了巴勒斯坦建国的设想，也分析了目前所面临的困难。采访中他几次提到中国政府对巴勒斯坦建国的支持，也提到他曾经十余次访华，见到过毛泽东、周恩来等第一代中国领导人。采访超过了预定的时间，助手们几次暗示要中断采访，但老人谈兴正浓。

在和阿拉法特肩并肩地合影时，我才发现，原来老人其实并不高，而在我心目中，老人的形象要高大得多。

几个月以后，按照台里的采访安排，我们再次来到拉马拉，又一次对阿拉法特进行了专访。在此之前，以色列的旅游部长遭到暗杀，以色列情报机构认定是阿拉法特的手下所为，就逼迫他交出杀手，在遭到拒绝后，以色列军队包围了他的官邸，坦克摧毁了官邸的围墙，他的一些警卫也在冲突中殉职。在局势最紧张的时候，阿拉法特的办公室里断了电，喝不到水，没有办法打电话。而窗外就是荷枪实弹的以色列士兵。当时曾经有外国记者打着手电采访他。

再次来到总统府，眼前的一切让我们震惊：曾经的院落已经不存在了，围墙已经坍塌，堆在一起的瓦砾还没有来得及清理。跨过废墟，我们直接到了那个依旧堆满沙包的办公楼前。而办公楼周围则堆满了数十辆被坦克碾轧成废铁的汽车。

相隔几个月，眼前的阿拉法特主席比以前又苍老了一些。也许是出于安全考虑，他换了一间更小的办公室，办公室甚至没有窗子。老人居然还记得我们上次的采访，说很高兴我们能再见，也感谢我们这个时候来采访他，"我们特别需要全世界了解我现在的处境，了解我们巴勒斯坦目前的状况"。他告诉我们。

正式采访开始前，他让我先拍摄一下立在墙角的一个书柜。这时候我注意到，书柜上堆放着被子枕头等一些铺盖。"看看吧，那就是我睡觉的东西，每天晚上我就把它铺到这屋子的地上。"天啊！我知道老人的处境很艰难，但这还是大大出乎我的意料，如果不是亲眼所见，我是不会相信的。

虽然处境如此艰难，但老人依旧精神矍铄，讲起话来中气十足，而且依旧对建立他的巴勒斯坦国充满期待。

采访结束，我们再一次合影留念的时候，老人把我紧紧拉向他的身边，就像久别重逢的老朋友。

分手时,老人邀请我们说,等未来巴勒斯坦国真正建立起来了,欢迎我们再来采访。

然而,老人最终没能见到他为之奋斗一生的巴勒斯坦国的真正建立。

仅仅一年多以后,突发重病的老人被送往巴黎抢救。从此他再也没有回来。2004年11月11日,在异国他乡,老人终于结束了自己战斗的一生。几天后,在开罗,我有幸参与了对阿拉法特葬礼的直播报道,见证了那个宏大的场面,全世界众多领导人都赶来为他送行,整个开罗万人空巷,全世界的电视机构也都把镜头聚焦在这里。当时我也曾在心里暗暗地说:老人家,一路走好!

一个多月以后,我随时任国务委员唐家璇率领的中国政府代表团再一次来到了这座仍然在废墟包围中的阿拉法特官邸。大院内已经搭建起一座新的玻璃房,曾经的巴勒斯坦民族权力机构主席阿拉法特就长眠在那里。为建国奋斗了50多年的老人在这里找到了归宿。

玻璃房屋正中,摆放着很多的鲜花,鲜花簇拥下,是老人的照片,照片上老人坚定、执着和勇敢的眼神,还有亲切的笑容,一如我们这几年经常见到的活生生的阿拉法特主席本人。

"领袖亚西尔·阿拉法特之墓",墓碑上只刻着这样几个字,很有千秋功过留待后人评说的意思。抬头看见熟悉的黑白格方头巾挂在玻璃墙上。然而物是人非,头巾的主人已经远去,不禁让人怅然。临行,我为老人献上了一束花。

在老人曾经办公的大楼里,我随唐家璇国务委员率领的代表团先后见到了新的巴勒斯坦民族权力机构主席法图赫、巴勒斯坦解放组织主席阿巴斯和总理库赖。会见前后,几次路过曾经采访过阿拉法特的小屋,老人当时的音容笑貌又浮现在眼前,千古佳作《黄鹤楼》油然涌现心里：昔人已乘黄鹤去，此地空余黄鹤楼。黄鹤一去不复返，白云千载空悠悠。

这是我作为驻中东记者最后一次来到拉马拉，也是我任期中的最后一次采访。十几天以后，我结束了5年多在中东的工作，返回了国内。

以色列政坛元老西蒙·佩雷斯

2007年，以色列工党领袖西蒙·佩雷斯接替身陷性骚扰丑闻的卡察夫，成为新一任以色列总统。而实际上，佩雷斯的从政时间，他在国际社会的知名度和影响力，远在他的前任卡察夫之上。

采访西蒙·佩雷斯，一直是我在中东地区工作的一个愿望。但直到2003年，这个愿望才得以实现。那年我随在中东地区进行穿梭外交的中国中东问题特使王世杰再度来到以色列，见到了当时已经80岁高龄的工党领袖西蒙·佩雷斯。

佩雷斯1923年出生于波兰，是以色列政坛元老，以色列工党的创始人之一。1965年，他与以色列首任总理本·古里安一起创建以色列工人党并任总书记，1977年成为新成立的以色列工党主席。他从政时间长达半个多世纪，从难民安置部部长、邮政和运输部部长、新闻部部长、国防部部长、外交部部长、财政部部长，到议长，一直到总理、总统，差不多坐遍了以色列政府最高层的所有位置。在国际政坛上也享有盛名。1994年他因缔结开辟中东和平进程新时代的和平协议而与拉宾、阿拉法特一起获得诺贝尔和平奖。

在办公室，佩雷斯与我国的特使深入坦率地交换了在中东问题上的看法。王特使介绍了中国在中东问题上的基本立场。他说，中国一直关注中东局势的发展，对巴以冲突和中东和平进程陷入僵局深感担忧。中国主张通过和平谈判解决巴以之间、以色列和阿拉伯世界之间的问题，最终实现犹太民族和阿拉伯民族和平共处。

佩雷斯不愧是经历了中东和平进程全部过程的老政治家，80岁的老人依然思路十分清晰，回顾起中东问题的各个历史阶段如数家珍。在关键问题和重要立场上，佩雷斯丝毫不做退让，但对来访者依然谦卑和蔼。在巴以冲突问题上，佩雷斯是鸽派代表人物，立场较为灵活务实。他认为，要想与巴勒斯坦实现和平，以色列必须从约旦河西岸的一些地方退出。他表示，对恐怖主义，不但要严厉打击，也要研究产生恐怖的根源，经过多年的冲突，以色列人越来越看到通过武力解决问题的局限性。

在与王特使的会见中，他多次提到历史上中国人对犹太人的帮助，表示他对中国人民有着很深厚的感情。他回忆说，第二次世界大战期间，在德国法西斯迫害和屠杀犹太人的时候，几十万犹太人从欧洲移居到中国。中国不但没有排斥他们，而是欢迎他们，给他们衣食住所，中国人民的这份感情他们不会忘怀。这让代表团所有的中国人都印象深刻。

我记得，几年前，他还曾经对前来采访的中国记者介绍说，他读过不少关于中国的书，包括孔子、孟子、孙子的简介和毛泽东著作的英译本。他喜欢诗歌，曾经当众吟诵中国古代诗人李白著名诗篇《静夜思》中的诗句，表达他对中国长期的深厚感情。

佩雷斯曾多次来华访问，后来更成为以色列－中国关系促进会名誉会长。2008年8月，佩雷斯来北京参加了第29届奥运会开幕式，并为此写诗一首，赞颂北京奥运会是象征"光荣、和谐、和平"的"同一个梦想"，表达了他对北京奥运会的美好祝愿。他在诗中写道：

奥林匹克的鸟巢中，

希望的圣歌回响。

忘记你的边界，

将牢笼抛在脑后，

自由地翱翔；

忘掉不同的梦魇吧，

拥抱同一个梦想。

佩雷斯平易近人，办公室十分简朴，不大的房间里，堆满了书籍，整个会谈过程几乎见不到有什么工作人员在周围忙碌。由于是随代表团一起来，记者进入他的办公室甚至没有像通常那样接受安检。据以色列同行介绍，在以色列政坛上，尽管有时候政见相左，但各个政治派别对佩雷斯都十分的尊重。几年前，在佩雷斯筹办的一次支持和平活动中，各国政要云集。美国前总统克林顿走上讲台，真诚地对白发苍苍的佩雷斯说："当你开始政治生涯的时候，我还是个毛头小伙……"

强硬派人物：沙龙

以色列同行曾经几次谈到，一直从政的佩雷斯，其处世之道的平和含蓄与当时的总理沙龙形成了鲜明的对照。沙龙常年在战场上打拼，参加了所有以色列对阿拉伯世界的五次战争，从普通士兵一步步登上国防部长的宝座，后来又成为以色列总理。多年来，他在中东和平进程上起着举足轻重的作用，但一直以强硬示人。例如，他曾经强令拆除犹太人定居点；不顾很多人的反对，下令从加沙地带撤军，而更多的则是以定点清除、大规模报复等激烈手段回击巴勒斯坦激进分子的恐怖袭击，甚至下令围困阿拉法特、摧毁阿拉法特的官邸。这些举措都对巴以关系、阿拉伯—以色列关系、中东和平进程产生过重要影响。以至于当人们以"闯进瓷器店的公牛"来描述他在巴以和平进程中的鲁莽行为时，也有一些人反而认为，越是强硬的人才越有魄力推动和平进程取得实质性的进展。

但强硬的沙龙招来了很多人的敌意与仇视。这样的仇视有的来自周边阿拉伯国家、巴勒斯坦人，也有的来自以色列内部的犹太人。强硬的沙龙四面为敌，不断受到各方面的威胁，因此对沙龙的采访更难，见到沙龙前的安检也更严格。

2004年年底，巴勒斯坦民族权力机构主席阿拉法特去世。本来就派别林立、政见不一的巴勒斯坦民族权力机构一下面临权力的真空，处于群龙无首的状态。在这种情况下，巴勒斯坦大选准备工作紧锣密鼓地展开了，并且受到全世界的高度关注。很显然，新的领导人来自哪一派别，有什么样的政策主张，将在很大程度上决定未来相当一段时间内巴以和谈的进展，影响中东和平进程的整个走向。正是在这样的情况下，2004年12月，国务委员唐家璇率领的中国代表团访问了以色列，与以色列总理沙龙就巴勒斯坦大选、巴以和谈等问题进行会谈，而我们也作为随团记者，见证了会谈的过程。

沙龙的总理府戒备森严。在进入总理府见到总理沙龙之前，我更是接受了几乎是这么多年来最严格的一次安检。当时，所有记者除了要经过安全门的探测，还要在一个特制的隔间里解开皮带，半脱下裤子，脱下鞋，对身体所有部位进行反复细致的检查。安检的严格和烦琐程度远超过我们见总统卡察夫、工党领袖佩雷斯，对我们这几位属于代表团成员的记者也毫不例外。而通常在与要人会见时，代表团成员会多少受到一些礼遇。虽然我们对此很是不满，新华社记者甚至提出了口头抗议，但安全人员充耳不闻。

虽然是第一次来到总理府的会议室，但这里的一切看起来并不陌生，因为这里举行的各种会议，经常在电视新闻中出现，这里做出的决策，往往占据当时新闻报道的头条。

眼前是略显窄小的会议室、简朴的会议桌和座椅。十几个人的代表团入座后显得有些拥挤。蓝白相间、画着一颗六角形大卫星的以色列国旗就立在对面，国旗前面就是沙龙的座椅。

初见沙龙，他给人的印象就是一位慈祥的老人，宽厚的肩膀，白白的头发，和你握手的时候力量很大，让人感受到他的热情。据说沙龙平时对工作人员、对家人也都很宽厚，但在巴以问题上，在对待阿拉伯世界的态度上，他确实是强硬派。因此他一直是个很有争议的人物。

沙龙1928年生于特拉维夫附近的一个小村庄。据说从小就是个街头霸王，曾经多次欺负村里的阿拉伯孩子。长大后从军，一直以勇猛、胆子大闻名于军旅之中。他参加了所有的中东战争，始终是阿拉法特的死对头。1948年第一次中东战争时，他曾经只身一人潜入敌营，诱捕四个敌方俘虏，树立起自己在军队中智勇双全的形象并从此步步高升。1967年第三次中东战争时，沙龙担任装甲师师长，对当年以军大获全胜功不可没。因此1973年的第四次中东战争中，已经退役的沙龙再度披挂上阵，重率装甲部队参战。在以军面临溃败的危急时刻，他违抗上级命令，率领部队冒险横渡苏伊士运河，深入埃及军队后方，直逼开罗，迫使埃及签订城下之盟，让整个战局发生了根本性的逆转。

1982年7月以色列军队进攻黎巴嫩，已经贵为国防部长的沙龙在进攻前，竟然还亲自化装进入贝鲁特进行侦察。战争后，他又因为支持对手无寸铁的难民进行屠杀而一直遭到舆论的谴责，被迫辞去国防部长一职。

沙场上冲锋陷阵、屡建奇功的沙龙从政后在对巴以冲突的处理方式上，更被认为是强硬的鹰派代表。他曾长期坚持反对巴以和谈，反对建立独立的巴勒斯坦国。2000年9月，沙龙不顾各方反对和抵制，强行对耶路撒冷圣殿山地区进行"访问"。这导致几百名巴勒斯坦游行者与以色列军警发生严重的流血冲突，巴以之间的暴力对抗由此不断升级。难怪2001年3月在他当选总理的当天，巴勒斯坦高级官员埃雷卡特说出了这样一番话："对于中东地区任何一位阿拉伯人，任何一位穆斯林来说，这只意味着一件事，那就是以色列通往和平的大门关上了。"对沙龙的当选，不同立场的人当然会有不同的看法，埃雷卡特的话有些绝对了，却表达了一些人由于沙龙当选而对中东和平进程未来走势的担忧。

出乎意料的是，沙龙出任政府总理后，逐渐调整了他在巴勒斯坦问题上的强硬立场，特别是在2002年6月美国总统布什提出有条件地支持巴勒斯坦建国的中东和平计划后，沙龙在巴以问题上的态度出现微妙变化，提出了一项巴勒斯坦建国方案，同意巴勒斯坦有条件建国。

2006年1月，沙龙突发中风，被紧急送往医院抢救。整整8年之后，沙龙去世，享年85岁。沙龙中风之后，总理权力转移给了接任者艾胡德·奥尔默特。而这位总理因贪腐罪名在2016年2月被以色列法院判决入狱。

国务委员唐家璇在与沙龙的会谈中，重点就即将举行的巴勒斯坦大选交换了看法。沙龙表示他希望看到巴勒斯坦大选能够产生不支持恐怖主义的领导层，还表示为了确保巴勒斯坦大选顺利进行，以色列将逐步从约旦河西岸巴勒斯坦城镇撤军、允许候选人在耶路撒冷的部分地区进行竞选宣传。唐家璇国务委员赞扬了以色列方面为了巴勒斯坦大选顺利举行做出的让步。

在唐家璇国务委员与沙龙会见之后，我们随代表团参观了位于市郊的犹太人大屠杀纪念馆，纪念馆展示了许多"二战"期间纳粹屠杀犹太人的证据，让人触目惊心又浮想联翩。逃过劫难、重返家园的犹太人今天又占据了很多本来属于别人的土地，历史的悲剧什么时候才能真正停止上演呢？

当时，纪念馆正在进行维修，馆外面的工地上有不少来自中国的建筑工人，不用介绍也能判断出来，因为他们的装束、他们的神态与国内见到的工人几乎没有区别。这里虽然动荡，却不能成为他们打工挣钱的阻碍。近年来到以色列打工的中国人越来越多。但令人难过的是，在自杀式爆炸事件中，时有中国工人成为遇害者。

第五章

巴勒斯坦的那些人和事

《奥斯陆协议》签署之后，巴以地区开始吹拂和平之风。双方领导人的手握在了一起，他们向对方伸出了橄榄枝，以色列开始向巴勒斯坦移交部分土地，巴勒斯坦的自治过程开始了。几年之内，约旦河西岸的部分城镇、加沙地带已经在巴勒斯坦自治政府的统治之下。但双方多年的仇视，在众多问题上的尖锐对立，并没有随着相互间的承认、政权的移交而一笔勾销。流血冲突还在继续，暗杀和报复依旧你来我往，而且短暂的和平相处过后，暴力冲突持续升级，巴以地区安全局势进一步恶化。那几年，我们不断往返巴以地区，感受到了持续的流血冲突给巴勒斯坦民众带来的巨大影响。

戒备森严的关卡

结束那一次在杰宁采访的几个月后，我们又一次来到了以色列和巴勒斯坦地区，这次采访的重点是约旦河西岸的巴勒斯坦自治

在加沙采访,"CHINA TV"是中国记者的护身符

以色列军队为安全拆除了巴勒斯坦人的住宅,采访只能在帐篷中进行

在拉马拉,与巴勒斯坦一个普通人家的父子四人合影。最小的儿子是激进组织成员,不肯露面入镜

第五章

巴勒斯坦的那些人和事

城市拉马拉，同时计划对阿拉法特主席进行再一次专访。阿拉法特的总统府最初是在加沙城里，后来由于以色列采取的限制行动，阿拉法特只能长期生活工作在拉马拉。在有些国内的新闻报道里，有时也根据发音把这里称作拉姆安拉。每次采访阿拉法特，几乎都是在这个小小的却犹如巴勒斯坦政府临时首都的城市中。

如果是在中国，拉马拉也许就是个县城的规模，但在整个巴勒斯坦地区，它是最主要的城市之一，也是约旦河西岸巴勒斯坦属下最大的城市。整个城市不大，但高低错落地建在几个小山包上，所有的建筑基本上都是用奶黄色的大理石盖成的，与约旦首都安曼如出一辙，显得既整洁又有特色。

据说原来的一座监狱改造之后就成了阿拉法特的总统官邸。后来阿拉法特在这座官邸中被以色列军队围困了很长一段时间，让这里仿佛又恢复了原来监狱的功能。

对我来说，拉马拉是一个在报纸和电视上让人耳熟能详的名字，一个以惨烈的短兵相接让人不能忘怀的地方。每次我们前来拉马拉采访，都是从耶路撒冷叫上出租车，经过以色列和巴勒斯坦双方设立的边界检查站，然后驶往阿拉法特的官邸或者其他地方。

此时，出租车正向这里疾驶，我们怀着复杂的心情坐在车里。从旅馆门口上车算起，不到20分钟的时间，我们已经从耶路撒冷的中心地带来到了拉马拉的关卡。如果不需要通过一层层的关卡，从以色列总理沙龙位于耶路撒冷的总理府到阿拉法特的官邸，开车不过就是半个小时的工夫，而我在北京开车上班的话，还至少需要一个小时才够。但是前往拉马拉，通过关卡却不是一件很快能完成的事情。

由于最近不断出现的爆炸事件，以色列加紧了对拉马拉的封锁。进出拉马拉的路口被阻断，车辆不得随意进出，行人要出示证件，接受检查后方能通过。3米多高的铁丝网围起了整个关卡，四周的土坡上，有隐蔽在伪装网下的哨所，机枪正对着下面往来的人群。很多头戴钢盔、身穿防弹衣、肩挎冲锋枪的以色列军人守卫在垒起的沙袋后面，逐一检查过往行人。

关卡前，大批的汽车挤成了一锅粥，一辆集装箱车碰撞了小卡车，司机被打得头破血流，乘救护车赶来的医生对他进行了简单的包扎。

刚刚下过雨，关卡处到处泥一摊、水一片的，汽车驶过，泥水四溅，人们叫骂着躲闪。我们就在这里下了车，卸了设备：摄像机、三脚架、电瓶灯、笔记本电脑、录音机、话筒、电池和磁带，当然还有沉重的防弹背心和钢盔，加上个人行李，像摆地摊一样摊开了一大片。

虽然我们被告知禁止在过关的时候拍摄采访，但我还是打算把摄像机扛在肩上，伺机拍摄几个画面。士兵很有经验，马上警告我，要求我把摄像机拎在手上通过，彻底打消了我拍摄的念头。我们带着零七八碎的一大堆东西艰难地过了检查哨，又穿过百米长的隔离区，进入了真正的巴勒斯坦地区。转眼间，阿拉伯语替代了希伯来语，巴勒斯坦的四色旗帜取代了以色列的大卫星旗。

出了隔离区，就见到了一辆守候在附近的出租汽车。车有些破旧，但却是一辆加长的老款奔驰车。知道我们来的意图后，司机决定先不去登记旅馆，而是自告奋勇，要带我们去四处转转，看看战争给小城带来了什么样的变化。对我们来说，这倒正中下怀。

拉马拉印象

由于路障的阻碍，很多车堵在了一起，动弹不得。司机索性熄灭了车，和我聊起来。他叫陶菲克，刚刚24岁，孩子已经半岁了。和我在巴以其他地方遇到的出租车司机不同，他没有上来就抱怨冲突恶化导致游客稀少，生意艰难，而是关切地询问："你们中国记者怎么看那些自杀式爆炸中的烈士？"此时此地，这样的问题有些过于敏感，我搪塞说，我是记者，此行就是要来看看你们在这个问题上怎么想。谁知他一听就兴奋起来，要告诉我"他们"的想法，而且大有不吐不快的感觉。

我调侃他说，听起来你像是哈马斯的人。出租车司机听到我的话，沉思了一下，告诉我："不，我是一名法塔赫战士。"这让我多少有些吃惊。法塔赫同样是一支对抗以色列的军事组织，由阿拉法特创立，在国际上被接受的程度要大于哈马斯。陶菲克说，开出租车是他赖以谋生、养家糊口的职业，而一旦法塔赫组织一声令下，他就要操枪上阵。一年多以前，当以色列军队进攻拉马拉时，他就曾经和战友们一起浴血奋战，直到受伤被捕，后来还在以色列监狱里被关了几个月。

车行路上，我发现拉马拉已经比我上次来的时候更加破败了。由于缺乏必要的养护，更由于战争的破坏，很多道路都变得坎坷不平。前面，好端端的路上被挖出了大坑，坑边堆放着水泥墩、沙袋等各种障碍物，司机说这是以色列军队的防范措施。道路中断，我们只好原路返回，另外择路。后来这样的路面又出现过几次，本来轻车熟路的司机也没了办法，只好一路向路过的行人和司机打听前面的路能否通过。凭着对方的手势和掌握的几个简单的阿拉伯语单词，我大致明白了他们的意思。有的说，不行，前面的路断了，有的说，去看看吧，昨天还是过得去的。

离总统府不远，就是拉马拉的中心广场，广场周围放射性伸展出去的几条街道就是商业街。这里一向是这个城市里最热闹的地方，当地人购买日用品，下馆子吃饭，在咖啡馆里抽水烟，都是在这一带的商店里。但现在由于实行了宵禁，所有的商店一律闭门谢客，整个街道一个人影都见不到，寂静得能听到废弃的纸片落在地上的声音。

陶菲克见我要下车，就催我赶快离开这里，可我需要在这里拍摄几个镜头。于是他赶紧把车停到一个角落处，从车里拿出一卷红色胶带，在奔驰出租车的前后左右都贴上了 TV 字样。我知道这是当地司机自我保护惯用的办法，意思是本车已经被记者租用，正在执行采访任务，不会用来搞袭击，请那些开枪的士兵、放炮的坦克和扔石头的孩子都手下留情。这一路开过来，我们已经看到很多当地车辆都在前后贴着联合国的 UN 字样，或者贴满了红十字、红新月会的标志，而其实都是些普通的私家车。看到当地人这些乱世求生的手段，难免让人感觉到一些辛酸，生出一些感慨。

司机答应带我们再去几个前不久发生过战斗的地方看看。在拉马拉，这些地方几乎随处可见。路上，我们见到一座高大的建筑，有十几层高，外面装饰着玻璃幕墙，这种高大上的气派在当地几乎是绝无仅有的，可惜的是很多玻璃已经被打碎了，外墙上是密密麻麻的弹孔，楼下趴着一辆报废的汽车，很显然是被坦克压瘪的。再往前走，是拉马拉电视台，楼顶上的发射塔已经被炸塌，铁塔的一端搭在了相邻的另一座楼上，就像连接两座楼的天桥。从前面看，电视大楼被破坏得不算太严重，透过破损的窗户能看到还有人在工作。但在背面，却能看到遭到炮击的痕迹，整个外墙差不多都已经坍塌了，露出了一个个小格子一样的办公室房间。整个大楼看起来摇摇欲坠，完全暴露的办公室里，满是散落的文件柜、电话机和各种纸片。

在三楼，一个房间的墙壁密布弹孔，半个阳台也塌了。司机告诉我们，他的一个朋友就战死在那个房间里。

这些地方看多了，我转而向司机提出，有没有正在发生战斗的地方,哪怕是扔石头的地方,也让我们目睹一下。司机二话不说,七转八转带我们来到一个山坡下,告诉我们前面的地段上经常会有情况发生,可以走过去看看,但要万分小心。放下我们后,他又把车开出去很远,躲到一间房屋的后面。前面,有一座不大的建筑,上面飘扬着以色列的国旗,以色列军队的坦克和装甲车在那前面严阵以待。看起来这是以色列军队在这里设立的一个什么机构。陶菲克告诉我们,每天放学后,经常会有当地的孩子来这里朝坦克扔石头,要是距离太近了,坦克上就会放一两把枪吓唬孩子们,这样的场面要是下午来就有可能赶上。第二天下午,我们来到这里,果然看到了这样的场景。一队十岁上下的小学生放学回家,走到这里时就变得兴奋了。对着守候在这里的坦克和周围的以色列士兵,他们喊着叫着,大约是在说一些骂人和诅咒的话,然后从周围捡起石子,投向坦克。躲在坦克周围的士兵气急了,朝天放了一枪,这些孩子们于是四散跑开。

看到这个场景我在想,向占领军扔石头,然后被枪弹驱散,这些淘气的孩子在放学路上的恶作剧,会在他们幼小的心灵里留下什么样的印记呢?这种场面在巴勒斯坦土地上太常见了,有时还会导致悲剧发生,扔石头的孩子倒在以色列士兵的枪口下。这样的流血事件后,会有人责怪孩子不懂事,不知深浅,导致灾祸加身。但这又能责怪孩子们吗,他们自己的家园被占领了,出门会受到盘问搜查,他们的父兄可能被占领军抓走甚至在冲突中被打死了,他们当然会去发泄,说不定长大以后他们还会有更极端的做法,然后再引来更残酷的报复。这就是巴勒斯坦地区民众几十年来的生活,你来我往,冤冤相报。

在去旅馆的路上,一条宽敞笔直的道路突然被新堆的土堆阻断。又是突入拉马拉的以色列军队在实施封锁。我扛着摄像机跨过土堆,朝对面走去。没错,前面正是以色列的坦克。也许为了安全防范的目的，他们在路上挖了一个很大的坑，坦克趴在那里如同在掩体中。掩体外面，只露出炮塔。黑洞洞的炮口，一大一小两挺机枪更显突出。这时候，我分明听到坦克开始有了动静，炮管正随着我转动。我开始后悔没有穿防弹衣，随后又想，在这个大家伙面前穿上防弹衣又管什么用呢？我紧张地向坦克里的士兵挥手示意，只想告诉他们，我是良民，肩上扛的只是摄像机而已。其实他们肯定早就看清楚了我，也许是闲在那里没事，故意在吓唬我。这时候，有一挺机枪也掉转枪口瞄向了我。"又来吓唬老子。"我在心里骂了一句，拍下了整个镜头。后来我想，说不定人家本身就是在配合我拍摄呢，也许我应该表示感谢才对。

街道两侧都是一栋栋的别墅，可能是因为坦克的到来，别墅早已经人去楼空，街道上也见不到一个人影，安静得让人发怵。此时我站在路的中间，左侧是坦克，右侧是一幢很漂亮的别墅房。别墅的大门紧锁，阳台上还盛开着鲜花。司机告诉我们，这是巴勒斯坦一位高级官员的家，大约是内政部长一级的人物。以色列军队封锁了部长的家？这不是在太岁爷头上动土吗？"这怎么可以呢？"我自言自语地说。但司机告诉我，这很正常，他们封锁阿拉法特的官邸也不是不可能的。

下午登记旅馆。旅馆不大，类似于中国的如家、速8等经济型连锁酒店，但在当地可能已经是最好的了。见到又有客人来了，服务员挺高兴，很讨好地对我们说了句绕口令："所有的记者都住在我这里，住在我这里的都是记者。"是啊，不是记者，这个时候还有谁会来拉马拉？

巴勒斯坦：和平遥远，建国不易

阿拉法特毕生致力于建立一个巴勒斯坦国，甚至也曾经宣布过巴勒斯坦国的成立,并就任过总统。但这一切最后都不了了之,因为大家都明白,一个国家的建立不是自己宣布一下就能办到的。在中东采访的几年,我个人的感觉是,建立真正独立的巴勒斯坦国绝不是一件容易的事,在巴以地区实现全面持久的和平,更非一朝一夕能做到的。

土地是生存的根本。从一百多年前犹太人开始向巴勒斯坦地区移民开始,阿拉伯人和犹太人之间就埋下了仇恨的种子。以色列建国后和阿拉伯人之间的五次大规模战争,加上数不清的流血冲突,加深了这种仇恨。而现在,恐怖袭击不断,暴力冲突还在继续,甚至还在加剧。当孩子还是很小的时候,心里就烙上了恐惧与仇恨的烙印,冤冤相报难有尽头。

几次去以色列,我都能在报纸上见到一些激进分子撰写的反对阿拉伯人的文章,他们曾经在文章中要求美国改变立场,停止支持巴勒斯坦民族自治政府和联合国难民署,他们认为包括阿拉法特在内的自治政府领导人都是恐怖分子,联合国难民署为恐怖分子提供了庇护。

从物质条件看,巴勒斯坦要建立自己独立的国家时机也不成熟。直到现在,巴勒斯坦地区还缺乏有效的行政管理机构。在当时,像我们这样的外国人,进入巴勒斯坦的自治领土首先要办理以色列的签证,接受以色列方面的检查。直到现在,巴勒斯坦的海关税收多数还要由以色列的相应机构代收,两边关系好的时候,以色列方面会返还一部分税金给巴勒斯坦自治政府,冲突加剧、以色列人不高兴了,巴勒斯坦方面就一分钱也拿不到。巴勒斯坦的经济、政府的财政能否支持独立政府的运作,也是个很大的问题。

在巴勒斯坦地区采访时,我们感觉到,自治领土上的民生是个很大的问题。无论是在加沙地带还是约旦河西岸的拉马拉等城市,自来水、电力的供应和加油站的汽油,绝大部分要依赖以色列的供应。米、面、蔬菜这些老百姓菜篮子、米袋子里装的东西不少也是从以色列运过来的。就连人们花的钱也还是以色列的货币"谢克尔"。当地民众有了疑难病症，要到以色列的医院去就诊。条件好些的巴勒斯坦家庭，还要把孩子送到以色列去读书，所以每次经过耶路撒冷和拉马拉之间的关卡时，背着书包接受安检的孩子能见到很多。当地人说，这些都是有权势的巴勒斯坦人的孩子，那些社会底层的家庭，只能把孩子送到家门口的学校里。那些放学后向以色列军队扔石头，然后又遭枪击威胁的孩子，大多数都来自贫苦家庭。

还有很重要的一点是，很多巴勒斯坦人要想养家糊口，不得不去以色列打工挣钱。巴勒斯坦自身的经济十分微弱，当地的失业率很高，去以色列打工是当地人挣钱的重要渠道。巴以冲突加剧、双方关系紧张时，经常会有一些激进分子指责那些去以色列打工的巴勒斯坦人是吃以色列的饭，帮以色列的忙，没有骨气，不讲原则。的确，由于缺乏专业技能，很多巴勒斯坦工人在以色列只能在一些建筑工地做工，干简单、廉价的体力活。当以色列采取强硬手段，在巴勒斯坦自治地区建立犹太人定居点时，多数施工的工人都是巴勒斯坦人，当他们给犹太人盖房子的时候，他们的亲朋好友也许就正在不远处的地方示威，抗议以色列人修建定居点。但是，如果这些人不去以色列打工，他们的一大家人又如何生存呢？原则要讲，而生活又很现实。

巴勒斯坦方面要真正建国，这些现实的问题哪个不需要考虑呢？

更为重要的是，来自历史和宗教的冲突，让巴以之间在首都的设立问题上更成为针尖对麦芒的事情。以色列已经通过法律，宣布耶路撒冷是自己不可分割的永久首都，现在总理、总统都在那里办公，而巴勒斯坦也曾经宣布要建立一个以耶路撒冷为首都的国家。一座都城，两个国家？这种情况下哪一方的让步都很难。

圣城耶路撒冷是犹太教的圣地，是圣殿山、哭墙所在地，基督耶稣复活的地方，这是犹太人的精神家园。而这里同样是伊斯兰教的圣地，是伊斯兰教创始人先知穆罕默德升天的地方。这样一个神圣的地方，谁敢轻言放弃呢？耶路撒冷的地位显然已经不是巴以政府自身能轻易决定的事了，它关系到全世界犹太人的信仰，也牵扯到整个阿拉伯世界的感情。

尽管道路漫长而曲折，但是我们都企盼着和平能够早日降临到地中海东岸的这片土地上来。

生死一念间

从2000年沙龙擅闯圣殿山引发新一轮巴以之间的大规模流血冲突，在随后两年的时间里，冲突造成双方两千多人死亡，数万人受伤。沙龙总理在当时强硬表态说，如果我们早采取现在这种严厉而果断的措施打击巴勒斯坦恐怖分子，这场冲突早在两年前，甚至多年前就结束了；巴勒斯坦方面的激进分子则声称，将通过自杀性爆炸袭击将战斗进行到底。双方都要"以暴易暴"，人们不清楚这场冲突将有什么样的结局，更不知道还会有多少无辜平民在冲突中流血，但是大家都明白，受害者中的大多数人都是没有直接参与冲突的无辜平民。我们在以色列采访期间，以色列发行量最大的报纸《国土报》根据有关方面对上月巴以冲突双方死亡人数的统计，发表署名文章指出，当年8月份在约旦河西岸和加沙地带共有49名巴勒斯坦人被以色列军队打死，其中30人为没有武装的无辜平民，这些被打死的人中，只有10人是真正列在以色列军队抓捕名单上的。49名死者中，有7人是15岁以下的青少年，包括两名不到10岁的女孩。

在此前的 7 月份，以色列空军战机向加沙地带的几间民房发射了一枚一吨重的导弹，炸死了一名巴勒斯坦激进组织头目，也有 15 位平民同时罹难。《耶路撒冷邮报》在提到这起事件时，引用了一位以军军官的话："对于这次成功的袭击来讲，15 个人的代价是高了点，但是，当我们接到有关恐怖分子的切实情报时，我们还是会毫不犹豫地扑过去击毙他，无论他在什么样的环境里。"

而作为报复，巴勒斯坦激进分子也在不停地制造自杀式爆炸，让无辜的学生、市民屡屡成为牺牲品。

采访期间，以色列安全部门的官员为了表明他们清除恐怖分子的必要性，专门请外国记者集体采访了一个被捕的自杀式爆炸杀手。想不到的是，这位叫作艾琳·艾哈迈德的杀手，竟然是一个女孩。

当艾琳·艾哈迈德站在记者面前时，大家都觉得，她的形象与想象中的恐怖分子相去太远了：这是一个文静而大方的女大学生。这个印象，实在无法让人们把她和自杀式爆炸联系在一起。而的确，她就是那位身背烈性炸药闯入市场，准备制造惊天血案的艾琳·艾哈迈德。

艾琳是阿拉伯人，却也能讲很好的希伯来语。而此时，她又是在用流利的英语讲述她坎坷的身世和参与自杀式袭击的整个过程。

艾琳·艾哈迈德今年刚刚 20 岁，此前她一直是伯利恒大学工商管理专业的学生，而且成绩一向很优秀。她不曾加入任何军事组织。然而，那年 5 月中的一天，她向伯利恒的一个激进的巴勒斯坦军事组织提出要对以色列实施自杀式袭击，成为一名"烈士"。

约旦河西岸城市伯利恒虽然是个人口不足 10 万的小城，却是闻名世界的宗教圣地：2000 年前上帝之子——耶稣基督就诞生在这里的一个马槽里。因此 2000 年来临之际，伯利恒成为世界千禧年庆祝活动的一个中心。圣诞树顶端的那颗星星，就是著名的伯利恒之星，传说当耶稣在马厩里降生时，这颗星照亮了伯利恒的早晨。

伯利恒的巴勒斯坦军事组织很快就接受了她的请求。组织头目当然要问她：这一切都是为了什么呢？原因很简单，正是花一样的年龄，却难得过上阳光灿烂的日子。没有了生活的希望，没有了可以寄托生命的人。

从出生的那天起，她在伯利恒的家乡就和战乱联系在一起。刚刚六个月时，艾琳的父亲就去世了；六岁那年，妈妈又抛下她改嫁去了约旦。亲戚收留了她，把她抚养大，但那里毕竟不是自己的家，她再也不能像在家里那样享受无微不至的照料，再也不能像对父母那样撒娇或者依赖，伴随她长大的始终是寄人篱下十分无助的感觉。

终于艾琳走进了大学。校园里，她和一位同学相识相爱了，他们花前月下，形影相伴。后来他们订婚了。从小缺少父母关爱的艾琳感觉自己找到了精神的归宿和生命的依托，她发誓要和自己相爱的人相伴始终。

然而，命运再一次捉弄了她。不幸的遭遇又找到了艾琳。她的未婚夫在一次袭击事件中被以色列军队打死了！原来，她深爱的人参加了一个反对以色列占领的地下抵抗组织，一个隶属于法塔赫的外围军事组织，并且成为这个组织的负责人。不久前，当他们正在制造炸药，准备开展一次炸弹袭击时，得到情报的以色列军队突然出现在他们面前，在抵抗过程中，男友身中数弹，永远地离开了艾琳。

艾琳的世界彻底崩塌了！没有了自己相爱的人，这个世界对她彻底失去了意义。从此，"我要报仇"成为她生活的唯一动机。最终她找到了原来男友所在的抵抗组织，提出了自己的愿望：为男友报仇,通过自杀式爆炸成为"烈士",在另一个世界与爱人相遇。

5天以后的一个上午,正在学校里上市场营销课的艾琳被人叫出了课堂。来者是位陌生人,他没有太多的寒暄和问候,只告诉她:"我们选择了你,祝贺你即将成为烈士。现在我们派你去执行自杀式爆炸袭击。"

随后艾琳就被带到一个叫莱森的地方。在那里,一个很小的房间中,来人交给她一个沉甸甸装满烈性炸药的背包,然后就开门见山地向她传授如何激发炸弹。这是一个黑色的背包,里面装有3.5公斤重的炸药。背包后面伸出一个小的开关,开关与引爆炸药的电线相连。来人告诉他,这种炸药很容易被引爆,她所需要做的只是轻轻地按下开关。"当时我真的感到有些震惊。我好像还没有足够的心理准备。我以为他们还要用几个月的准备时间来培训我,比如,会教我如何使用武器之类的事情。没想到会这么快。但我决定按照他们的要求去做任何事情。"艾琳平静地告诉她面前的记者。

随后,艾琳被介绍给一个仅仅16岁的男孩。这个男孩拿着和她同样的背包。他们两个人要一起完成这次任务。男孩的家境很好,父亲在美国学的法学,现在是个律师。

在不长的时间里,艾琳就写好了两封给家人的告别信,一封给她在约旦的妈妈,一封写给抚养她长大的亲戚。信中,她感谢了亲人的养育之恩,告诉他们自己找到了一条通往天堂的道路,现在她就要去那里了,她即将成为烈士,她期待着在天堂与亲人重逢。随后,她在洗浴净身之后,做了最后的祈祷。有人用录像机录下了她最后的影像和遗言。随后艾琳按照要求,换上了紧身的牛仔裤,上身则更是她从来没有穿过的时髦的露脐装,这使她看起来像一个以色列姑娘,更容易掩人耳目。

最后,有人向艾琳和那个男孩详细讲解了他们要去的地方的情况和实施爆炸的要求。艾琳听了略有些失望。她期待着能去耶路撒冷或者特拉维夫这些大城市，那会使他们的行动显得更加的轰轰烈烈，他们的牺牲会更轰动、更有意义。

他们的行动地点就是莱森附近的一个露天市场，艾琳和男孩要分头走进市场的两端。按计划，男孩先在市场的那一端引爆炸药，艾琳则在近处这一端的一个游戏台前做好准备。一旦男孩爆炸身亡，大批躲过第一次劫难的人们肯定会向艾琳所在的这个地方蜂拥而来。这时艾琳就要选择时机，引爆身上的炸药，从而带来更大的伤亡。

一辆破旧的汽车把艾琳和男孩带到了离市场很近的地方。这时候，手机响了。电话中，艾琳再一次被告知如何选择进行袭击的最佳位置。两个人背着各自的背包下了车，并且按照吩咐，分头向街道两边走去。

艾琳走到了指定的位置，并且在那里站了十分钟。突然，她跑回了车里，告诉车里的人，她有些害怕，不想干了，她还年轻，不想就这样和炸药一起灰飞烟灭。

这时候，就在她眼前不远的地方，一声巨响，伴随着升腾的烟雾，那男孩和其他几条生命一起，永远地消失了。

"我走下了车，发现这个位置与地图上画的不完全一致。我站在那里，看到了很多的人，有母亲，有孩子，我想起了我熟悉的一个和我同龄的以色列姑娘，她就住在离这里不远的地方。突然间，我改变了主意。"

艾琳被带回了伯利恒。后来，这个组织又提出要她在耶路撒冷的街道上搞一次自杀式爆炸，也被她拒绝了。

由于别人的告发，几天后，以色列军队来到她的家里，将她逮捕了。

有记者问："以后你是如何打算的呢？"艾琳说："以后我想去

约旦找我妈妈，和她一起生活。"

据以色列有关方面的统计，自2000年9月巴勒斯坦与以色列大规模的暴力冲突开始后，自杀式爆炸事件呈急剧上升的势头。从1993年到2000年9月，以色列情报机关在7年间一共处理过61起自杀式爆炸事件，而从2000年9月开始的两年内，这个数字超过了120起。

以前实施自杀式爆炸的基本上都是一些军事暴力组织的成员，但随着局势的恶化，情况变得更加复杂了。很多并不属于任何组织的激进分子，从孩子到老人，有男人也有女人，都开始酝酿参与这种袭击。在被以色列军队抓到的自杀性爆炸袭击者当中，有一个男孩刚满12岁。这让人觉得多么的可悲，多么的无奈。生活无着，又看不到出路在哪儿，生命朝不保夕，永远生活在充满危险的压抑的环境中，这是自杀式爆炸不断产生的社会原因。

加沙地带的苦难生活

很长时间以来，以色列人的生活缺乏安定感，经常如同惊弓之鸟，用风声鹤唳、草木皆兵来形容，一点也不为过。而另一方面，巴勒斯坦人的日子似乎更难，难在没有基本的生活保障。加沙尤其如此。

2000年以后，随着新一轮巴以冲突的爆发，流血冲突的不断升级，这让作为巴勒斯坦自治领土重要组成部分的加沙地带越来越广为人们所熟知。而每当"加沙地带"出现在报纸上、屏幕上时，往往都伴随着"冲突""流血"和"封锁"这样的字眼。加沙地带俨然成为流血冲突的代名词。

正是在这样一个时刻，2001年9月，我们再次来到巴以地区采访。这一次，加沙地带是我们的目的地之一，因此我们选择了从埃及的西奈半岛直接进入相邻的加沙地带，而没有像往常那样，先到特拉维夫或者耶路撒冷，然后再转道前往巴勒斯坦地区。

在这里，在短短24个小时的时间里，我们又一次真切地感受到了冲突中的紧张气氛，更感受到了普通群众生活的艰难。

加沙地带南靠埃及西奈半岛，西临地中海，南北长不过四十千米，东西不过二十余千米，它与约旦河西岸的巴勒斯坦领土互不相连，但共同构成了巴勒斯坦自治领土的主要部分。从开罗出发，进入西奈半岛，再经过埃及的拉法关口，就进入了加沙。

那时候，加沙已经实行自治，但进出边境，还要凭借以色列的签证，接受以色列士兵的检查。因此一出埃及海关，前面就是飘扬着国旗的以色列边防站了。

加沙与埃及领土相接，第一次中东战争后又一度在埃及的管辖下，两地民众很多都有亲戚关系，曾经人员、商贸往来密切。但非常时期，每天过关的人已经很少，大厅里以色列海关、边检的官员就显得有些懒散。

在边检大厅里，我们要等待守卫在那里的士兵去把不知道躲到哪里的海关官员们找来办手续。由于任务紧急，我们没有新办签证，而上次办的签证已经过期，这次是硬着头皮来"闯关"的。还好，在我们好言相求下，年轻的官员又请示了上司，终于重新为我们办了一个短期签证。

在等待办手续的大约两个小时的时间里，我们只看到一位年迈的阿拉伯妇女从这里过关进入加沙。老人腿脚不便，走路一瘸一拐的，还大包小包地拎了不少东西，过安检的时候，包里瓶瓶罐罐的东西铺了一地，还有一些液体洒了出来，让以色列士兵一阵紧张。其实，老人带的不过是一些奶酪、橄榄油和腌菜，我猜可能是有亲戚在加沙，她带些食品给那些战乱中衣食无着的亲人。

我担心随身携带的防弹衣在安检时会有麻烦。结果，人家连问都没问，也许是因为战乱频发，司空见惯了。随后我们被要求登上了一辆口岸摆渡汽车前往边境隔离区对面的关口。车票是用以色列货币"谢克尔"支付的，大概相当于人民币20多块钱。结果刚走了几百米，感觉仅仅在这个用铁丝网围起的大院子中转了一圈，汽车就停住了。前面到了以色列的关口：铁丝网断开的地方，一排钢筋水泥的掩体，上面垒着沙包，身着防弹衣、头戴钢盔的以色列士兵就伏在掩体的机枪上，用枪口瞄着你。铁丝网有两层，中间是五六米宽的隔离带。这时候正好有一辆巡逻的装甲车在铁丝网中间隆隆驶过。装甲车远去后，我们下了车，走过掩体和士兵，前面就是加沙了。

远远望去，百米开外，真正要进入加沙前，又出现了一道铁丝网。铁丝网后面，一位年轻的中国人正站在车边，向我们挥手。由于是和新华社中东总分社的朋友同行，新华社加沙分社的记者马先生来接我们了。

马先生的越野车车头上，用英文喷着"CHINA TV"几个字母，每个字母差不多有半尺宽，十分的抢眼。我开玩笑说，新华社打我们电视台的招牌，这可是侵犯知识产权啊。他告诉我们，由于这里工作环境危险，生活环境艰难，大多数外国媒体并没有在这里派驻记者，只是雇用当地记者为他们做报道，而他是这里仅有的三个常驻外国记者之一。在这里，爆炸、枪击几乎是家常便饭，好在双方对记者还算手下留情。对于不熟悉英文的人来说，"TV"就是记者的代名词，也最容易辨认。于是所有住在这里的记者，都在车的四周喷满字母"TV"，这是护身符和通行证。后来许多本地居民也模仿他们，在自己的私家车上也喷上了这两个简单的字母。他现在最担心的是，大家都这么干，以后会不会没人相信他们的真实身份了。

马先生告诉我们，车顶上喷的字更大，只是我们站在车下看不到。那是为了让以色列武装直升机的驾驶员能清楚地辨认，避免误伤，因为在他们经常实施的"定点清除"中，从以色列武装直升机上发射的导弹已经炸翻过不少巴勒斯坦方面的汽车，这是他们清除巴勒斯坦激进分子最常用的办法。马先生的一番话让我刚刚进入加沙，就感觉到这是一个危机四伏的地方。这时候，天色将晚，我在想，车顶的字马上就要看不清了，最好不要有直升机在这个时候出动。

我坐在副驾驶的位置上，车子刚要启动，马先生又赶紧拿出一面五星红旗，让我举出窗外。旗子比一般国宾车上用的要大两倍。不用问我也知道，这是另一个自我保护措施，因为，中国在巴以冲突问题上的立场得到冲突双方的共同认可，对中国记者他们还是会手下留情的。强大的祖国永远是我们的坚强后盾。

路上，经过一段人口稠密的居民区。房子很破旧，道路也不平整。与以色列的城镇相比，有着明显的差别。一群巴勒斯坦小孩在路边玩耍，看见汽车驶来，开始用阿拉伯语向我们叫喊。我听不懂，但从他们的语气中能判断出那肯定是不友好的话。突然，几个孩子捡了石子，朝我们的车扔来，车上乒乒作响，孩子们得意地哄笑起来。我觉得这真有些可悲，敌对的冲突已经在这些幼小的心灵里刻下了深深的烙印，让他们对所有的陌生人充满怀疑和敌意，并习惯性地用石头攻击这些陌生人，这是他们发泄不满、表达愤怒的方式。在这块不断流血的土地上、在这样动荡环境中成长起来的一代，要用多久的时间才能抚平他们心灵深处的创伤？

一路走来，我发现这里不仅比以色列的城镇破败得多，甚至也比不上前几次来采访时所看到的情景。楼房、道路更加破败不堪，街道零乱肮脏。最近一年，以色列军队在这里的几进几出，留下的是越来越多的怨恨和越来越多的废墟。马先生告诉我们，本地几乎没有任何的经济实体，很多巴勒斯坦工人都要靠到以色列境内打工来养家糊口,而现在这样的机会越来越少。人们在艰难度日,在绝望中苦苦求生。据说这里的失业率已经超过了50%,这对巴勒斯坦和以色列来说,无疑都是一个巨大的威胁和难题。

去旅馆入住之前,我们先到马先生的公寓短暂休息。这是一栋海边的公寓。从十几层楼的窗户望去,地中海就在脚下,海水轻柔地拍打出一条白色的曲线。沙滩上可以看见不少的太阳伞和座椅,虽然正是游泳的好季节,但沙滩上和海水里却一个人都没有,冷冷清清显得有些凄凉。侧面不远,就是阿拉法特曾经工作过多年的巴勒斯坦总统府。我们到来之前不久,马先生就是在自家公寓的阳台上,向新华社中东总分社电话报道了以色列飞机发射火箭,袭击总统府的重要消息。他说,当时飞机就盘旋在眼前的海面上,一发接一发地射出火箭,在房间里能清楚地感受到爆炸的震动。

落座之后,马先生告诉我们水又停了,他要重新下楼,去几里地外的中国驻巴勒斯坦办事处打水给我们喝。这里经常停水,不但洗澡困难,就连喝水做饭都难以保证,外交机构的情况相对好一些,他就只好经常去中国办事处打水。

我们打开电视,是巴勒斯坦的阿拉伯语电视新闻。新闻里,又是孩子们在扔石子,然后是一队送葬的群众在高呼反以口号。虽然没有听明白,但我能猜测出,肯定又是谁家的亲人在冲突中丧生了。每天都有这样的事件发生,这对我们来讲好像已经不是新闻,少了新鲜感和冲击力了。

忽然间,四周一片漆黑,停电了。还好,马先生早有预料,已经交代给我们,应急灯就在手边。在这里,停水停电是家常便饭,要是有哪一天不曾停水停电,那可能就成为新闻了。虽然加沙是块自治领土,但是,这里的水电供应以及加油站的油料全靠以色列提供,在目前的局势下,这些基础设施不时遭到损毁,供应吃紧也就很容易理解了。

休息过后,马先生开车带我们去旅馆入住。这天的停电是全城范围的。一路上没有路灯,完全凭借车灯照明。天下着雨,没有月亮,没有星星,四周漆黑一片,车灯远远照出去,路上不见一个行人。打雷的炸响声从天边一阵阵传来,不知怎么在这里听起来就像是枪炮轰鸣,让我们平添了一些寒意和紧张的情绪。借着闪电,我看见旁边就是大海,翻滚的白浪冲刷着岸边,好像要冲过来把我们吞噬,让人感到有点恐惧。沿着海滨公路一路前行,刚过巴勒斯坦的"海军司令部",黑暗中突然有两个人在车窗前出现。这是两名巴勒斯坦警察,他们穿着雨衣,端着枪,手里还拿着手电筒。他们检查了马先生的证件,然后告诉我们,以色列军队刚刚进入了前面的地区,正在和巴勒斯坦方面的武装对峙,一旦有冲突爆发,这里会十分危险,他们奉命警戒,严禁任何人通过。在他们的劝告之下,我们原路返回,另择一条路。瓢泼的大雨中,黑漆漆的夜幕下,两名警察显得那么势单力薄,我真有点替他们担心。

第二天一大早,我们请的摄像师带着采访设备如约来到旅馆和我们会合。我们计划和他一起去加沙北部靠近以色列的地区采访,那里有几个犹太人的定居点,这些日子那里流血冲突不断,引起了国际社会的广泛关注。摄像师提出了一个条件:要我们为他提供防弹衣。他说,加沙城是后方,而那里就是前线了,任何人请他,或者我们请任何人去那里采访,这都是必要而且最基本的条件。这可难为了我们,我们自备了防弹衣,却没有他的一份。马上要出门去工作了,人生地不熟的上哪里能找到呢?无奈之下,他带我们找到一位为巴勒斯坦高级官员做警卫的朋友,借到了这身行头。他一边往身上穿,一边讲在"前线"采访的几个"保命要点":绝对服从士兵的命令,不要猛跑,有情况就高举双手,尽量不和扔石头的人站在一起……

车向加沙城北急驰，不久来到了一个交叉路口。一条大路从这里径直向前伸去。远远的，可见路边的一个犹太人定居点。定居点四周的高墙围得像个堡垒。在巴勒斯坦地区，有不少犹太人的定居点，它们或者由移民自行建造，或者在政府的支持下建造。定居点占据了当地阿拉伯人的土地，并因此时常成为阿拉伯人袭击的目标。定居点远离以色列城市，犹太人住在这里生活其实很不方便，出门还离不开以色列军队的护送，而为了保卫这些定居点，以色列政府和军方实在是下了不小的气力。后来以色列提出要拆除其中部分定居点，为里面的居民另外寻找安全的居住场所，同时给居民很高的搬迁补偿，但很多居民仍然不肯离去，宁愿过这样不安定的日子，对此我还真是有些费解。也许这正是犹太人的特点，正是这种坚忍的态度，让以色列能在四周都是敌人的情况下顽强地生存下来。

车速降下来了。一辆以色列国防军的"梅卡瓦"坦克就横在路口把角处，此刻，炮口和上面的机枪都对着我们，机枪手把整个脸都藏在钢盔下面，看不清楚面容。这不是边界处，只是一个定居点的警戒哨，经过简单的检查后我们就过去了。

又来到了一个路口。路口边有以军的一个哨所。巴勒斯坦同行告诉我们，这里曾经发生过激烈的冲突，当时一位父亲带儿子碰巧路过这里，密集的枪弹把他们逼到一个角落的石块后面，仅仅几分钟后，可怜的孩子不幸中弹，当时就死了父亲的臂弯之下。整个过程被一位法国电视记者完整地记录下来，画面播出后震惊了全世界。后来，根据这个画面制作的画像无数次出现在阿拉伯世界的反以示威中。碰巧的是，几天以后，我们又赶到了伊拉克首都巴格达进行采访报道，下榻在著名的拉希德饭店。在饭店大堂的墙上，我们又看到了这样一幅巨幅画像，画面上，躲在石头后面的父亲一脸的悲愤和焦虑，好像在呼唤抱在怀中的孩子，孩子的四肢和头部已经无力地耷拉下来，而枪弹还在像雨点一样射向他们。

距离哨所不远的地方，有一大片刚刚被推倒的树林和一片残垣断壁。据说，这些树林和房屋中经常藏匿巴勒斯坦的狙击手，射杀过往的以色列军人和出入定居点的犹太人。所以，以色列军队出动坦克，将这里夷为平地，消除了杀手的藏身之处。在这里拍摄时，我能感觉到前方定居点的高墙上，以色列的军人正在观察我的一举一动。这种感觉让我很不自在，只好自我宽慰：每天都有记者来这里拍摄，他们已经习惯了，至少认识了我肩膀上扛的是摄像机，不是枪。同时，我告诫没有带防弹衣的同事，一定要躲在远处。

距离这里不远，有一片帐篷区。房屋被推倒后，失去家园的阿拉伯人就生活在这里。我看到他们当中有年龄很大的妇女，也有抱在母亲怀里的孩子。我真不愿意想象这些人每天在枪口下生活是什么滋味。帐篷很小，地上只铺了层塑料布，塑料布上是他们睡觉用的毛毯，人们就席地而卧。由于近来经常下雨，地上始终是湿漉漉的。一座帐篷中，有人用树枝点起了火，可能帐篷中不敢有太大的火苗，伴随小小火苗的是缕缕青烟。这点烟火在帐篷中有些呛人，但多少带来了一点暖意。

采访当中，有人向我们痛哭流涕地诉说，也有人责骂和诅咒那些拆了他们房子的以色列士兵。一位妇女告诉我，她几年前发现自己患有心脏病，需要经常去以色列的医院检查和治疗，因为这里的医疗条件实在有限。她还做了几次心脏手术。如今她更为自己的生命担忧，因为家里的收入来源不断减少，而且进出以色列的通道隔三岔五地就被封锁，她担心一旦旧病复发，很可能就只有眼睁睁地坐以待毙了。她说，既然我赶上了这么个世道，死就死吧，还免得这个样子活受罪了，可是，我还有两个孩子呀！

是啊，无论是以色列人，还是巴勒斯坦人，都有人表达出"生不逢时"的感叹，那么，在双方各不相让时，让我们都为孩子们想一想吧。

采访过后，我们乘汽车来到一处靠近边界的地方。两座楼下，是一个街口，街口已经被一大片沙包和碎石瓦砾封死，搭建起了一座街垒。街垒外面是几辆已烧毁的汽车。几位记者正在拍照，一群孩子围着他们，在绘声绘色地给他们讲述昨天发生在这里的激烈战斗。一个不到十岁的孩子送给我一颗弹头，告诉我是他从墙上挖出来的，然后向上指指楼房让我拍摄。这一看，我才知道，原来这里发生过多么惨烈的战斗。两座把守街口的楼房已经面目全非，弹孔密布，整个楼房的外表层已经完全被枪弹掀掉了，表层下面，没有一块砖幸免。楼房的上层已经完全被炸塌，下面的房屋则没有了门窗，只留下黢黑的战火痕迹。隔着街垒，对面是以色列军队的坦克。

被士兵的平静震撼

在一个经常发生冲突的地方进行采访，我的心里总是十分矛盾：不希望再看到冲突发生，因为冲突就意味着流血和伤亡；同时，我又在暗自想，也许冲突真的可能在我眼前发生。

虽说天天有冲突，可从前一天晚上到第二天中午，并没有碰上冲突事件。我们难得地享受着短暂的和平。

刚刚在街垒处完成采访，准备往回走，汽车里的电台忽然传来消息说，前方不远处正有枪击事件发生，于是我们立即带上全部设备，包括防弹衣，匆忙赶了过去。

等我们赶到时，枪声已经停息了。密密麻麻的一大群人已经将这里围得水泄不通。这是一个不大的路口，一辆以色列坦克守在这里。中午，坦克上的士兵接到命令，一辆某某号码的灰色奔驰汽车将从这里驶过，车里坐的是三名被以色列军方认定为恐怖分子的巴勒斯坦激进组织重要成员。后来人们都说这一定是巴勒斯坦内部的奸细出卖了情报。

灰色奔驰汽车驶过来时，车里的人没有想到死神已经逼近。其实只要短短两秒钟的时间他们就可以通过这个路口，然而，枪声响了，暴风雨一样密集的机枪子弹把汽车打得稀烂，洞穿了坐车人的身体。在这之前，没有任何的警告，连例行的停车检查都不曾有过。

车上的人当时一死两伤。我看到了密布枪眼的尸体。两个伤者看来也凶多吉少，在血泊中微微地张开嘴，艰难而短促地呼吸着，后来一位伤者挣扎着张开了一半嘴唇，眼睛也睁开一条缝，好像有话要说。很快，他闭上了眼，而嘴唇还在微动。我在猜想他临终前到底说了些什么。他是在呼唤和平，还是在呐喊着要人们为他复仇？

救护车呼啸着来了。死者和垂死的伤者都被拉走了，围观的人们也四散离开了，这里又恢复了平静。除了地上的一摊血，看不出发生的一切，毕竟这里流血的场面太多了。但我猜测，这之后一定会有人复仇，又有人要为此付出代价。

驱车往前，就看到了那辆开过枪杀过人的坦克。士兵还站在那机枪的后面。钢盔下，一张年轻的脸，一副平静的样子。我要下去拍摄，司机坚决地制止了我。也许这坦克上的年轻人也会一样平静地再次射杀一个人？士兵的平静震撼了我，他仅仅是执行了上级的命令，可是在这里，难道剥夺一条生命就是这样的轻而易举，就是这样的不动声色？

走出加沙

让我始料不及的是，走出加沙，进入以色列，竟然要比从埃及进入以色列还要困难。

完成采访任务后，汽车把我们送到加沙和以色列之间的边界上一个叫作艾雷兹的检查站。这时天开始黑了，雨又下了起来。

过关的通道分成两部分，一部分专门供巴勒斯坦工人进入以色列打工时通过，不过由于冲突的爆发，这个通道早已经关闭；另一部分供其他人往来使用。通道近处是巴方警察的哨所，远处，能在黑暗中隐约望见以色列军队的掩体和机枪。中间有大约300米长40多米宽的开阔地作为隔离带。

由于距离远，隔离带里本来可以走汽车，但我们的车只能在巴方一侧停下来。司机告诉我们，天黑了再开车进入隔离带，容易引起以色列军人的误会，以色列人最怕汽车炸弹，要是他有个手势或者指令我们没听见没看清，那后果可就不堪设想了。司机告诉我们，即使是在白天，他也不敢独自一人驾车过去，而是要请其他打算过关的人坐到自己的车上一起过去，因为单人开车嫌疑更大，危险也就更大。汽车炸弹袭击事件往往都是一个人驾车干的。要躲避灾难，就要避嫌。

经过了巴勒斯坦警察的检查，我拉着行李，提着沉重的防弹衣，迈进了黑暗中的隔离区。一脚深一脚浅，冒着雨，蹚着泥水，走向对面以色列军人把守的哨所。沉重的行李，紧张的环境，让我觉得对面是那么遥远。

突然，眼前亮起车灯，一辆停靠在隔离区里的出租车发动起来，向我们示意。原来这是被授权专门在隔离区里运送旅客的车辆。三四百米的样子，我花了5美元。出租车在对面停下，卸下我们，又原路返回，灭掉车灯，继续"趴活"。一切又归于寂静和黑暗。

前面的路是封着的。掩体后一个脑袋伸出来，示意我们从旁边很窄的地方通过，走到他面前。军人将我的护照拿回掩体，在手电光下检查完毕，没有太多的问话，就放我继续前行。又是一段漫长的路，前方又是一个哨所。我看不见哨兵，只听他在问我，有没有通行证。我说我有签证，他说光有签证不行，还要另外办一个专门的通行证。他让我向右前方走，去一个办公室办手续。继续走，果然有个亮灯的屋子。里面没有任何一个旅客。仔细进行各项检查之后，屋里的人给了我一张很小的"路条"，要我返回刚才的哨所，从那里通过。

这时，有两个金发碧眼的欧洲人从对面闯进了这个小屋。在这样一个特殊时期，在一个风雨交加的漆黑夜晚，除了自己，居然还有人过关！我们都这样想，就显得很亲切，互相问候起来。原来他们是联合国有关救援机构的工作人员，正要去加沙从事人道主义救助工作。他们问我，加沙的外国人还多吗？我回答了他们，然后我们互道珍重分手。

出了关口，两边依旧是望不到尽头的铁丝网，我走在铁丝网中间一条很窄的小路上，眼前只有黑暗。路的尽头，隐约有灯光闪烁，看起来是条公路，但估计至少在两三千米开外。可能是连日来很少有人进出这个关口，出口处见不到一辆车一个人，我们都傻了眼，这黑漆漆的夜晚我们要走多久啊。无奈，只有拖着行李迈开双腿走，向着有灯光的方向。我开玩笑说，估计天亮前能走到了。走了大约20多分钟，来到一个路口，偶尔看见有车辆驶过，但任凭你挥手叫喊，没有人停下来。是啊，兵荒马乱，黑灯瞎火，谁敢呀！

真是幸运，意想不到的幸运。前方又有一辆车开了过来，车速慢下来了，最后竟然停在我们面前了！车窗摇下来，咦，怎么像自己人？天无绝人之路。中国驻巴勒斯坦办事处的工作人员从耶路撒冷办事回来，刚要进入加沙，就看到了走在雨中的我们。我们激动万分，以至于打招呼的声音都变调了。

此时，从昨天傍晚进入加沙算起，刚过24个小时。这24个小时，我们经历了许多，看到了许多让我们多年难忘的事情。

自家人的汽车掉头回返,把我们送到了大路上。搭乘公共汽车,我们在半夜时分进入了耶路撒冷。那一时刻我忽然想起了几年前在青藏高原上的一次经历。那一次,我从5千多米高的唐古拉山搭一辆货运卡车前往拉萨,整整一天的颠簸,一路的荒原,见不到人和车辆,之后,我在山坡上望到了山脚下灯火辉煌的拉萨城,当时那种既疲惫又激动,还十分急切的心情和现在竟然如此相似。

几天后,我们完成了在以色列的采访任务,准备再经过加沙原路返回埃及。而这时,因为一系列冲突和恐怖袭击事件的发生,这里的安全形势进一步恶化了。回到进入加沙的这个拉法关口时,我们发现它已经彻底地关闭了。当天这里刚刚发生冲突,七名巴勒斯坦人在骚乱中被打死。难怪在口岸周围我们见到了那么多的装甲车和士兵。在口岸处,我们已经远远地望到远处飘扬在房顶上的埃及国旗,走过去只需要三五分钟,但咫尺之隔竟难以跨越。无奈,我们只好改变路线,连夜穿越内格夫大沙漠,绕道几百公里,转道从其他关口进入埃及。

回到开罗的家中,已经接近早上。一路上在沙漠中奔波,进关、出关,各种手续,各种检查、盘问,让人身心俱疲。但躺下没睡几个小时,电话又响了,我们又接到紧急任务,要尽快赶到伊拉克首都巴格达。司马义·艾买提国务委员率中国代表团即将乘我国政府满载人道主义救援物资的专机抵达那里。那时候的伊拉克,还在萨达姆政权的管控下,长期遭受西方社会的经济制裁,那里的人民同样过着艰难的日子。中东地区的人民,为何都是这样的命运不济?

第五章

巴勒斯坦的那些人和事

第六章

黎巴嫩：历经劫难的弱小国家

在中东工作期间，一直有一个愿望，就是能去黎巴嫩看一看，走一走。黎巴嫩是一个特别多元化的国家，政治多元化，文化多元化，丰富多彩的社会，非常值得去感受一番。

黎巴嫩属于阿拉伯国家，但伊斯兰教、基督教的信徒几乎各占一半，官方语言是阿拉伯语，但法语、英语同样通行。首都贝鲁特更是有"东方巴黎"的美誉，美丽、时尚，又不失传统。当然，作为一个记者，最令我感兴趣的，是那几年接连发生在这里的大大小小的新闻事件。

第一次去黎巴嫩，是为了报道以色列从黎巴嫩南部的撤军。在此之后的几年里，我又先后几次赶赴那里采访报道，但第一次在那里采访的印象却是最深刻难忘的。

2000年5月底，就在以色列从黎巴嫩南部的撤军工作接近尾声时，我们从开罗来到了这里，目睹了部分撤军的场景，感受到了多年来战争、冲突给这个曾经充满魅力的国度所带来的影响。

从开罗出发，飞行一个来小时，穿越地中海的一个角落，我们就来到了黎巴

以军刚刚撤离后的南黎巴嫩,地雷密布,危险无处不在

以色列撤军后,黎巴嫩民众涌向黎以边境庆祝

以军撤离后的南黎巴嫩,被摧毁的装甲车等武器装备随处可见

第六章

黎巴嫩:历经劫难的弱小国家

嫩首都贝鲁特。

贝鲁特，"东方的巴黎"，浪漫都市的代名词。弧形的海湾将地中海款款搂入怀抱，海水轻轻拍打着沙滩。海滩上，高楼大厦错落有致，车水马龙。豪华的赌场，俊男靓女，风情万种，永远的时尚之都。

但其实，这一切都是表面现象，这些景象只能在首都贝鲁特市中心地区见到，在其他很多地方，我们看到的往往是不同的景象。当我们驱车走出贝鲁特，驶向黎巴嫩南方时，那里就更有了天壤之别。

连绵不断的战乱给曾经美艳的贝鲁特留下了累累伤痕。在贝鲁特街头，经常看到的是密布弹痕的楼房，有的高楼已经是摇摇欲坠，上面的部分建筑已经坍塌，下面的楼体还勉强支撑着，让初次见到这个场景的人非常震撼，担心整个建筑会在哪天的大风大雨中轰然坍塌，殃及周围的住户。这些楼大部分毁于十几年前的内战和以色列军队的入侵。战火平息后，这些屡遭炮火摧残的建筑并没有被及时地推倒重建，而是留在了那里。这是因为战后的黎巴嫩百废待兴，建设资金捉襟见肘，政府无力改造如此多的废弃建筑，当然还有一些残破建筑是政府有意留下来用作纪念的，它们像一座座纪念碑那样矗立在城市的各个角落，时刻提醒人们战争的残酷与血腥。

路边的野花不能采

2000年4月17日，身在纽约的联合国秘书长收到以色列政府的一份官方通知。通知告知，以色列将在2000年7月之前从黎巴嫩撤出多年来一直驻扎在那里的军队。而事实上，因为当地安全局势急转直下，5月底，以色列就提前完成了从黎巴嫩南部地区撤出部队的工作。

以色列从黎巴嫩南部撤军，这是中东和平进程中具有历史意义的一个事件，5月底，我们赶到了这里进行采访报道。

我们到达时，在贝鲁特穆斯林聚集的西区，很多人还沉浸在欢乐兴奋的气氛中。街道上张贴着许多标语口号，庆祝黎巴嫩打败了以色列，赶走了侵略者。不时能看到年轻的阿拉伯孩子在街道上挥舞着绿色雪松图案的黎巴嫩国旗，围在一起载歌载舞。见到我们这些外国记者在采访拍摄，他们会主动地凑过来，高呼口号，发泄自己心中难以平抑的兴奋。黎巴嫩总理已经宣布，5月23日全国放假一天，以庆祝这一具有历史意义的日子。我们来到这里时，虽然假期已过，但欢欣鼓舞的气氛依然浓烈。

这次，我们没有在贝鲁特做更多的停留，而是租了一辆汽车，直接赶往黎巴嫩南部，去看看以色列撤军后那里的情景。

黎巴嫩的领土面积并不大，我印象中我们只花了两三个小时就到了南部地区。如果不是一路的关卡盘查，可能还会更快。这些关卡有些是以前由亲以色列的南黎巴嫩军驻守的，也有以色列军队直接负责的，还有一些则是黎巴嫩政府军或者真主党游击队在以色列军队撤离后新近设立的。这是一个过渡性的阶段，这里也是亲以色列势力和反以色列派别的过渡地区。世道变了，一切来得太过突然，以色列军队一夜之间撤走了，于是依靠以色列军队的扶持，在这里实施管理的南黎巴嫩军树倒猢狲散，投降的投降，做俘虏的做俘虏，还有很多的官兵则携家带口，索性逃往以色列，在那里安了家。

在前往南方的路上，虽然关卡众多，守卡人五花八门、来路各异，让你有些眼花缭乱，但所有守候关卡者——士兵、警察、游击队员，或者是手里握着一杆枪的任何人，还都沉浸于胜利的喜悦与兴奋中，大有扬眉吐气的感觉。他们草草检查了我们的证件后，就摆摆手放我们过去，并不难为我们，也没有搜查。而相比以往，仔细的盘问和严格的搜查，正是我们在中东地区往来采访时经常遭受的待遇，在南黎巴嫩这种难得的礼遇，实在是让我们感觉有些欣喜。临别，他们还善意地提醒我们，一路要小心谨慎，不要中途下车，更不要离开公路，路旁是密布的地雷，暗处可能会有人打冷枪。

在一些哨所前停车接受检查时，还几次遇到有人凑过来塞两块糖果到你的车上。后来我们了解到，这是当地人欢庆的一种风俗，家里有人结婚、上学或者生孩子，但凡是有值得高兴的事，他们就会捧着大盆的糖果来到大路上，送糖果给遇到的每个人，无论认识与否，让大家分享自己的喜悦。

路上，我们的汽车翻越了一座小山包。行驶在山顶上，我们能居高临下俯瞰山脚下一座小城的全貌。远远望去，几处烟火在小城里升腾，我猜想这应该与近期发生的冲突有关，于是停下车来，走向路边，准备拍摄镜头。这时，一辆汽车从我们后面赶了上来，靠近我们时这辆汽车不断地高声鸣笛，车上的人还从摇下玻璃的窗口中探出头，挥动着手臂，大声用法语向我们叫喊，表情十分的夸张，我没有听懂他们说的是什么，但听得出来，他的语气十分紧张。正在犹豫间，我们的司机紧张地跑了过来，告诉我，汽车上的人告诫我们千万不能靠近路边，路下边到处都是地雷。原来如此！以色列军队虽然已经撤离，南黎巴嫩军也已经土崩瓦解，但是当地的百姓还是难以过上安生的日子，因为地雷使黎巴嫩南部时刻都暗藏着杀机。在以后很长的一段时间里，地雷都是黎巴嫩重建古城中的一个巨大隐患。

果然，我们在前面不远处的石头旁，看到一块插在地上的小木牌，上面用阿拉伯语、希伯来语和英文三种文字写着同样的一个词："地雷。"上面还画着一个打了叉叉的骷髅作为警示。这是一片公路边的雷区，而一路上，这样的雷区我们还见到了很多。

初夏的黎巴嫩南部山区，山花烂漫。公路两旁，五颜六色的野花在微风的吹拂下，轻摇曼舞，婀娜多姿，淡淡的清香沁人心脾。然而，遗憾的是，没有人能走下公路，采一束野花在手上，甚至不能靠近一步,细细观赏,因为人们知道,这鲜花下面,正暗藏着杀机,密布的地雷正等待吞噬人们的生命。这时候我想起了邓丽君唱过的一首流传很广的歌曲,里面有这样一句歌词:路边的野花不要采。那些标明"地雷"两字的小牌子,随处可见,可怕的骷髅画像掩映在鲜花丛中,显得十分的不协调。

根据粗略的统计,20多年来,黎巴嫩南部一共埋下了地雷13万多颗,平均每平方千米有地雷多达160多颗。这些地雷分布在军事设施周围、公路两旁和城镇边缘地带,以及山脚下、水塘边。20年来,已经有800多人被地雷炸死,1000多人被炸伤残废。后来我们了解到,以色列撤军以后,很多人到南部参观,结果短短半个月的时间内,就有120多人触雷死伤。

地雷问题已经引起了当地政府和国际社会的广泛关注。以色列军队撤出后,黎巴嫩政府在已知的雷区都尽可能张贴警告标志,并采取隔离防范措施。

在后来的采访中,黎巴嫩新闻部部长告诉我们,没有人确切知道到底哪里有地雷,到底有多少地雷,但有一点是很明确的,就是黎巴嫩的地雷已经多到他们已经根本无法凭借自己国家的力量来清除了,所以他们特别希望联合国能重视这件事,尽快帮助黎巴嫩扫除地雷隐患,为加快南黎巴嫩重建的速度创造条件。

就在以色列军刚刚撤离的那几天,联合国有关机构派出的扫雷小组已经开始进驻南黎巴嫩雷区开始扫雷工作。那年的6月底,联合国维和部队的1000人增援部队抵达黎巴嫩南部,其中大批来自乌克兰的军人就是以从事扫雷工作的工兵为主。尽管如此,军事专家们判断,全部清除黎巴嫩南部地雷,还需要至少40年的时间。虽然时间过于漫长,但黎巴嫩人民终于看到了和平的曙光,他们的下一代终于拥有了不被地雷所伤害的希望。

以军撤离后的南黎巴嫩

下得山来,这里战场的气氛更浓了。燃烧过的汽车、装甲车随处可见,一些车辆上还密布弹孔。这些原来都是属于以色列军队或者南黎巴嫩军的装备,在以色列军队撤离的时候,有些因遭到游击队的伏击而被摧毁,有些是被以色列军队自行炸毁,以避免这些武器装备落入敌对方的手里。这些被摧毁的装备上,是新近贴上的一些反以宣传画和标语,也有的是真主党总书记纳斯鲁拉的照片。不少当地人都认为,黎巴嫩政府军缺乏作为,没有完全发挥出保家卫国的作用,是纳斯鲁拉率领的真主党游击队多年来的顽强抗争,才迫使以色列军队最终从这里撤离,让他们今天有了扬眉吐气的感觉。

越接近南方,路上的人和车辆越多。看得出来,很多车上坐的都是一家老小。以色列军队从这一带撤出后,先后有数千名黎巴嫩人满心欢喜地开上自家汽车,从他们栖身的各个地方向阔别20多年的南黎巴嫩的大小村庄奔去。那里是他们曾经的家园,20多年前他们为躲避战火,逃离以色列的占领,从这里携妻带子跑到了北方,甚至逃到了国外。以色列军队刚刚撤离,他们就迫不及待地赶了回来。"少小离家老大回,乡音无改鬓毛衰。"20多年的隔离,让他们和很多的老家乡亲已经难以相识。但那几天,不管相识还是不相识,不管是不是自己的亲人,当地大小村庄的村民们都以最隆重的仪式欢迎这些当年的亲朋邻居,他们在全村的屋顶和电线杆上插满了黎巴嫩的国旗和真主党的旗帜,和每一位回到村里的人热烈拥抱,亲切问候。这样的场面已经持续了几天。

路上,我们经过一座被遗弃的监狱。这里曾经是以色列人关押黎巴嫩抵抗人士的地方。当地民众告诉我们,以色列从南部撤军后,他们打开了监狱,释放了里面关押的140多名犯人。但以色列方面称，是他们在撤退之前关闭了监狱，释放了全部被关押的人员。此刻的监狱高墙里，一片狼藉，铁门倒在地上，到处是破碎的玻璃，几间看起来像办公室的房间里，四处散落着纸片和文具，很多当地百姓在这里进进出出，好奇地查看着曾经用来关押囚犯的每个房间。几个精明的当地人已经在这里做上了生意，他们在院子里的砖头瓦砾上叫卖兜售带有他们心目中的英雄纳斯鲁拉头像的纪念品，有笔记本、杯子等等。从小贩的手里，我买了一顶印有纳斯鲁拉头像的帽子，作为自己曾经来战区采访的纪念，也作为在这里采访的护身符。在当地人的眼里，纳斯鲁拉是他们的亲人，是他们的大救星，是民族英雄。把他的头像戴在身上，也许能少遇到一些麻烦。

在监狱的院子里，有一位老人看到我们在四处拍摄，就主动凑上来，对我们讲起了他的遭遇。原来，就在几天前，老人还是关押在这所监狱里的一名犯人。他是当地人，几年前因为参与了反对以色列占领的抵抗运动而被捕。他说，自己在监狱里待了5年多，每天吃的东西既粗糙，数量又少，所以变成现在这样干瘦虚弱。5年多了，他一直就待在旁边这间窄小的囚室里，阴冷黑暗，只有门上那个小小的窗口能看到外面院子里的一点点情况。如果不是获得了解放，他恐怕就要死在监狱里了。这几天他天天都来到这个监狱大院里，向前来参观的人讲述自己的遭遇。

黎以边境上的枪声

离开这座废弃的监狱之后，我们很快就到了黎巴嫩的最南端。隔着两层铁丝网望过去，那边就是以色列了。两排铁丝网中间，是大约七八米宽的隔离区，顶着探照灯、架着机枪的悍马吉普车在隔离带中间往来巡视着。透过远处的铁丝网，能看到以色列的坦克在那里严阵以待，炮口和机枪都指向黎巴嫩一侧，坦克四周是沙袋碎石堆起的简易工事。紧贴铁丝网的，是高高矗立在那里的几处以军观察哨。哨所中，以色列军人手持步枪，警惕地注视着边境对面人群的一举一动。

在边境的黎巴嫩一侧，聚集了很多人，他们有些是从黎巴嫩各地赶来这里庆祝胜利的，有些则是赶来看热闹的。有人把真主党的旗帜和黎巴嫩的国旗挂在了铁丝网上，还有人挥舞着手里的标语牌，向对面的以色列军人叫喊着。一位中年男子把孩子扛在了自己的脖子上，有几个年轻人正在这里以铁丝网为背景，凑在一起合影留念。稍远一点的地方，是一组火箭弹和发射装置的模型，模型看起来十分逼真，很多人围绕着模型上下打量，他们说，这就是鼎鼎大名的喀秋莎，或者是飞毛腿，真主党游击队就是用这样的火箭弹不断地袭击以色列，让他们昼夜不得安宁。火箭弹四周，是一些前来贩卖食品饮料的摊位，向人群兜售烤玉米、大饼和矿泉水。烤玉米的香味弥漫在空气中，让我们感到肚子里有些咕咕作响，但看到这里尘土飞扬，又望而却步。

温暖的阳光下，边境线看起来像是周末的公园，人群熙熙攘攘，好不热闹。

突然间，几声枪响，边境上的气氛骤然紧张起来。原来，几个黎巴嫩青年挥舞旗帜，高呼口号之后，依然意犹未尽，兴奋难已，竟然拿起工具剪断了一段铁丝网，然后侧身钻进了隔离区，好像准备向对面的以军坦克投掷石头。

坦克里的以色列士兵自始至终都在向这里冷眼观望。在掩体后面，他们把枪瞄向了几个小青年的头顶上方。警告味道十足的枪声响过，几个毛头小伙子扔下工具和石块，从剪开的铁丝网下仓皇逃回了黎巴嫩一侧。

返回贝鲁特的路上，我们遇到了一队联合国维和部队的装甲车巡逻队伍。几辆装甲车依次隆隆驶过狭窄的街道，扬起不小的烟尘。装甲车上，士兵身穿防弹衣，头顶钢盔，双手握在机枪上面，正警惕地四下观望。蓝色的装甲车，蓝色的头盔，蓝色的军服，给人以威严的感觉。联合国维和部队的到来，给当地人带来了更多的安定感，一些路边的小商贩向士兵们热情挥手，表示对他们的欢迎。但车上的士兵一脸严肃，对他们视而不见，此时此刻，在这样一个敏感的地方，在这样一段敏感的时期，他们不敢有一分的松懈。

早在1978年，联合国就在黎巴嫩南部部署了维和部队，给这个弱小、动荡的国家带来承诺，要确保黎巴嫩领土完整、主权独立。在随后的几十年里，联合国安理会在黎巴嫩政府的请求下，曾经多次延长在黎巴嫩维和部队的任务期限。

2006年7月，真主党在南黎巴嫩地区向以色列发射了几枚火箭，几位游击队员还进入以色列，袭击了以色列国防军的一支巡逻队，俘虏两名、打死三名以色列士兵。在以色列的报复行动中，联合国维和部队的营地也遭到轰炸，5名联合国维和人员丧生，16名工作人员受伤。不幸的是，遇难人员中就包括了来自中国的军官杜照宇，一位国防部中校参谋。此时他抵达黎巴嫩只有几个月，而他也是在联合国维和行动中牺牲的第八位中国军人。

贝鲁特巴勒斯坦难民营见闻

黎巴嫩的难民营和难民营惨遭屠戮的血腥事件一直为国际社会所关注。我们利用来黎巴嫩采访的几天时间，经过反复的争取和不懈的努力，终于得到了一次对贝鲁特巴勒斯坦难民营的采访机会。

那天一大早，向导带着我们从饭店出发，乘坐一辆出租车前往不远处的一座难民营。

汽车在贝鲁特的楼宇间穿行，映入眼帘的尽是大小商店，里面出售的是时装、香水、项链。刚刚走上大路，一转弯，车子就在一片相对独立的楼群外停下了。我们已经来到了生活着三万多巴勒斯坦难民的贝鲁特玛里阿思难民营。当时在黎巴嫩全国四百多万人口中，巴勒斯坦难民占了八分之一，达到近五十万，其中有近二十万人就分布在贝鲁特周围的几座难民营里，玛里阿思难民营是位于市中心的一座。

眼前，是两座很陈旧的楼，大概有六七层高，裸露的墙皮，破损的门窗，给我们一种年久失修、摇摇欲坠的感觉。两楼之间有不到一米的间隔，而这就是我们进入难民营的通道了。迈上几层台阶，进入通道。抬头向上望去，楼显得很高，两座楼的楼顶处，能看到有很窄的一条亮光从上面透出来，像我们在山谷里见到的"一线天"。不少住户的窗户都敞开着，窗子外面杂乱地晾晒着各式各样、花花绿绿的衣服。通道显得很暗，墙壁是湿漉漉的，脚下也有些泥泞，在向导的带领下，我们一脚深一脚浅地往前走，感觉这是一条很长的通道。

走出通道，眼前蓦地一亮。阳光下，整个难民营展现在眼前。原来贝鲁特居然还有这样一个所在！还没有真正进入难民营，小贩的叫卖声、汽车喇叭声和驴叫的声音就已经先声夺人，汇入耳中。但我们顾不上循声望去，去找寻那些声响的来源，因为眼前的景象已经把我们深深地震慑住了：这是一片典型的危楼区，放眼望去，大小十几座楼，一样的土黄色，每座楼上都密布枪眼，外墙上到处是一块块漆黑的颜色，明显是战火燃烧后留下的印记。有的楼已经破旧不堪、摇摇欲坠；有的楼已经倒塌了一半，另一半还住着几户人家，上一层的屋子已经坍塌多年了，钢筋伸出来，锈迹斑斑，而下面住户刚洗的衣服就正好挂在上面，衣服还在滴滴答答地淌水。

在我面前还有一座完全倒塌的楼房，废墟有十几米高，占据了几百平方米的一大片地方，废墟周围已经被多年的垃圾所覆盖，令人震惊的是，就在这片废墟的顶端，两片坍塌楼板形成的三角形中间，居然也有一个人在居住着！这个栖身之所没有门窗，只有一个破烂的帘子遮挡在那里。也许在此居住的人觉得这里能遮风避雨，远比露宿街头要强。人的生存能力在这里得到了最好的体现。

向导告诉我们，这里一直是巴勒斯坦难民居住的地方，1982年这里曾经发生了基督教民兵与伊斯兰教派难民之间的惨烈冲突，也遭到过以色列军队的轰炸，战火让好端端的居住区变成了这般光景。将近20年了，那些在冲突后侥幸活下来的人就一直以这里残留的建筑为家。没有人为他们清理这片废墟，更不用说建造新家了。

我的思绪刚刚从震惊中冷静下来，就感受到周围刺鼻的臭味。四下里，到处是垃圾、碎瓶子、烂菜叶、卫生巾。破烂的塑料袋随风而动，还有一只死狗仰卧在那里，肚子鼓胀着，落满了苍蝇。各种味道扑鼻而来，几乎要让人窒息。周围的人们大概已经习以为常、见怪不怪了，就在四周往来穿梭。

两排楼下面，有这里的一条主要街道。沿街的店铺和密布的货摊，经营兜售着一些日常用品和简单的食品。贝鲁特海滨大道上艳丽的时装、琳琅满目的商品，对这里来说，虽然两地只有咫尺之遥，但却遥远得像是在另外的世界。摊主们在高声叫卖，往来的人很多，大都行色匆匆，难得顾及他们的商品。间或有自行车甚至破旧的汽车在人群中穿行而过，车上的人都少不了要嚷几声或者大声鸣笛。人们的衣服大多比较破旧，更谈不上样式风格，与贝鲁特其他地方的人相比，显然有着天壤之别。

听说中国的电视记者来难民营采访了，几个年轻人争先恐后地领着我们四处走，在很小的巷子中穿行。巷子中稍平整一点的墙上，都画着大大小小的巴勒斯坦国旗，有些地方还刷写了一些反对以色列、号召人们进行斗争的口号。成群的孩子就在巷子中玩耍，有的跳绳，有的玩石子，有的孩子在追逐打闹中哇哇地哭着。真不知道他们这种无忧无虑的日子还能有几年。等他们长大了，将会面对什么样的生活呢？

前面是一座用土墙围起来的院子。这是难民营里唯一的一所小学校，是联合国难民署援建的。今天学校放假，院子里显得静悄悄的。向导告诉我们，这里的孩子们通常只能读完小学，虽然他们也有机会去贝鲁特其他地方读中学，但因为受到各方面困难的制约，对大多数孩子来说，读中学只能是一个梦想。而一旦离开学校，他们马上又面临着失业的压力。毕竟他们还算不上是黎巴嫩人，受教育的程度又远低于那些土生土长的黎巴嫩人，所以只有很少的人能幸运地走出难民营，在贝鲁特或者其他地方开辟新的天地。这里面，大多数人都很难找到工作，没有固定收入，只能靠打零工或者到附近农场干活来维持生计。如果谁能经营一个自己的小摊位，就算得上是最好的出路了。而且，无论做什么，这些人大多只能与难民营相伴终生。

难民营里面还有两三处小小的诊所，很小的门脸，很小的招牌，就像国内某个小镇上的私人诊所。如果没有当地人带路，外来的人通常是很难找到这里的。但这些小诊所的招牌上，却又清清楚楚地刻有联合国的标志，原来这也都是联合国有关机构援建的。这些诊所一般免费向难民们提供最基本的医疗服务。此时此刻，我们都在感叹，多亏还有联合国难民署这样一个机构。

难民哈迪亚老人

在难民营狭窄脏乱的小道上,我们七拐八拐,最后爬上一层楼梯,来到一个叫作哈迪亚老人的家。

哈迪亚老人孑身一人,孤苦伶仃,一条腿还有残疾,要靠拐杖活动。63岁的老人看起来好像已经有80岁了。她白发苍苍,满脸的皱纹向人们诉说着她的沧桑与艰辛。老人蜷缩在床上,一动不动,我猜想,她一天中的大多数时间可能都是这样挨过来的。

老人的家十分简陋,门窗的油漆早已经脱落,一扇窗子的玻璃破碎了,老人用硬纸板挡在了破损处。靠近窗子的地方是一个自己搭起的小床,床上的毯子已经旧得看不出原来的颜色,四周也都磨破了,好像随时会有纤维脱落下来。小床旁边是一个旧沙发,沙发同样因为年代久远,过度磨损,已经难以辨别出本身的颜色,而且还破了几个小洞。紧邻沙发的是一张同样看起来很古老的桌子,已经破损的桌子上放着几件简单的厨具。准备吃的午餐就放在桌子上面:黄瓜西红柿和几片洋葱拌成的沙拉,一张已经干得发硬的阿拉伯大饼。这几件简陋的家具已经占去了家里大部分的空间。

出乎意料的是,老人的床前居然还摆放着一台冰箱!冰箱虽然个头不大,但在这座破败的难民营里,任何电器都显得十分引人注目。因为在这座难民营里,供电的时候不多,买得起电器的人更少。冰箱已经成了稀罕物。后来我才知道,冰箱是老人在海湾国家的亲戚赠送的。像这里很多的难民一样,老人的生活来源也主要靠生活在海湾国家的亲戚们的捐助。没有"海外关系"的难民,生活会更加难以为继。难民营里不多见的电视机、收音机等稍微值钱一点的东西,基本上都是馈赠之物。当地人介绍说,黎巴嫩政府每月给每位难民8000黎巴嫩镑的救助,供他们基本的生活之需。8000镑是多少钱呢？我没有这个概念。后来在街头小贩手里买了一只烤玉米，花了我1500镑。而这差不多是当地最常见、最便宜的食品了。

三言两语之后，老人已经是老泪纵横。老人忽然艰难地挪下床，一只手撑着拐杖，另一只手颤颤巍巍地伸向床头的冰箱。打开冰箱以后，我才发现，原来冰箱既没通电，更没有食品饮料放在里面，冰箱是作为一个储物柜，储存了老人全部的重要家当。老人拿出两个类似身份证的纸片，上面有彩色的照片。照片上两个十分帅气的小伙子，那是老人的儿子。对着儿子的照片，老人打开了话匣子，向我们哭诉起来。

原来，哈迪亚老人孤身一人，丈夫已经去世多年，两个孩子也在战争中失踪了，她的一条腿还有残疾，除了海外亲属的零星捐助外，平日里只能靠难民组织提供的很有限的一点救助过日子。说起对家乡巴勒斯坦的思念，老人说，自己早已觉得活着没什么意思了。每天支撑着让她活下去的只有两个信念，一个是想打探到两个儿子的下落，见上一面，再有就是想自己的国家——巴勒斯坦国能早一天建立，她也好能叶落归根，死在自己的家乡。老人说，她已经50多年没有回家了，根本想象不到现在家乡会是什么样子了，但如果在自己的有生之年能回到祖国，死了也瞑目了。

50多年前，当老人还是一个小姑娘时，第一次中东战争爆发了。战火迫使她随家人背井离乡来到这里。但没想到，这里依旧是战乱不断。不断的流血冲突中，老人家里的亲人或逃亡，或丧生，现在身边一个亲人都没有了。1982年以色列军队又打到这里，她的两个儿子在冲突中被以军掳走，至今下落不明。从那以后，老人的世界坍塌了。"我想我的儿子，我想我的家，我都50多年没回去过了，我活着已经没什么意思了，我只想能死在老家，安拉呀！"老人一遍遍呼唤着真主。

临分手前，我们把身上仅有的一点钱都送给了老人。老人的悲痛深深地感染了我们。倒是向导在劝慰我们：这里的每个人都有相似的经历，我们已经习以为常了。

从老人的家里出来，在门口的小路上，我们看见有辆驴车拉了一个巨大的水罐，正在向住在这里的人们兜售饮用水。原来，这里已经多年不供应自来水了，人们只能一瓶一罐地去小贩手里购买。看到有记者来采访，一些人围上来对我们讲述他们生活的艰难，讲述自己对回归家乡的期盼。有些人禁不住热泪盈眶，急切地向我们打探：今年真的是巴勒斯坦建国的一年吗？阿拉法特已经宣布了，这次能真的实现吗？的确，我们的心情与这些苦难中求生的难民一样，都盼望着一个独立的巴勒斯坦国能早日建立起来，让他们能返回自己的家，过上平静的生活。

第七章

萨达姆时代的伊拉克：一个强国的没落

第一次到伊拉克的时候，那场导致萨达姆·侯赛因政权垮台的海湾战争还没有爆发。这个孕育了人类最古老文明的地方，还没有像后来那样被战争彻底撕裂。但那个时候，伊拉克已经经历了8年的"两伊战争"和紧随其后的那一场与科威特的战争，又一直经受着西方长期的政治和经济制裁，当地民众的生活已经是十分的艰难。看到这个曾经因盛产石油而闻名于世的国家变得那般凋敝，那一次随中国代表团的访问所留下的难忘印象，至今历历在目。

神龙见首不见尾

2000年12月，我们从以色列和巴勒斯坦地区采访归来的当天，就接到任务，要赶赴伊拉克投入新的报道工作。三天以后，由司马义·艾买提国务委员率领的中国代表团将乘我国运送人道主义救援物资的专机抵达巴格达，对伊拉克进行访问。

战争爆发不久，巴格达街头的萨达姆塑像被推倒，成为伊拉克改朝换代的标志性事件

巴格达著名的拉希德饭店，战争中一度成为美军的指挥中心

萨达姆时代的伊拉克货币

古巴比伦遗址记录着两河流域的古老文明

第七章

萨达姆时代的伊拉克：一个强国的没落

巴格达拉希德饭店大堂中的巨幅画像，刻画的是巴勒斯坦儿童在冲突中遇难的场景

随代表团专机运抵巴格达的，是一批伊拉克人民急需的食品药品等人道主义物资，物资是中国政府以中国红十字会的名义捐赠的。当时，长期遭受制裁的伊拉克，对外贸易几乎完全中断，只能凭借联合国"石油换食品"计划从外部社会换取有限的一些食品和药品来维持最低限度的需求。当时世界各大媒体常有报道说，在伊拉克的什么地方又有多少妇女或者儿童生病后因为缺医少药而失去了生命。国际红十字会、红新月会和一些国家纷纷派出专机，为在痛苦中煎熬的伊拉克人民运去物资。作为负责任有担当的世界大国，中国政府也不能对困境中的伊拉克人民袖手旁观，在2000年年底派出了专机向伊拉克运送人道主义救援物资。

在伊拉克遭受制裁的同时，伊拉克领导人萨达姆·侯赛因本人也开始身临险境。在美国的带动下，包括部分阿拉伯国家在内的不少国家都在呼吁要萨达姆交出大规模杀伤性武器，有些国家更是直接提出要萨达姆下台以缓和危机，以自己谢罪的方式换取制裁的解除和社会危机的化解，救民于水火，但遭到萨达姆本人和伊拉克政府的断然拒绝。此时的萨达姆内外交困，一直疑心会有来自伊拉克内部反对派势力的暗杀，像埃及总统萨达特和以色列总理拉宾那样惨遭不测，也担忧会遭到西方国家的定点清除。在中东，这样的事情发生的太多了，他不得不倍加小心。因此那两年，萨达姆的行踪一直是神秘莫测，每天在不同的地方办公，然后去不同的宫殿就寝，一切都是临时决定，神出鬼没。这就苦了那些每天要向他请示工作的伊拉克政府和军方的高官，也苦了那些要与他会面的外国访问者。这一次到访伊拉克的中国代表团就遭遇了这样的经历。

除了国务委员司马义·艾买提之外，搭乘我国运送人道主义救援物资专机抵达巴格达的还有我国外交部和中国红十字会的几位领导。在原来的日程里，这些人，包括少数几位中国驻伊拉克大使馆工作人员和我们几位中国记者在内,都将有机会出席与萨达姆的会见,但具体时间待定,伊拉克方面将提前一天通知代表团。对此我们都很期待,因为在那个时候,在全世界的范围内,萨达姆·侯赛因都是一个让人耳熟能详的新闻人物,他的一举一动,往往都关系着中东地区的战与和,每天都牵动着人们的神经,更是我们这些记者关注的焦点。而且那些年在中东地区呼风唤雨、名噪一时的枭雄式人物,例如埃及总统穆巴拉克、利比亚领导人卡扎菲、叙利亚总统阿萨德,以及巴以领导人佩雷斯、沙龙、阿拉法特等等,我们都有机会一睹真容,或者曾经几次采访过,唯有这位伊拉克领导人萨达姆,始终无缘见到真人。看来这样的难得机会就要来了。

但是在伊拉克,很多的事情都是瞬息万变、捉摸不定的。与萨达姆会面的日程注定就不会按部就班地得到执行。果然我们就在饭店里苦等了两天,始终没有来自总统府的任何音讯。伊拉克外交部的官员一直陪伴左右,他们总是信誓旦旦地告诉代表团,日程已经报给了总统府,一旦总统有了时间,会见即刻开始,我们所要做的就是继续在饭店中耐心等待,少安毋躁。这种做法其实有些违背了国际惯例,但考虑到伊拉克和萨达姆本人的特殊境遇,我们也只有客随主便、耐心等待了。

第三天上午,我们继续三三两两地在饭店的院子里散步。我们下榻的拉希德饭店是巴格达最好的饭店,也是最大的饭店,那个时期来访的高级代表团都会被安排住在这里。我们漫步在饭店的花园里,享受着沙漠国家那充足的阳光。临近中午时分,我们已经有些百无聊赖,打算去餐厅享用自助午餐,然后回各自房间休息了。这时,我看到有三辆车悄无声息地来到了饭店大堂的门口,这是清一色的黑色轿车,锃亮的车身在阳光下熠熠发光,看起来十分宽大豪华,深色的窗帘让人无法看到里面的情形,显得有些神秘，也彰显着乘车人非同寻常的气势。

　　车门开启处，两个身材高大的官员先后下了车。他们穿着很讲究的西装，但从他们挺直的腰板和有力的步伐上能看出来，他们都是军人出身。一直在饭店陪同中国代表团的伊拉克外交部的官员似乎认识他们，马上迎上去热烈问候，然后把他们引见给我方外交部的官员。原来他们是萨达姆总统身边的高级官员，是来迎接中国代表团前往某一处总统的宫殿，与萨达姆总统会见的。他们的态度非常友善，微笑始终挂在脸上，但说话的语气斩钉截铁，不容丝毫质疑：来人请我方代表团即刻出发前去会见总统。具体地点他们不肯透露，只是说坐他们的车走便是，我方不必担心，会见后他们会把我方人员再送回下榻的饭店。同时他们的要求是，参加会见的只能有中国代表团团长一人、随团来访的中国外交部副部长一人。中国驻伊拉克大使竟然也不在会见名单上。好在最后经交涉，中国大使作为记录员参加了会见。而其他的人员一概不能前往。几位在这里苦等了几天的中国记者也只好留下了。

　　这可难为了我们两位专程从开罗赶来的央视记者。除了要采访制裁之下伊拉克民众的生活现状，我国代表团与萨达姆的会见是此行我们最重要的报道任务了。其他兄弟新闻单位的几位文字记者可以通过中国外交部的吹风写出双方领导人会见的新闻稿，但电视记者就要做到"有图有真相"才行，这可如何是好呢？还好，我们后来在伊拉克电视台的新闻节目中看到了萨达姆会见中国国务委员司马义·艾买提的画面，知道当时在现场有他们自家的电视记者。像很多国家的领导人一样，萨达姆也有自己的贴身摄影师，负责用照片和视频记录总统的重要活动。于是我们找到中国驻伊拉克使馆求助，使馆的同志们非常帮忙，在他们的帮助下，我们与伊拉克电视台取得了联系，当天晚上我们赶到了那里，获取了一段两国领导人会见的画面，并且费尽周折，通过卫星传回了北京。

第七章

萨达姆时代的伊拉克：一个强国的没落

国际制裁下的伊拉克

2000年年底，为了报道国务委员司马义·艾买提率领中国政府代表团，乘中国政府首架人道主义专机打破西方的"禁飞"限制，抵达巴格达的重要消息，我们从开罗出发，对伊拉克进行了一次非常难得的采访报道。短短一周的时间里，所见所闻，令我们感触颇深。这个以前的海湾大国，一个靠石油曾经"富得流油"的地方，在经历了"两伊战争"和海湾战争的磨难后，已经雄风不再，苦苦支撑。

当时，根据联合国关于对伊拉克实施制裁的相关决议，国际社会正在执行对伊拉克的禁飞令，包括民航在内的所有飞机禁止飞越伊拉克，伊拉克已经成为一座孤岛。只是到了后期，禁飞令有所缓和，允许极少量运送人道主义救援物资的飞机进入。

由于禁飞的限制，我们从开罗到巴格达，要先飞到约旦首都安曼，然后打上一辆出租车，一路开往巴格达。开罗是整个中东最大的城市，也集聚了大批各国的记者。当时美国计划攻打伊拉克的传闻已经是甚嚣尘上，很多记者就是从开罗出发，走过这样一条路，然后抵达巴格达进行战前的采访报道。

从安曼到巴格达的道路全长1000公里，一路几乎完全是在茫茫沙漠中行驶。在当时的一本畅销书中，曾经走过这段路的作者把它称作"死亡之路"，因为这一道荒无人烟，一旦发生意外没有什么办法求助，而路上劫匪多、车祸多。还好，一路上我们什么危险都没有碰上。

我们原以为下飞机后，在机场租到去巴格达的车辆会比较费劲，没想到司机很高兴地就满口答应了。对伊拉克实施禁飞后，任何人想去巴格达，在机场租车几乎都成了他们的唯一选择，而这给了当地出租车司机一条新的生财之路。司机说自己已经跑过几趟这条路了，早已是轻车熟路，而且多数乘客都是来自世界各国的电视记者,他能给记者提供很多有价值的信息。而我们要做的,就是跟随他开进城里,找到司机的一个朋友,把他的小个头出租车换成一辆巨大的美国产越野车,方便我们摆放设备和行李。出发前,我们在当地的小商店采购了不少的食品和饮用水,毕竟我们要穿越的是上千公里的沙漠。

　　从安曼到约旦—伊拉克边境,一路上公路平整宽敞,车也不多,只有油罐车一辆接一辆地从伊拉克方向驶来,不知道的人会以为这是一条通往炼油厂的专用公路。实际上,这是联合国"石油换食品"计划外,伊拉克的又一条重要的生命线。为缓解伊拉克人民困境,"石油换食品"计划允许伊拉克出口部分石油产品,再用换回的外汇收入进口民众急需的食品、药品等人道主义物资。但因规模有限,这条路上的石油走私就兴旺起来。约旦和周边的阿拉伯国家不同,它自身并不出产石油,更缺少石油精炼设施,一直就依赖从伊拉克进口油料。联合国的制裁开始后,伊拉克的石油卖不掉了,油价低到了比水还便宜。于是不少人干起了石油走私的行当,他们把廉价到不能再廉价的石油从伊拉克的炼油厂源源不断地外运到约旦的加油站,外汇到手后,他们转过来在约旦采购大量的生活日用品运往伊拉克。虽然形式上是走私,但却缓解了伊拉克的燃眉之急,也缓解了因战争威胁导致的约旦油价飙升,海关方面也就睁一只眼闭一只眼。我们租用的这辆大吉普车,和许许多多往来于安曼—巴格达的出租车一样,都在车厢下装备有自制的巨大油箱,肩负着载客和走私汽油的双重任务。司机告诉我们,在边界两侧,相隔不过一公里就有分属于两个国家的两座加油站,他们的油价至少要相差四五倍。所以出发前,他们的油箱是不会装满的,而是刚好能支撑到把车开到边境上。相反,他们回来的时候都要在这个入境前的最后一个加油站停靠,加满油。回到约旦后他们再把一部分油转卖给别的司机,"互利互惠",以

第七章

萨达姆时代的伊拉克:一个强国的没落

159

至于安曼街头有些出租车司机干脆不去加油站加油，专门在路口等待他们这些一身征尘的大个头出租车，向他们打探是否来自伊拉克，是否有低价的汽油转让。

出乎我们意料的是，当我们的车子经过关卡，进入伊拉克后，眼前的公路竟然比约旦境内的公路还要好出许多许多。我们原本以为制裁下的伊拉克，基础设施的养护应该也是个大问题，道路会凹凸不平、残破不堪。没想到，我们的眼前是全封闭高标准的高速公路，像一条精心制作的彩带在沙漠中蜿蜒延伸。

为确保办理入境手续一切顺利，我国驻伊拉克使馆的同志们特意驱车几百公里，赶到边境上的伊拉克一侧迎接我们，他们从出租车上取下我们的装备，邀请我们坐上他们挂有外交牌照、同样大型的越野车。与我们同行的有个中国朋友，经常往返于安曼和巴格达，他漫不经心地告诉我说，坐我的车吧，别坐使馆的车，他们的车开得慢，最多只开到170公里的时速。他的话让我吃惊不小，170公里的时速他们竟然还嫌太慢。

车行路上以后，我才知道原来他的话一点都不夸张，在这条公路上，时速开到180甚至200公里，照样稳稳的，感觉不到什么颠簸起伏。使馆的同志告诉我，这是伊拉克多年前修的公路，投资巨大，用的是最好的材料和最高端的装备。车行路上，每隔几十公里，就会经过一座立交桥，而这些桥大部分是预留出来的，两侧的交叉公路还没有建设。这属于高标准、超前建设。高速路上，一段长达200公里左右的路面没有像通常那样在中间建隔离带，司机介绍说这段属于战备路，战时可以起降重型飞机，路面下还有各种战备用的配套设施。可以想象，伊拉克曾经是多么的财大气粗。

我们是在联合国对伊拉克实施制裁十年后的一个夜晚进入巴格达的。在我的想象中，此时此刻的巴格达，应该是一座漆黑一片、死气沉沉的城市。又是出乎意料。城市的主干线上，灯火通明，两侧是成片的楼房，虽然谈不上灯火通明，倒也高大雄伟，很有气势。一排排彩灯横挂在道路中间，闪烁着五颜六色的光，虽然有些俗气却也显得充满活力。路上各种汽车往来穿梭。路两边店铺也不少，深更半夜的还在兜售水果、鲜肉和日用品，只是顾客少了点，缺点热闹的感觉。使馆的同志向我们介绍说，近两年随着联合国"石油换食品"计划的实施，加上与周边国家贸易往来的发展（这其中不少是属于违反联合国规定的"走私"行为），伊拉克的日子已经有所改善。毕竟它有过殷实的家底，制裁稍有松动，日子就会好过一点。

早上，站在饭店高高的楼顶上望去，晴朗的天空下，巴格达尽收眼底。一条条宽阔笔直的道路纵横交错，椰枣树整齐地排在路边，椰枣树后面，楼房错落有致，虽然不很高，却也风格各异，而且很有气派，只是显得有些陈旧。楼底下，汽车喇叭声、叫卖声阵阵传来，巴格达依然有着大都市的风貌。

我们住在拉希德饭店。这是一家在后来的战争中大出风头的旅馆。攻入巴格达的美军曾把这里作为一个重要的据点，发生在这里的一次大爆炸也再度让它成为当时各大媒体的头条新闻。

饭店每间客房的门口都用厚重的木材做了装饰，室内的门窗、家具也无一不透着考究与奢华，当然也同样显得有些陈旧。宽敞的电梯里，有很多包了铜的装饰，多年来已经让无数双手摸得锃亮，古朴而豪华。我觉得它甚至比我们此前不久随中国代表团住过的科威特埃米尔王宫还要讲究。同行的人们都感叹，今日的巴格达尚且如此，往日的辉煌则不难想象；大家更感叹如果没有战争和战争带来的制裁，巴格达应该是什么样子！

拉希德饭店入口的地面上，有一面用彩色瓷砖铺成的当时的美国总统老布什的巨大彩色头像，头像下面是一行大意为"布什是罪犯"的英文字，每一个经过旋转门进入饭店的客人，都必然会从布什的脸上踩过，而前面的高墙上悬挂着一幅巨大画像，画像上，萨达姆正严肃地向你致意。

殷实的家底给伊拉克留下了一些漂亮的表面文章，但是一旦你开始了在伊拉克的生活和工作，立刻就会感受到战争和制裁已经让这个国家的经济和生活停滞甚至倒退。

这种感觉我们从过海关进入伊拉克的那一刻起就始终存在。在边境办入关手续时，尽管有使馆的同志在这里帮助，我们仍然要耐心地等上几个钟头，办各种烦琐的手续，接受各种问话和检查。我们首先在一个靠近边境的哨所里填写各种表格，然后开着汽车到大约一公里外的另一个地方盖章，随后再返回到最初填表的哨所，在这里折腾了个把小时后，还要再度坐车返回到曾经盖章的地方，办理下一步的手续，各种手续办完后最终我们又返回到哨所。使馆的同志们可能多次在这里接待国内来宾，也多次经历这样的折腾，他们显得轻车熟路，也早已适应了这样的烦琐过程，而我们真是觉得有些难以接受。多亏来这里办理入境手续的人都有自己的汽车。

除了仔细检查摄像机、电池等采访设备外，他们对个人行李的检查也很仔细，确保你不会带入违禁品。使馆的同志告诉我们，由于以色列和伊拉克是多年来的死对头，去过以色列的人是无论如何不能进入伊拉克的，如果在行李中发现了一点蛛丝马迹，表明你去过以色列，那你的麻烦就大了。当我把自己的行李在桌子上完全摊开，接受检查时，我着实有些紧张。因为就在两天前，我刚刚从巴勒斯坦和以色列返回，虽然我们更换了护照，新护照上看不到以色列的签证和入境记录，但行李箱还是用的同一个，我记不清自己有没有用耶路撒冷某家饭店的洗衣袋来装自己的换洗衣服，有没有把在以色列打出租车的收据遗忘在行李箱里面。还好，行李箱里没有遗留下任何可疑物品，海关没有从我们身上发现任何破绽。出了海关，我们都长出了一口气，因为我们终于没有在辛辛苦苦赶路一千多公里后，因为一点小小的疏忽而耽误肩头上承担的重要任务。不过我们当时仍然觉得，伊拉克这样做，实在是有点太过小家子气了。你们与以色列交恶，与我们这些外国人，与我们这些四处奔走的记者又有何干，何必要难为我们呢？

在循环往复办理手续的漫长过程中，间或会有大小官员或直白或含蓄地向你索要小费和"纪念品"。使馆的同志往来的多了，已经见怪不怪，因此他们手里早就准备了一点"小意思"来打发这些管事的人。同行的朋友说，以前的伊拉克人可不是这样。那时候出入境的人多，但效率很高，花的时间反而很少，也很少有人明目张胆地索要小费。那时候的伊拉克人看起来自信满满，挺高傲的，也不缺这几个小钱。后来在巴格达住下后，我们按照使馆同志们的提示，首先去饭店的货币兑换处，换了厚厚一沓伊拉克钞票，准备用作小费，随时用于各种场合，应对遇到的各种情况。这些钞票装满了一个信封，而且每张钞票都面额巨大，但算下来，兑换这些钱一共也没有花费几个美元。几天后，我们离开伊拉克时，小费没有花完，就顺手扔进了行李箱，没想到，萨达姆政权被推翻后，留在手里的那几张印有萨达姆头像的纸币竟成了难得的纪念品。

在饭店里住下后，因为电话通信十分不方便，而我们需要尽快向台里汇报行程安排，就只好拿着写好的文件到饭店商务中心去发传真，结果又遇到了新鲜事。服务员让我先读一遍墙上贴着的"发传真须知"，这个须知罗列有十几条内容，数百字，大概意思是所有的传真都要在这里复印一份留底，同时饭店方面保证不会有任何人会看到你写的内容。我说，没问题，只要能快点发出去就好。拿到我的文件一看，服务员又犯难了。他告诉我们，只能发英文和阿拉伯文的传真,中文、法文等等,一概不接受。我猜想这可能是因为他们看不懂,不能确定内容是否适合向外界传递,所以就拒绝传递外语文件。我当时很感慨,在这个曾经产生了古代巴比伦文明和亚述帝国的土地上,在这个一度富甲天下的地方,几年的工夫,怎么就变成这样了?

通信不便让我们在伊拉克的几天里,很难与台里取得联系,这可急坏了台里的领导和编辑,台里几次联系我们,也都以失败告终。到达两天后,使馆的同志飞车赶来,送给我们一封台里的急电,电文的大意是:驻伊拉克使馆,据信我台记者已经抵达巴格达采访,请帮助联络。其实两天来我们比台里的同志们还着急,无奈因为遭受轰炸和制裁,以及自身的封闭,伊拉克的通信设施已经远远落后于其他国家。这里没有手机和当时国内盛行的传呼机,国际长途电话也似乎永远无法拨通。那天中午,我们再次通过饭店总机打北京的国际长途电话,总机让我们稍等,说他现在就开始与北京联络,联络成功后会通知我们接听。结果,一直等到晚上,总机的电话终于响了,服务生告诉我,他们虽然经过反复努力,可最终只能向我表示遗憾了,我们要拨打的电话无法接通。使馆的对外联络全靠一台海事卫星电话,于是我们请使馆同志开车拉我们前往使馆,这才终于拨通了北京长途,我们如释重负。

我们在报道国际新闻时,经常会提到,"和平与发展"是国际社会长久的主题,密不可分。而在伊拉克,我们真正感受到,和平与发展,原来竟是这样紧密相连、非常具体而又现实的两个词。当和平的环境失去后,发展就会被停滞与倒退所取代。对比这些年来伊拉克发生的巨大变化,我们能不再一次感叹吗?

在接下来几天的采访中,我们又遇到许多的不便。在巴格达街头,我们打算做一些随机采访,了解当地百姓的生活状态,他们对制裁的看法,但陪同我们的新闻部官员对此断然拒绝。经过反复争取，我们仅仅获准拍摄一些街道上的车流和市场上的小商贩，而且拍摄全程要有当地新闻官员的陪同。那天下午，新闻官带我们来到一处指定的楼顶去拍摄巴格达的全景，在我拍摄时，新闻官在一旁不断地提醒着，请向左边拍，不要拍右边。我有些不满，就质问说，可是这个地方是你们挑选的呀！新闻官的话很客气却态度坚决，没有一点商量的余地。我暗暗觉得在这样的地方，还是听他的话，放规矩一点好，因此表现得十分配合。

也许是我们比较配合，陪同人员对我们比较满意，就主动提出要带我们去底格里斯河岸边去拍摄。平生第一次见到这条传说中的大河，我禁不住激动万分，就像第一次看到长江和黄河，后来又看到尼罗河时那样，这就是人类四大文明之一的两河流域文明所在地呀！河水就那样平静地流着，自西北至东南，不舍昼夜，一如巴比伦人在这里开创早期人类文明时一样。还好，兴奋之余，我没有忘记工作，迅速把摄像机扛在肩头，对准那波光粼粼的河面。这时，陪同前来的官员用一只有力的大手拦住了我，让我把镜头转向另一个方向的河面。我顺从地掉转了镜头的方向。我想，无所谓啦，我只想记住这河，随便你的河边有什么，或者什么也没有。然而，在这孕育人类古老文明的河边，感受着历史和现实的剧烈冲撞，让我心头久久不能平静。

导弹来袭，防空洞成炼狱

陪同我们的新闻官还带领我们参观了一处被美军炸弹炸毁的防空洞，说起来这应该算得上是此番伊拉克之行印象最为深刻的一次参观访问。

"两伊战争"期间，伊拉克的不少城市都修建了防空洞。位于巴格达城市西侧的阿里米亚防空洞是其中最大的一个，这个由欧洲人设计的防空洞顶部的厚度高达1米半，全部用钢筋水泥浇注而成，具有很强的抗核武器、化学武器和导弹袭击的能力。防空洞分为地面和地下两层，可容纳上千人。但这个防空洞在第一次海湾战争中，却没有能经受住美军炸弹的袭击。1991年2月13日，阿里米亚防空洞被美军的炸弹击穿，在里面躲避战火的四百多名伊拉克平民丧生。

当天，美军出动数架F－117战斗轰炸机，对巴格达市区进行轰炸。一颗炸弹击中了防空洞的顶端，在那里掀开一个直径两米左右的大洞。片刻之后，第二颗炸弹呼啸而来，钻进了这个洞口，在防空洞密集的人群中爆炸，上千度的高温使防空洞成为一个巨大的火炉，转眼间就把那些没被炸死的人烧成灰烬。爆炸后，防空洞的灭火装置自行启动，喷射而出的大水在高温下变成了滚烫的开水，将躲过爆炸的人又活活烫死。炸弹袭击下，本来是用来躲避战火的防空洞瞬间变成了人间炼狱，几百名藏身其中的居民在巨大的爆炸和灼热的气浪中丧命，只有14人幸存。

将近十年之后，当我们来到这里时，防空洞屋顶上那个被炸开的大洞依然保持着原来的样子，钢筋裸露，像一个张牙舞爪随时想吃人的怪兽。防空洞墙壁和地面上仍然能清晰地看到大火燃烧后的痕迹。阿里米亚防空洞原址已经被改造成了一座纪念馆，纪念馆的解说人员特意指给我们看一处墙壁上的影子，她告诉我们，防空洞遭轰炸时，炸弹产生的高温热浪瞬间融化了藏身其中的很多人，这个影子就是一位遇难者消失后留在墙壁上的身影。

解说员还告诉我们，袭击这里的是美军的GBU-28炸弹，它是由号称美国"炸弹之母"的炸弹专家威莫茨设计的，炸弹重达两吨多，被称作"掩体粉碎机"。这位炸弹专家临死前听说了发生在阿里米亚防空洞中的惨剧，并因此良心备受折磨。防空洞惨案发生后，每年2月13日这一天，伊拉克全国都要举行各种形式的纪念活动，纪念在轰炸中死去的无辜生命，谴责美国军队的暴行。后来，伊拉克政府还为此修建了一座纪念雕像。雕像高达6米多，就矗立在通往阿里米亚防空洞纪念馆的路口旁。远望雕像，像是一把燃烧的火炬，但仔细看，雕像刻画的是张着大嘴，在拼命叫喊的一张已经扭曲的脸，脸上充满了惊恐的表情，头顶上，巨大的火焰在熊熊燃烧。这个被命名为"呐喊"的巨型雕像仿佛在向人们哭诉着这里曾经发生的悲惨的那一幕。

开着奔驰领救济

在伊拉克采访期间，我们还有机会感受了一次在多年遭受国际制裁的背景下，普通百姓的日常生活场景。那天，我们坐车经过巴格达城里的一条小街。透过车窗，我们看见很多人排成一队，看起来像是在买东西。长长的队伍旁边，停放着不少的车子。同车的新华社记者在这里常驻，情况比较熟悉，他告诉我说，这是政府在分发救济。在伊拉克，生活困难的家庭，每家每个月能分得一只鸡、一袋面粉、一小袋白糖、一桶食用油等必需的食品，而这些食品有不少是来自国际社会捐赠的人道主义救援物资。

那几年，受战争和制裁的影响，伊拉克人的生活水平大幅度下降，食品和生活用品匮乏，货币迅速贬值。许多开惯奔驰、宝马等大牌汽车、住惯别墅的富人也迅速变得一文不名了。虽然豪华的汽车还在，豪宅还在，但银行里的巨额存款没过几年，就几乎成了一堆废纸，即使有钱，也没有东西能买得到。这让他们也不得不向国家申请救济了，而那些普通民众的生活更是雪上加霜。于是，经常可见有人开着奔驰汽车，去拥挤的人群中排队领取救济食品。当然这些豪车由于年代久，缺乏保养，都成了老掉牙的古董，而曾经的豪宅别墅也大多显得破旧不堪。

伊拉克当时实行的是生活必需品的配给制度。政府定量供应，来保证每个家庭的基本生活需要。买足全月的配给食品，大约的花费也就是两三个美元，当然多数人的月收入基本上也就合这几个美元。如果家里人多，或者有其他困难，就要另外申请救济了。

在伊拉克，我们总是习惯性地用美元折算价格，因为如果用当地货币——伊拉克第纳尔去消费，就需要你有一个计算机一样的脑子。我就遇到过难题，当时，1美元的官方汇率能换800多伊拉克第纳尔，但外国人结账时要按照市场价格，也就是黑市价格，比率是1美元折合2450多第纳尔。在饭店结账时，我要自己算出总价格，75美元一晚的房费，两个人两间房，住六个晚上，我要付多少第纳尔呢？想不到的是，就在十几年前，伊拉克第纳尔的比价其实还要高于美元，我们在伊拉克期间，其他一些海湾国家的汇率依然是高于美元，1美元换不了人家的1块钱。

晚上，常驻伊拉克的一位中国朋友请我们去巴格达市中心的一家餐厅吃饭。这是一家在当地小有名气的餐厅。三个人吃饭，烤肉、蔬菜沙拉、大饼，这是最常见的阿拉伯餐，味道不错，但并不奢华，没想到结账时，我看到朋友把满满一挎包的钱差不多都给了服务生。看到我们目瞪口呆的样子，他告诉我们，这一顿晚餐吃了他30多美元。问题是这里执行的汇率是按黑市定的，要比官方的汇率相差许多，政府不承认黑市与官方的巨大差价，不肯印大面额的钞票，以避免因此引发更大程度的通货膨胀。这种自欺欺人的做法，结果就导致伊拉克第纳尔虽然一天天贬值，但钞票的面额却始终不大，这就难为了那些花钱比较多的人。朋友说，有的时候，驻当地的中资机构在餐厅宴请时，如果前来吃饭的人比较多，餐厅通常不会逐个清点他们用于结账的钞票，而是用天平来称重。各大餐厅里都备有天平，只需精确称一下全部钞票的分量，据此估计出大致的钱数就行了，要是一张张去清点他们天文数字一般的餐费，餐厅就需要关门谢客了。

也许同样是受购买力的影响，在伊拉克花美元买东西总觉得比其他海湾国家要便宜许多，相当合算。有人说，20世纪末，在刚刚解体的苏联花美元买东西，也曾经是这般光景：区区几块钱，能办很多事。在巴格达的市场上，精致的铜骆驼、铜马、铜盘子，这些传统的伊拉克手工艺品，沉甸甸的，一块钱能买两个，我的同事花十美元买了一个洗澡盆大小的铜盘，直径差不多有一米了，而且上面有精美的手工雕刻。见到这个东西，没有一起去逛街采购的朋友都红了眼，说这点钱光买铜也买不来呀！

当然，伊拉克物资匮乏，限制出口。纪念品虽然物美价廉，很有特色，但往外带也要小心。一位同胞买了几块印有萨达姆总统头像的手表，想回国作为礼品送给朋友，结果被抓进监狱关了几天，罪名是走私。后来，人虽然从监狱中放出来了，身上的几千美元和那几块手表却留给人家了。遇到朋友调侃他，这位同胞倒想得开，说：唉，非常时期嘛，人家也不容易，也许过几年就好了。

然而，对当时的伊拉克百姓来说，过上好日子仅仅是一个美好的愿望。在当时，人们刚刚看到实现这个愿望的一线光亮，希望就再一次破灭。就在我们前去采访的那年，伊拉克的国际环境已经有所改善。解除对伊拉克制裁的呼声在国际上一浪高过一浪，来自多个国家的人道主义专机一架跟着一架飞往巴格达，给伊拉克送来大批物资，这让巴格达机场一时又恢复了十多年前的热闹景象。伊拉克百姓于是踌躇满志，期待着伊拉克能尽快走出制裁，重返国际社会，重现辉煌，更期待自己能重新过上富足的日子。但谁能想到，两年以后，第二次海湾战争又打响了，战争不但导致萨达姆政权被推翻，随之而来的持续动荡更让这里人民的生活变得愈加艰难。在伊拉克采访期间，我们曾经几次出入巴格达国际机场的VVIP厅（特别特别重要客人候机室），大厅里，是宽敞的房间、巨大的水晶吊灯、精美的雕塑。美轮美奂，极尽奢华的候机厅给到过这里的人都留下了深刻的印象。大厅入口处，那个比VIP还要高大上的VVIP标识，曾经极大地满足了我们的虚荣感，因此很多来宾都选择在这里留影作为纪念。两年以后，我在电视上又一次看到了这块招牌，招牌旁边，美军的坦克、装甲车正在隆隆驶过。新闻中，这个镜头一闪而过，难得有人注意到，仅仅是电视记者用来表明美军已经攻占了巴格达。

第八章

约旦：笼罩在战争的阴云下

在中东工作的5年中，我所经历的最重大的新闻事件应该就是伊拉克战争了。

为报道当时已经箭在弦上的伊拉克战争，中央电视台提前布局，调兵遣将，在伊拉克周边的约旦、土耳其、科威特等地部署了多组记者，做好了战争报道的准备。作为其中的一部分，在战争爆发前几天，我和同在开罗记者站的同事梁玉珍老大姐就来到了约旦首都安曼，准备从这里寻机进入伊拉克。

为伊拉克战争报道做准备

此前，我们已经几次来约旦采访，也曾经驱车千里赴伊拉克首都巴格达采访报道，但很显然，这一次的任务非同寻常。美国的战争威胁早就发出了，战争爆发的倒计时每天都在媒体上公布，就像即将引爆的定时炸弹。而这相对于我们经常前往报道的恐怖袭击、爆炸、流血冲突等突发性新闻来说，准备时间是相当充裕。

伊拉克战争爆发前后约旦成为又一个关注的热点

伊拉克战争爆发前,央视记者齐聚约旦待命

考虑到战争爆发后，通信交通等基础设施将遭到破坏，与国内的联络会成为大问题，我们特意购置了当时红极一时的卫星通信工具：铱星电话。据说当时各大媒体都用的是这种电话，虽然费用高昂，但当时使用起来还是蛮靠谱的。遗憾的是，几年后，面对各种新式通信方式和工具的强有力竞争，铱星电话销声匿迹了。

在我们抵达安曼不久，水均益率领的另一个中央电视台战争报道组也来到安曼待命。这个报道组里有几位同事来自我台的军事新闻部，他们给待命安曼的所有央视记者带来了台里对大家的关爱：5大箱子的个人防护装备和其他一些必备物品。打开巨大的包装箱，里面有我以前采访时曾经使用过的头盔、防弹衣，也有急救包、止血带等，有很多我不曾接触过的新鲜玩意：防化服、防毒面具，还有据说能防刺、防地雷的靴子。最后两个箱子里是一些压缩饼干、野战干粮之类的食品。防化服穿在身上，密不透气，很快就让人大汗淋漓，面罩里还有一股刺鼻的味道，我试穿了一次以后就再也不想接触它了。因为要经常在巴以冲突地区采访，我对防弹衣爱不释手。这种国产的防弹衣比较轻便，还能折叠卷曲，携带方便，据说防护效果还很好。我此前曾经在冲突中的黎巴嫩南方采访，联合国维和部队的士兵把他们的防弹衣借给我们穿过。那种防弹衣实在是既笨重又简陋，其实就是一件无袖的背心，左上方有一个巨大的兜兜，里面放进去一块厚厚的钢板。

伊拉克战争是1990年海湾战争的继续，因此也被称为"第二次海湾战争"。2003年3月20日，美国借口伊拉克藏有大规模杀伤性武器并暗中支持恐怖分子，绕开联合国安理会，以英美军队为主对伊拉克展开军事行动。战争并未得到联合国安理会的授权，因而是不符合国际法的，也遭到了很多国家的反对。

到2010年8月美国战斗部队撤出伊拉克为止，这场战争共持续7年多。战争推翻了萨达姆政权，后来又把萨达姆送上了绞刑架。但美方最终没有找到所谓的大规模杀伤性武器。2011年12月，美军全部撤出伊拉克。战争给伊拉克人民带来了深重的灾难，也让美国付出了高昂的代价。7年的时间里，4400多名士兵命丧伊拉克，4万多人伤残，战争开支高达7000多亿美元。而战争带给伊拉克人民的是10余万人丧生，数百万人沦落成为难民。

战争打响时，我在约旦—伊拉克边境地区进行过采访报道，7年后，当战争结束，美国完成从伊拉克撤军时，我已经开始了在美国的驻外记者工作。因此，这些年来，我一直关注着这场战争，也有更便利的条件从各个角度来了解这场战争的整体情况。应该说，这实质上是一场以反恐为借口，利用反恐的时机和大环境，趁机清除反美政权的一场战争。战争虽然遭到国际社会的反对，但在强势的美国政府、强大的美国军事经济实力面前，反对的声音无论多么大，也根本无法阻止战争的车轮一步步向前滚动。国际关系中，到底还是要依实力说话。

战争爆发后不久，中央电视台派出的水均益一组人马冒着巨大的风险，转道科威特，进入战争的核心部位巴格达。而我们按照台里的统一安排，一边等待机会进入伊拉克，一边在约旦首都安曼和约旦—伊拉克边境报道战争阴云笼罩下，伊拉克周边发生的事件。那几天，我们目睹了大批伊拉克民众返国参战、难民外逃，经历了我国驻伊拉克使馆千里撤离伊拉克惊心动魄的过程，也经历了遇难的记者同行在安曼下葬的悲情时刻。我没有进入这次战争的核心地区，没有在战争第一线的枪林弹雨中参与报道，却也感受到了战争的残酷。十几年过去了，当时的一切依然历历在目。

通过电视画面，水均益一组人马在巴格达战火中的报道给我留下了深刻的印象，而中央电视台派驻在科威特的另一组人马也曾经历惊心动魄的时刻。战争爆发初期，伊拉克的飞毛腿导弹几次落入科威特，根据当地的安全防范规定，我们在那里的同事听到警报声后，就要马上下楼，跑到附近的地下室躲避。三天的时间里，那里的警报响了两次，但我的同事却没有及时跑出自己所在的饭店房间去躲避炸弹或者毒气袭击，而是选择了继续冒险躲在房间里。事后，他对此做法的解释让我们笑破了肚子，他告诉我们，这两次警报来得都特别不是时候，时机太不凑巧，一次是自己正在卫生间的浴缸里洗澡，刚刚在身上涂满了浴液；另一次则是正在马桶上方便。还好，炸弹虽然响了，但幸运的是距离还远，也没有携带生化、毒气等可怕的弹头。这听起来像是个冷幽默，但在当时，在那样的紧张时刻，残酷的现实让你一点都笑不出来。

战争爆发前数日，我们从大本营开罗出发，一个多小时以后，我们就到了约旦首都安曼。一下飞机，约旦的海关人员看到了我们沉重的电视设备，就显示出见多识广、很内行的样子问："你们这是要去伊拉克，去巴格达？"我们有些惊讶，就回答说："是的，伊拉克。"我们此行确实是为报道伊拉克战争而来，但眼下目的地还是安曼。从安曼东去数百公里，穿越沙漠后，就是重兵包围下的伊拉克。安曼是战争的外围，也是战争新闻报道的前沿要地，两年多前我们就曾经从开罗飞到安曼，然后租一辆出租车，直奔千里之外的巴格达。当时海关人员听说我们要去伊拉克，就认真地说了句："真主保佑你们平安归来。"然后摆摆手放行了，免去了申报、检查等诸多烦琐的程序。于是这次我又在约旦海关官员面前自报家门，说自己是准备报道伊拉克战争的中国记者，果然，我们再次轻松顺利地就通过了海关。

安曼机场的海关官员告诉我，现在每天都有来自世界各地的记者在这里下飞机，然后"打车"去巴格达。机场外就有不少专跑巴格达的出租车在"趴活"等待客人，而且那些都是清一色的美国越野车。他们的生意挺好，虽然往返要几千公里，但不会空跑，因为巴格达还有更多的人等着租他们的车逃出来呢。司机们都乐此不疲，因为租用他们的车，不但代价高昂，他们返回时还能经营副业，要运一些便宜的伊拉克汽油回来倒卖，所以这些出租车都配备有特制的巨大油箱。我们上次去伊拉克时就遇到过司机借机运送汽油倒卖，没想到，两年多以后，他们还在做这样的生意。

抵达安曼的第二天一早，我们按照惯例和中国驻约旦使馆取得了联系。从使馆那里我们了解到，为防万一，使馆已经做了充分的准备，制定了各种紧急情况下的应对方案，其中甚至包括了租用飞机撤退中国侨民的计划。使馆本身也尽可能多地储存了饮用水、食物和照明用品。使馆内原来作为员工宿舍和办公室的一些房间已经腾空，准备提供给几位从巴格达撤出的我国驻伊拉克使馆人员到达后使用。现在还有少量我国驻伊拉克外交官辗转在撤退的路上，他们将经安曼转道回国。前几日，安曼的中资机构也都很忙，前脚接人，后脚送人，成了巴格达到北京的中转站。

大战将至，约旦左右为难

战前的安曼街头，一切看起来都和往常一样。道路上车水马龙，小贩热情地向你兜售商品。但人们都相信，战争已经不远了，因此，从政府到普通民众，都在盘算着战争对自己意味着什么，该如何应对。安曼城虽然与巴格达相隔千里，但也有不少人在储备生活用品以备不时之需。约旦政府也做了最坏打算，约旦—伊拉克边境地区已经基本封锁，军队已经进入了前沿位置，做好了应付突发危机的准备，约旦军方还向美国租借了3套爱国者导弹防御系统，用以防范可能的来袭导弹。在1991年的海湾战争中，就有部分伊拉克的飞毛腿导弹飞越约旦，落到了以色列。约旦担心它的左邻右舍进行导弹对射时会殃及自己，更担心自己成为导弹的目标。约旦报纸报道说，约旦空军还从美国人那里得到了6架前来增援的F-16战机。

在边境上，成片的帐篷一望无际，构筑起一座巨大的难民营，准备接纳战争爆发后蜂拥而来的难民。难民营外围，还搭建起野战医院。无疑，对于地处敏感地区的小国约旦来说，战争不可避免地会给它带来更多的麻烦和担忧。

这些年，中东有两个最为世人所关注的热点地区：以色列和伊拉克，而约旦恰恰就夹在这两个国家之间。在地区局势因战争的临近而越来越紧张之际，如何应付危机成为约旦政府面临的一大考验。

约旦的全称是约旦哈希姆王国，位于亚洲西部，阿拉伯半岛的西北，西与巴勒斯坦、以色列为邻，北与叙利亚接壤，东北与伊拉克交界。人口少，面积小，缺乏淡水资源和石油资源。旅游业是约旦支柱产业之一，佩特拉古城、死海都是约旦著名的旅游景点，吸引着大量的游客。

虽然自身力量有限，但约旦一直旗帜鲜明地支持巴勒斯坦反对以色列的斗争，几次参加了阿拉伯国家联合对以色列的战争。而且在处理对外事务方面也很务实，一切以民族利益为出发点。在1970年巴勒斯坦解放组织实施了多次劫持民航客机的极端事件，造成恶劣的国际影响后，约旦开始对盘踞在自家领地上的巴解组织开火，并最终在1971年7月将巴勒斯坦解放组织逐出其国境。1994年10月，约旦迈出了更为大胆的一步，同以色列签署了和平条约，成为继埃及之后第二个同以色列建交的阿拉伯国家。

约旦是个只有600多万人口的小国，而且土地贫瘠，资源匮乏，经济发展的主要支柱是旅游、劳务输出和外援。海湾局势的恶化，已经导致这里旅游和劳务输出量直线下降，经济遭受重创。此时此刻，外援在约旦经济生活中的作用就越发显得举足轻重。而外援当中，每年来自美国的3亿多美元援助占据了很大的比重，这个数字在美国外援中仅次于对以色列和埃及的援助。从这个角度考虑，在美国要发动打击伊拉克的战争时，约旦政府难以旗帜鲜明地站在阿拉伯兄弟伊拉克的立场上，明确地表达反对战争的立场，更何况美国已经向约旦做出许诺，战后将有弥补约旦战争损失的特殊补助资金。约旦也深知，从政治角度考虑，美国在整个国际关系格局中，尤其在阿拉伯与以色列的冲突中扮演着最为关键的角色，约旦从自身考虑，在战争面前，对自己应该何去何从是要仔细掂量、费一番心思的，对问题的轻重缓急也要有所判断。

另一方面，约旦对伊拉克所采取的态度也要认真地权衡利弊。两个国家同是信奉伊斯兰教的阿拉伯国家，又是唇齿相依的近邻，就在几十年前，两个国家独立之初，它们各自的埃米尔国王还是同胞兄弟。从经济上看，多年来，伊拉克的石油一直是约旦能源最主要的来源，而且伊拉克给约旦的石油几乎是卖一半送一半，让约旦得到不少实惠。眼下，在事关伊拉克生死存亡的大是大非中，约旦在确定自己的立场时，必然会考虑道义上的压力。

约旦国王阿卜杜拉二世自执政以来，采取了灵活务实的外交政策，提出了"约旦第一"的口号，要求在处理国内国际事务中，一切行动都要服从约旦自身发展的大局。在与阿拉伯国家保持兄弟般的特殊关系时，又积极实行与以色列的和解政策，积极参与中东和平进程的政策制定与实施。这些年，约旦在国际关系事务中纵横捭阖，左右逢源，赢得了国际社会的广泛尊重和重视。约旦人相信识时务者为俊杰，造就了自己"小国大外交"的有利局面，为社会经济的迅速发展创造了良好的条件。

大战将至，约旦当然会仔细地权衡利弊，为自己国家平安度过这一段艰难的日子费尽思量。在危机中，约旦人虽然不能做到游刃有余，也要在夹缝中求得一些确保自己生存和发展的外部空间，至少要确保自己不会被拖进战争的泥潭中不能自拔。

边陲小镇的生意经

刚刚抵达安曼不久，我们就在当地租用了全套的人员车辆和设备，西行400公里，开赴约旦—伊拉克边境一探虚实，看看面临即将来临的大战，边境地区有什么动静。在此之前我们已经听说，已经有一部分美军人员部署在那里，刚刚引进的爱国者导弹防御系统已经开始了"战备值班"，往来边境的人员还说看见有阿帕奇武装直升机在起降，但是约旦官方对此守口如瓶。这也可以理解，约旦如今正面临着两难的抉择，对日益逼近的战争，无论是支持还是反对，都不好旗帜鲜明地表达。所以美国大兵既来，自然不会大张旗鼓，记者采访自然也在禁止之列。

起程之前，我们赴边境采访的申请在约旦新闻部遭到了拒绝。这早已在预料之中，那里既危险又敏感，不会轻易放人过去的。但采访工作不能轻易放弃，我们打算冒险闯一把。新闻部官员也是记者出身，十分理解我们，他暗示我们，并不反对我们凭运气闯关一试，前提条件是我们要"风险自担，责任自负"。我们心领神会。第二天一大早，我们起程上路。片刻间汽车驶出安曼城，进入茫茫的沙漠。

中东地区多数国家的地貌都以沙漠为主，而约旦的沙漠更是独具特色。在公路两旁的沙漠上，整齐、均匀地铺着一层黑褐色的石头，放眼望去望不见边际。石头大小差别不大，排列间隔也基本一致，有如鬼斧神工、天造地设一般。初次见到，你会以为自己来到了月球或者火星上。路上偶见一两个贝都因人的羊皮帐篷，成群的绵羊就在这石缝之间寻觅着零星的青草，专心致志，对隆隆驶过的车辆不屑一顾。

前面就是边防检查哨了。持枪的军官看了我们的证件就指指来的方向，意思是什么话也用不着说，赶紧掉头回安曼去。他说，每天都有记者来这里，也都是从这里返回安曼，没有专门的通行证和采访许可，任何人都不能从他这里经过。这种情况以前我也多次遇到。无论是在战乱时的南黎巴嫩，还是巴以激烈冲突的地区，敌对双方的交界地带总能遇到这种摆摆手让你走人的时候，因此我们也练就了一种本事：做可怜状，然后甜言蜜语软磨硬泡。果然，无奈之下军官给上司打了电话，我也借机对着电话态度诚恳地央求。还好，我们终于获准通过关卡，进入紧靠边境的小镇鲁维希德去采访，但条件是他要派出这里的一位士兵陪同，同时严禁拍摄录像。

一路上，我们又先后经过三次在不同地点的盘查、登记，最后终于来到了小镇鲁维希德。出乎意料的是，这个与伊拉克相隔咫尺的小镇面临即将爆发的大战，并没有多少紧张与恐惧的感觉，而更多的是忙碌的气氛。

小镇不大，居民不过数千，多数人是放牧羊群的农牧民。这里差不多位于约旦首都安曼和伊拉克首都巴格达的中间，与这两座都城都隔着四五百千米的戈壁沙漠，多年来这里的人们过着宁静而安详的日子，自给自足，与世无争。但即将来到的战争打破了这里的宁静，改变了这里人们的生活。

在1991年的海湾战争中，约旦接纳了多达100多万的伊拉克难民。而根据联合国难民署的估计，一旦战争再次爆发，可能会有更多的伊拉克难民涌入约旦。对此，约旦政府已经做好了应对的准备。鲁维希德是进入约旦后的第一个镇子，因而被确定为最主要的难民安置地点。届时将会有大批帐篷在这里搭建起来，还有很多人会租住在小镇居民的家里。于是小镇居民开始忙碌了。

进入小镇，你会看到很多人家都在忙着整理房屋，打扫卫生。这些房屋都是准备出租给难民安身用的。在过去几天的时间里，这些简陋房屋的身价已经翻了几番。我们下车打听了一下，了解到一间没有粉刷过的旧平房每个月的租金是250约旦第纳尔，按当时的汇率，约合 300 多美元，而里面只有简单的水电设施，没有卫生间。在一套稍微像样一点的房子里，我们看到有简陋的家具，还有一台看起来很有历史的电视机，但电视机工作正常，可以收看约旦电视台等有限的几个频道的节目，桌上摆放着的一部电话机据说可以打国际长途，这听起来蛮有吸引力，但一问房租价格，不由得我一吐舌头：月租金 1400 美元。这个价格可比在安曼城里租房子还要贵得多，就算住个大饭店也不会比这贵多少了。原来是物以稀为贵，小镇就这些房子，再简陋也总比住帐篷强，而作为难民，要想去其他地方也是不允许的。精明的小镇人对此很清楚，于是他们待价而沽。

房主承认自己的房价是太高了，但他完全相信，自己不愁找不到房客。他告诉我们，可能多数难民未必舍得花这笔钱，但是可别忘了，到时候还会有很多像你们这样的记者来呢，而且国际救援组织也会在这里设立办事机构，这些人可是肯大笔花钱的。看来他真是个十分关注局势的明白人。毫无疑问，这位房主已经打定主意要发点战争财了，他表示，这是他平时闲置的一套房子，而一旦这套房子租出去了，他就再搭个帐篷自己住，腾出自己现在的住房给那些失去家园的阿拉伯兄弟去住。是啊，这样的灾难，这样难得的赚钱机会，人的一生中能赶上几回啊。

小镇上有个破旧的小旅店，据说已经废弃多年了，现在里面也有不少工人在进进出出地忙碌着。老板说，虽然这个饭店很小，只有 16 个房间，可他已经花了几千个第纳尔来修缮了，单等"那边"炮声一响，难民蜂拥而至，他便开门纳客。他热情地邀请我说，如果我现在订房的话，他会给我很多优惠。我说，如果你能帮我办这里的采访许可证，我就会高价住你这里。他很认真地告诉我，约旦政府就要在这个镇上设立新闻中心了，专门应对很快就会聚集在这里的各路记者。根据他的聪明劲儿，我猜想这回他的钱是赚定了。

中午，我们一行人，连带陪同我们的军官在一家小饭馆里吃了饭。这顿饭很简单，但价格却超过了安曼城里的中餐馆。结账之后我们都在抱怨，那位军官可能连日来在这里值班，少不了到镇子上吃饭，因此也就受害最深，他也骂骂咧咧的，还义愤填膺地告诉我，他每天值勤时买的"肉夹馍"（这是我给当地常见的一种阿拉伯食品起的名字，就是一块大饼夹上一点烤的火鸡肉，再配上些西红柿和青椒）涨到了两块钱一个，而以前才五毛钱。"这战争真不是好事。"他愤愤地说。于是我判断出他家必不在这个镇子上，没有像当地人一样得到赚钱的机会。

餐馆外面，一条大道横贯东西，小镇因此被一分为二。这就是很有名气的安曼—巴格达大道。这一千千米长的沙漠公路是约旦的生命线，因为约旦的石油全都来自伊拉克，靠的就是往返于这条大路上众多的油罐车，因此这条路又被称作"石油大道"。

小镇是油罐车司机进入伊拉克前进行最后休整的地方，也是他们从伊拉克运来石油后最先停靠的地方。因此小镇两侧满是小商店，百十辆载重几十吨的油罐车停在路边，绵延将近一千米，十分壮观，众多的司机在这里或喝茶，或抽水烟，或如厕，放松自己。

在我们结束小镇上的采访，返回安曼前，司机带着我们去加油。这时候我才注意到，原来路边还有很多很多家"汽油贸易站"——那些既买汽油，又卖汽油的小店铺。而真正的加油站在这里是没有的。伊拉克的汽油非常便宜，往返约旦和伊拉克之间的出租车通常会用他们特制的巨大油箱，借助载客的机会，在伊拉克一侧的加油站加满油，在过关进入约旦后卖给这些"贸易站"。往来的油罐车也时常和这些贸易站进行私下的合作，利用边境两边巨大的油料差价赚钱。

见我们的汽车开过来，商店里唯一的店主兼店员就凑上来问要加多少钱的油。谈妥之后，店员转身从店里提出一个油桶，油桶上面插着长长的铁管。原来这便是简易的手动抽油器了。见他一只手扶好油桶，另一只手摇起转柄，油就汩汩地流进了我们的油箱。没有计量器，估摸着差不多就行了。

加油前我抱着摄像机跳下了汽车，因为我看到那店主提着油桶出来，又打开汽车的油箱盖，弯下腰去查看时，手上始终夹着一支烟，还不时地抽上一口。这在当地并不稀奇，早上从安曼出来时，加油站的员工也是这么干的。我还是有些少见多怪的感觉，着实地捏了把汗。

在车下，趁加油的空当，我和停在一旁的油罐车司机聊了起来。当他得知我来自埃及，还有个阿拉伯名字，就表现得特别高兴。他告诉我，他叫艾哈麦德，家住约旦一个小城里，每周一趟往返约旦和伊拉克之间运送汽油，虽然道路漫长，要在沙漠上跑几千千米，很辛苦，但是因为两边汽油价格差别很大，自己也能赚不少钱。每次跑长途后回到家里，老婆都会给他准备最好吃的饭，吃饭后他还会美美地抽上一袋阿拉伯水烟。他说，自己真的不愿意这场仗打起来，要是打仗了，这条路一断，约旦的石油可就成问题了，约旦的经济就麻烦了。你看看，这路上哪天都有上千辆的车在运油。虽然我们干的都是又脏又累的活，可是我们能让老婆孩子吃饭上学，要是油路断了，我们家的生计也就断了。

这时候，另外一个司机凑了过来，看来俩人挺熟悉。一打听，他也叫艾哈麦德，当然后面的一长串名字是不同的。很多阿拉伯人都有着相近的名字，有些姓名就像中国人姓李或者姓张一样普遍，难怪有中国人曾经跟我开玩笑说，如果你从后面喊一声艾哈麦德，会有10个人同时回过头来。这是位从伊拉克过来的司机，家在距离巴格达很近的一个什么地方。他说，谁都知道，布什打仗是为了这个，说话时，他指了指自己的油罐车，然后又说，我宁可把油白送给约旦，也不会卖给他们。要是真打起来，我就把这

第八章

约旦：笼罩在战争的阴云下

辆"坦克"（油罐车的英语发音也是"坦克"）换成一辆真的坦克跟他们拼，反正也是活不过这场战争了。现在我们伊拉克人都被判了死刑，就看美国什么时候行刑了。面对这些淳朴的人，这些只想着靠辛苦出力来养家糊口的普通百姓，这位司机的话让我沉重得喘不过气来。

归途中，又看到了沙漠中贝都因人的帐篷和他们的羊。我默默地祝愿这些温顺的绵羊能一如既往无忧无虑地在那里吃它们的草，而不要像它们在伊拉克的同类那样，忧郁地活在战争的阴云下。

救援物资堆积如山

随着战争的邻近，如何应对战争产生的众多伊拉克难民，越来越成为国际社会密切关注的一个焦点。在美国总统布什发出对伊拉克48小时最后通牒的那一日，我来到了国际红十字会和国际红新月会设在约旦首都安曼的一个救援物资仓库，想看一看国际社会在为那些因战争而流离失所的不幸的人们做着些什么。

设在安曼郊区的这座仓库，其规模之大足以容纳下两架大型客机。仓库的大门也是硕大无朋，可以让集装箱卡车自如进出。大门顶端的红新月标志告诉了参观者这个庞然大物的所有者是谁。

一进大门，我们就看到各种各样的物资堆积如山。仓库负责人告诉我，这些东西都是前两天刚刚从意大利用专机空运来的生活用品。伊拉克战争爆发后，这些东西就将陆续运往设在约旦—伊拉克边境上的难民营，用于救助从伊拉克涌过来的大批难民。

各种各样的毛毯堆在仓库当中，占据了很大一块面积。旁边是产自埃及的厨房用具，一共有上万箱之多。每箱内有一整套用具，包括塑料盆、铝锅铝盆、菜刀和杯子等等，可满足一个家庭临时烹饪的基本需求。大量我国产的煤油灯、煤油炉也在其中，是供照明和做饭用的。我国红十字会提供的这些东西，主要是考虑到临时搭建的难民营当中会缺乏电力供应。仓库中，日本产的家用煤油取暖设备也有不少，这些都是为了在没有电力供应的情况下能让难民取暖御寒，只不过当时寒冷的季节即将过去，马上面临的问题是难民营如何防暑降温了。不过，难民营的帐篷建在沙漠中的小镇上，沙漠气候温差巨大，虽然阳光下酷热难当，但夜晚的温度却还是相当低的，因此这种东西在最初几天也许还是能派上用场。从准备的这些物资看，国际红十字会和国际红新月会对安置难民很有经验，也十分细心。在仓库的一角，我们还看到了大量的毛巾、肥皂等卫生用品。一旦难民涌过边境进入约旦境内，约旦政府和有关国际组织将对他们进行临时安置，届时所有这些东西都要派上用场。

据介绍，这个仓库目前的物资储备量已经可以满足 4 万人的需要。除了现有的物资之外，由中国、沙特等国家提供的后续救援物资也已经在路上了，不日即可到达约旦。另外还有来自欧洲的 8 艘装满救援物资的货轮正通过埃及的苏伊士运河开往海湾。伊拉克的死对头科威特也为伊拉克难民准备了 10 个集装箱的救援物品。在难民营里，我们还碰巧遇到了来自中国台湾慈济会的志愿者，他们为伊拉克难民捐助了 10 万美金，以及两个装有一万多条毛毯和罐头、大米、面粉、豆类食品等救援物资的集装箱货柜。

正在仓库里参观的时候，一辆跋涉千里从土耳其赶来的大型集装箱货车来到这里。长长的车厢被厚厚的塑料布蒙得严严实实。很快，车上卸下了简易折叠床等大批物资。卸货的工人都是约旦国际红新月会最近聘用的工作人员。在仓库的另一侧，其他几位工人则在忙碌地把前两天运来的物资码放整齐。工人们一边紧张地工作，一边和我聊了起来。他们说，大家现在是和战争赛跑，要在难民到来之前尽可能多地储备一些物资。

国际红十字会战前估计，战争产生的难民最终将超过 60 万人。

这些难民将涌向伊朗、土耳其和约旦等邻国。为此，随着战争步伐的临近，国际红十字会和国际红新月会展开了积极的准备工作。它们除在伊拉克周边国家设立多个难民营外，还分别在约旦、叙利亚、土耳其设立了三个救援物资储备仓库，从世界各地调来大批包括粮食在内的各种人道主义救援物资。现在这些物资已经能够在短期内满足30万人的需求。战争爆发前，可以为数万人提供医疗服务的众多临时医院也在边境地区建立起来。

当时国际红十字会和国际红新月会还从全球各地紧急抽调来很多骨干会员，用于增援伊拉克周边国家的分支机构。约旦红新月会原来有20余人，而现在从瑞士、加拿大和黎巴嫩等地赶来的会员使这个数字超过了50人，同时他们还在各地募集了大批志愿人员，准备投入到即将开始的救援工作中去。

国际红十字会在接受我们采访时表示，虽然他们做了大量的工作，但是对战争的前景依然十分担忧。他们无法预料战争将持续多久，而一旦战争久拖不决，他们还要考虑将大批难民进行分散转移，安排到物资充足、适宜生活的地方去。

战争是无情而可怕的，而在战争面前，还有一些人在为逃离战火的人奔走忙碌，也许只有他们尚能给这个无情的世界带来一点点欣慰。

激战前夜，中国记者撤离巴格达

战争是3月20日爆发的。3月18日中午，就在战争一触即发之际，从巴格达撤离的中国驻伊拉克使馆工作人员和中国记者一行13人平安抵达安曼的我国驻约旦大使馆，早已在此等候多时的众多同胞立即热烈鼓掌，大家一直悬着的心也终于放下了。

在以小时为单位倒计时计算开战时间的时候，尚在伊拉克坚守工作岗位的我国使馆工作人员和记者能否安全撤离战场,何时撤出,一直牵动着大家的心。在约旦,连日来流传着许多让人不安的传言。诸如一旦开战,底格里斯河上的大桥会是第一批轰炸目标,一旦桥梁损坏,谁也甭想从巴格达撤出;还有传言称,伊拉克有可能会限制外国人出境,在美国军队开始轰炸时,把他们放在一些重要地点,让他们充当人体盾牌,等等。很多聚集在约旦的中国记者每天也互相打探消息,大家都想了解更多的消息,尽早获悉同胞们能否安全归来。曾经深入到巴格达进行采访报道的我们4位中央电视台的同事更成为大家每日询问的对象,因为他们知道,在巴格达仅有的6名中国记者中,中央电视台占了一半多。焦虑的心情随着美国、英国和西班牙三国领导人发出"战争通牒"和美国总统布什发表伊拉克问题的电视讲话而越发紧张,毫无疑问,一场大战已经是箭已上弦,引弓待发。

17日下午,我们终于从中国驻安曼使馆得到初步消息:驻巴格达使馆工作人员和记者已经做好了从巴格达使馆撤离的准备,预计当夜11时左右可抵达安曼。于是,所有的人都开始忙碌,驻安曼使馆准备了丰盛的夜宵,要为他们接风洗尘;记者们再一次检查了各自的录音机、摄像机和照相机,打算对从前方归来的驻伊拉克大使张维秋和同行人员进行采访,以获得关于战争的前线消息。晚上八九点钟,吃过晚饭,已经有人打算去使馆恭候迎接。这时候,又有消息传来,让大家暂时按兵不动,因为情况有变,张大使一行估计要等到次日凌晨3时才能到达。于是大家一夜无眠,默默等待,并在凌晨1时左右开始互致电话,打探确切的到达时间。整个夜间,记者下榻的饭店房间里,电话铃声此起彼伏,一次次唤醒大家。但由于伊拉克没有开通手机服务,已经上路的撤离人员无法和安曼方面取得联系,谁都难以获得准确消息。早上6时,终于有消息说,到达时间为当日上午11时左右。于是大

第八章
约旦:笼罩在战争的阴云下

家上好闹钟，抓紧时间睡个囫囵觉。

18日上午，连日风和日丽的安曼忽然刮起强风，人们在街上甚至会被风吹得站立不稳，风沙更让双眼难以睁开。但在中国大使馆内，高墙蓝瓦、颇具民族风格的建筑把风沙拒于大门之外，整个使馆大院宛如一个避风港，在等待远方的亲人回归它的怀抱。此时，我国驻约旦大使陈永龙早已率众站在了国旗的旗杆之下，焦急等待的人有数十位，他们当中，除了使馆外交官，还有众多记者，他们分别来自北京、香港，而我们来自开罗，中国国际广播电台的记者更是从英国、巴基斯坦等地远道"增援"而来。使馆高耸的旗杆上，五星红旗在强风的吹拂下，猎猎作响，好像在翘首召唤前方归来的将士，又仿佛在向远方的亲人传达平安的祝福。

11时30分，在热烈的掌声中，我国驻伊拉克大使张维秋率一行13人抵达安曼中国使馆。久候的人们蜂拥上去，亲切握手拥抱，互致问候。虽然经过彻夜奔波，远道而来，但看上去大家依然精神饱满。

在热烈的交谈中，驻约旦大使陈永龙首先转达了国家主席胡锦涛、总理温家宝和外长李肇星对大家的关怀和问候。他说："李肇星外长特意打来电话询问你们的情况，并在等待你们平安抵达的消息。"

年逾六旬的张维秋大使和大家一起经过了长达22小时的长途奔波，虽显得有些疲惫，但他仍然十分动情地请陈大使"立即转告党和国家领导人，我们已经安全抵达安曼，感谢党和人民对我们安全的关切和慰问"。他说："祖国人民的关心，是对我们的激励。我们将更加努力，把工作做得更好。"随后，张大使和我台记者水均益等人被众多记者团团围住进行采访。

张维秋大使告诉我们，在他们撤退前，局势已经非常危险，非常严峻。值得庆幸的是，所有在伊拉克的中国人，无论是大陆的还是港澳台地区的，现已全部撤出伊拉克，1名隶属于联合国机构的中国核查人员也已随其他核查人员撤出。战争是让人痛心的，但他的话让大战前夕的同胞多少感到一些安慰，这至少是不幸中的万幸吧。

我国驻安曼使馆为这支"伊拉克小分队"的到来做了充分的准备，虽然到达时间一再改变，让很多人彻夜未眠，但大家没有丝毫的怨言，他们为同事们的平安归来感到欣慰。计划的屡次变动也没让大家有丝毫的慌乱，一切安排得井井有条。使馆办公室的王主任告诉我们，使馆很早就做好了接应计划，从车辆使用到大家的食宿，各种安排已经具体到每一位同志的身上，一切都有条不紊地进行着。撤退当天，王主任和另外一位同志还驱车数百公里赶到与伊拉克接壤的边境线上迎接。王主任透露，撤退之前，我国驻伊拉克使馆已经转移了部分重要物资，还先后两次把使馆的6辆汽车从巴格达撤到约旦。

后来我们获悉，使馆人员撤离后，使馆馆舍在战乱中多次遭到抢劫，损失严重。2003年7月，中国外交部派驻伊拉克的工作小组专门雇用当地人用砖头砌墙封堵了使馆入口，防止盗贼进一步破坏。后来返回巴格达的使馆工作人员还曾长时间在临时租用的地方办公。当时，考虑到治安环境的恶劣，13位使馆工作人员中，武装警卫就有6人。一年多以后的2004年7月，随着伊拉克新政府开始运转，中国驻伊拉克大使馆也正式复馆。

后来，经过了解，我们终于得知撤退人员的抵达时间为什么会一变再变。巴格达到安曼的行程约1000千米，正常行驶只需10多个小时。而张大使一行这次却历时22小时才抵达安曼。对此，大使告诉我们说，为了使在伊拉克的所有中国人，包括记者，一同从伊拉克撤出，确保所有的同胞都万无一失，他们在边境上等待了10多个小时，而这其中主要是为了接应因故晚出发的3名我们中央电视台的记者。

在随后的聊天中，水均益告诉我们，他们出发前与拿着他们护照前去办理相关手续的伊拉克雇员失去了联系，彼此间又没有办法进行联络，于是就耽搁了出发时间。他们出发时已经是晚上19时，而张大使一行14时就出发了，那时大使已经抵达了约旦一伊拉克边境，随后在那里开始了长达10个小时的等待。路上，几位记者为给车辆加油也耽误了不少时间。战争即至，当地人们都在忙着囤积物资，所有加油站都有很多汽车在排队等待加油，而且一路上由于大批车辆忙着撤往安曼，沿途加油站应接不暇，干脆限制每辆车每次只许加油10到20升。从巴格达到约旦边境500多千米的路程，他们乘坐的两辆越野车竟然前后加了5次油，而且每次都要耐心地排队等候。

在这个费尽周折又漫长的过程中，张大使一行就坐在汽车里，从傍晚等到深夜，等到凌晨，直到第二天一早把他们等来，这让赶来的记者们十分感动，他们说，多亏了使馆的帮助，过海关的时候才没有费事耽误时间。同样等待"撤退"的很多外国记者同行则在过境处排起了长队，眼睁睁看着自己的大批行李设备摊开一地，一件件被打开接受严格的检查。

大规模的战前撤退行动还使当地的越野车身价倍增。多年来，由于"禁飞区"的设立，从巴格达到安曼的1000千米公路成为沟通伊拉克与外界的最重要通道。在这条路上，美国产的GMC大型越野车由于马力大，安全性和舒适性俱佳，一直承担着主要的客运任务。平时，"打车"走完1000千米要花上三四百美元，朝发夕至。而如今，在人们纷纷忙着逃离战火的时候，GMC的生意格外红火，租车价格飙升至1000美元，但在这样的特殊时期，很少有人会因此犹豫。

第九章

受战火殃及的约旦

2003年3月20日凌晨,一枚战斧式导弹从停泊在印度洋上的美军驱逐舰上腾空而起,导弹喷出的火焰划破夜空。片刻之后,巴格达上空的防空警报声响起。随之导弹爆炸的巨响和升腾起的巨大火焰,拉开了伊拉克战争的帷幕。短短几天之后,伊拉克军队土崩瓦解,巴格达被美英联军攻占。巴格达沦陷的标志性镜头就是市中心广场上的萨达姆雕像被民众用绳子拉倒,这个镜头反复出现在那几天的电视新闻中。但动荡并没有随着萨达姆政权的垮塌而停止,眼泪和鲜血还在流淌。这不仅仅在伊拉克,也在周边的阿拉伯国家,在约旦的街头。

边境上的难民营

战争爆发几天之后,为了报道难民的情况,我们再次踏上了前往约旦—伊拉克边境的道路。

连续几次赴伊拉克和约旦—伊拉克边境地区采访,我对这条

约旦—伊拉克边境上的难民营一眼望不到边

道路已经多少有些熟悉了。这是从安曼直通巴格达的10号公路，全长1000公里。断断续续持续了10多年的伊拉克危机使这条公路的知名度大大提高，屡屡被世界各地的媒体所提及。它也被称作"石油大道"，平时，每天都有数百辆运送伊拉克石油的巨大油罐车驰骋在这条路上，其密度之大，几乎会让人以为这是一条通往炼油厂的专用公路。

10号公路两旁，景色依旧。戈壁沙漠一望无际，使你想到宇宙的永恒，感慨人类的渺小与人生的短暂；而那些大小一致、均匀地覆盖了整个沙漠的黑色石头会激发你再一次去猜测它们的来历，是天上的飞来之物，还是鬼斧神工？对所有走在这条路上的人，这都是个永恒的谜。从车窗往前方眺望，蓝天白云依旧，一如前几次途中所见。偶尔有一两顶贝都因人的帐篷从窗前闪过。贝都因人的生活千古不变，他们的帐篷和羊群也同样给你似曾相识的感觉。

然而此时此刻，我们已经没有心思去找寻这条路留在自己脑海中的印记。我们的思绪已经飞到了边境，那里的难民正在惶恐中度日。我们的思绪也飞过了边境，飞到了公路的尽头，那里是巴格达。正是炮火连天的时候，那里的百姓可有藏身之处？

起程之前，我还在旅馆房间的电视里看到了巴格达的画面：湛蓝湛蓝的天空，几朵轻飘的浮云。这浮云与我头顶上的云朵如此相像，以至于我以为是刚从那里飘来的同一朵云。然而，在那一侧，千里之外公路的那一端，就在这白云的下面，却是熊熊的火光，滚滚的黑烟，此起彼伏的爆炸声和防空警报那凄厉的叫声。人们在流血，宫殿化作了废墟，商店的大门紧闭。车窗打开了一个缝，呼呼的风声入耳，仿佛是导弹呼啸而过，又像是千千万万的人在呜咽。

整条公路显得异常的空寂，油罐车已经见不到了，偶尔只有一两辆卡车迎面驶过，司机说这些都是往边境运送救援物资后返回的车辆。最大的一个车队不过由四辆卡车组成，清一色的白色车身上，喷着巨大的红十字，不用问，大家也知道它们来自前方的难民营。而以往，路上的油罐车一辆紧跟一辆，前后左右，密密麻麻，甚至让你找不到超车的机会。虽然战火没有蔓延到约旦，但是战争却瞬间掐断了约旦的这条经济命脉，没有片刻的迟缓。而路边停靠的油罐车却趴在那里无声无息，再也不能趾高气扬地喷着黑烟，拉着刺耳的汽笛，轰隆隆地扬长而去，让你脚下的大地颤动不止，同时带动的风把你吹得站立不稳。

这时候，一辆喷着"TV"字样的越野车呼地超过我们，急驰而去。这是一辆美国通用汽车公司产的GMC大型越野车，凡是在这条路上走过的人大都认识这种车，记者们都喜欢坐着它去伊拉克采访。与一般车相比，它的长度和高度都要超出一块，十分的抢眼，也能多拉快跑，是这条路上的客运主力。在安曼，只要你提出要租用GMC，大家就知道你要去巴格达了。上次去伊拉克采访，我们也全靠的是这种车。战争爆发前后的一周里，我几次尝试着再去租辆GMC却始终租不到。最初，是大批记者从约旦蜂拥进入伊拉克，大家都争抢GMC。当时一位从伊拉克撤出的中国商人说，在边境检查站，他看到了将近20辆的GMC，车身上都贴着CNN的标记，正排队等待进入伊拉克。估计是人家肯出好价钱，才有这么大的"凝聚力"。到后来，随着战争的临近，大批的人开始逃亡，GMC更加抢手，往返巴格达的租金从300美元涨到了1400美元，依然一车难求。最后，精明的车主干脆按人头收费，每个座位卖450美元。不久之后，美国的三套爱国者导弹防御系统来到约旦，跟随导弹而来的那些美国军人也只认自家的GMC，一下子包用了200来辆。当地报纸报道了这个消息之后，别人就只好死了心，不再去做租用GMC的打算了。

沙漠中，沿公路有几家路边店，使这里看起来像是个小镇子。这里原本是专供往来司机和客人休息的地方，油罐车司机一直是他们最大的主顾。战争一爆发，卡车不跑了，司机也不见了。小镇的商家曾经熟悉过往的每一辆汽车，知道每个司机喜欢吃什么，他们的茶里要放几勺糖。然而一夜之间他们的老主顾全都消失了一般，镇子上的人们甚至感到手足无措了。

但是，他们开始不断迎来新的顾客，这就是涌向伊拉克的众多记者和从巴格达逃出来的各国侨民。逃离巴格达，这里是必经之地，奔波一路的人都要来小店里休息打尖。店主人自然是新朋旧友来者不拒，于是照样生意兴隆。我们吃中午饭的一会儿工夫，小店里前后来了20多个人，其中，黄皮肤黑眼睛的中国人日本人有八九个，说英语的西方人有五六个，还有几位不知道是"何方神圣"，没听懂他们的语言，但是大家互相打招呼，见面就熟，因为一看就知道，全是记者同行。只有坐在角落里的两位像是当地人，他们在默默地看着电视节目，画面中，在巴格达，几具尸体正从被导弹炸毁的建筑废墟下拖出来。

前面20公里外，就是约旦—伊拉克边境上的难民营。这是战争爆发后，我们首次来到位于约伊边境的难民营。与开战前相比，这条通往约伊边境的道路显得有些冷清，一路上，安全警戒比几天前我们来的时候明显加强，检查站比原来增加了不少，每隔一段距离，就要下车接受一次检查，而且每个检查站都盘查得十分仔细，士兵们不但要检查乘客的证件，还要探头进入车厢，向车里仔细地查看一番。出发之前，我们在位于安曼的约旦新闻中心申领了通行许可，现在却只管最初的一部分路段，中途还要在检查站更换一次新的通行证才能继续前行。

一路辗转，我们终于到达了边境难民营。我们发现，这里的设施和管理比一周前又有所改进和完善。有一片帐篷区是专门用来接待第三国难民的，这里除了搭建起的400多顶大小帐篷和一个野战医院帐篷外，还多了一辆流动通信车。一位在这里工作了多日的国际红十字会的负责人说，开战一周以来，难民营已接待了500多名从伊拉克出来的过境者，这个数字与战前的估计出入很大，看来并没有大批难民涌来这里。他们目前只收留了大约150名难民，而且这些难民大部分不是伊拉克人，他们大都来自非洲的苏丹和索马里。

在采访中，我们问这些来自非洲的难民是否有近期回国的打算，准备何时回国或者回到伊拉克，他们都说不愿意回到自己的国家去，因此他们眼下打算先在难民营中待上些日子，看看局势的发展，他们说虽然这里条件艰苦，但自己的国家也在动荡中，他们不想刚刚逃离一场战争，又过上另一种危险的日子。

难民营的负责人告诉我们，这里每天有100名约旦志愿者向难民提供各种服务，志愿者每4天轮换一次，他们并不缺乏人手，因为表示有意愿想为难民提供服务的志愿者已经超过了3000人，而安置的难民却没有想象的多。志愿者每天向生活在难民营内的人提供饮水和食物。这些食物多数都是约旦政府和国际红十字会、红新月会捐赠的。目前从数量上看，还能满足需求，但他们担心，一旦战争持续时间长，或者人数迅速增加，这里的供应可能会出现困难，因此他们一直在呼吁国际社会提供更多的捐助。

为方便难民与家人联系，难民营还提供拨打国际长途电话的服务。除难民外，其他的过境者也可以在这里享受免费的饮食、医疗和上网通信服务。

为了不打扰难民的正常生活，这里对媒体采访做了严格的限制，难民营每天上午和下午各举行一次新闻发布会，其余时间则禁止记者在里面进行采访。当日我们来到难民营时，已经是傍晚时分，过了新闻发布会的时间，因此没有能获准进入营地里面对难民进行采访。

在刚刚搭建起来没几天的野战医院帐篷里,一位医生告诉我们,这个野战医院一共有 8 张病床,必要时还可以将数量增加一倍以上。这里每天都有几位大夫轮流值班,主要负责对难民进行一些常见病的治疗和对病人进行急救,难民营还配备有救护车,必要时可以把患病的难民运送到附近城市里的医院,接受更全面的检查治疗。

难民营里最受欢迎的地方是一辆橘黄色的移动通信车,通信车里配备了 20 台电脑,人们在这里可以上网、收发邮件。登上通信车的台阶,我们可以看到,每台电脑前都有学生模样的年轻人在上网,在这里服务的志愿者告诉我们,这些年轻人几乎每天都会出现在这里,或者忙于跟家人朋友联络,或者给亲朋好友报平安。看着他们在电脑前专心致志的样子,我真心祝愿他们都能平安度过这一段战乱的时光。

第二天,我们再次来到难民营采访时,碰巧看到了一个刚刚出生几天的婴儿。这个婴儿是伴随着战火在巴格达降生的。孩子的父母都是在巴格达做生意的索马里人。为了使自己刚出生的孩子远离战火,年轻的母亲拖着虚弱的身子,甘愿冒着危险长途跋涉 600 多公里,从巴格达辗转来到了约旦境内。婴儿有个好听的名字,叫作茵缇撒尔,这个名字在阿拉伯语里是胜利的意思,孩子的母亲解释说,这个名字的寓意是盼望伊拉克人民能战胜入侵者,最终获得胜利。到那时,他们也好重返巴格达,重新开始自己的生活。

当时,这所难民营里一共住有 60 多个 12 岁以下的孩子,其中最小的婴儿就是刚刚出生才 8 天的茵缇撒尔。在难民营工作的红新月会的志愿者告诉我们,出于对孩子健康和安全的担心,孩子的母亲拒绝接受任何记者的采访。但我们表示说,只想看望一下这个经过战火洗礼的孩子，带给她一点点我们的祝福。最终年轻的母亲还是接受了我们的采访，只是不允许电视拍摄。

到达难民营时，正是当地时间下午两点多钟，虽然才是三月底，但沙漠气候已经开始向人们显示出它的严酷，当一名红新月会的工作人员带我们进入母婴居住的帐篷里时，一股热气扑面而来，帐篷内因空气流通不畅而显得闷热难耐，里面的温度高达30多摄氏度。四处打量一下，这个不大的帐篷里摆满了床垫、毛毯、衣服等各种生活用品，显得十分拥挤。女婴安静地躺在母亲的怀里，不哭也不闹，看起来十分瘦弱。在短暂的几分钟时间里，母亲向我们讲述了她逃离巴格达的经过。

女婴的父亲今年40岁了，早在20年前，为了寻找更好的生活出路，他离开索马里的家乡，辗转来到巴格达，并开始在那里经营一家石油公司，收入还算不错。年轻的母亲名叫玛利亚，今年27岁，是4年前才到巴格达的。战争爆发前，夫妇俩身边已经有了一个两岁半的儿子，一家三口在巴格达的生活比较安定。再次有了身孕之后，夫妇俩欣喜若狂，但是，从天而降的战争把一切都打乱了。

开战之后，美英联军连续不断的轰炸使巴格达长期笼罩在浓烟烈火之中，快要临产的玛利亚度过了好几个惊恐不安的日子，早在战争开始之前，她就犹豫着是否要离开巴格达，但是由于担心孩子会生在路上，也怀着战争不会爆发的侥幸心理，打消了出逃的念头，在巴格达坚守下来。不久孩子硬是在战火中如期降生了。玛利亚在临产前战战兢兢地赶到了巴格达一所比较好的医院，万幸的是，她生产的时候医院大楼没有遭到轰炸。

初生的婴儿身体瘦弱，体重还不到三公斤，望着瘦小的婴儿和窗外的浓烟烈火，夫妇俩愁眉不展，进退两难。犹豫再三后，他们最终还是决定走为上。在巴格达的家当和经营多年的石油生意让丈夫割舍不下，他决定独自留下来坚守，等待战争的结束，而玛利亚则自己带着初生的孩子踏上了漫长遥远的出逃路。

当时，在美英联军的猛烈轰炸下，由巴格达通往约旦边境的一些路段已经被摧毁。玛利亚紧紧抱着出生才几天的婴儿，心惊胆战地穿越了数百公里的沙漠公路，并在经历了千辛万苦之后终于抵达约旦境内，进入了难民营。此时，玛利亚已经与仍旧留在巴格达的丈夫失去了联系。早在几天以前，约旦与巴格达之间的电话联络就彻底中断了。现在玛利亚一方面担忧孩子的安危，一方面也牵挂着战乱中生死未卜的丈夫。她知道，如果丈夫还活着，也一定在牵挂着她们母女二人。

难民营里，红新月会的志愿者给了玛利亚母女细致入微的照顾。但是他们依然担忧这个出生才几天的弱小女婴，能否适应难民营里简陋的居住条件，担忧她能否适应白天酷热、夜晚寒冷的沙漠气候。他们都期待着孩子的父亲能尽早赶来团聚，把这母女二人带到一个安全的地方去开始平静的生活。

一晃十几年过去了，当年的那个小婴儿，你还安好吧，你应该已经出落成一个大姑娘了吧？

伊拉克人战火中返乡

战争开始至今，约旦与伊拉克接壤的陆路边境一直开放而没有关闭，人员车辆都可以像往常一样通行。在接受我们的采访时，约旦外交大臣透露，在战争爆发前后的 10 天里，先后有数千人由伊拉克西部边境进入约旦。

在伊拉克战争激烈地进行时，国际社会曾经预测，战争可能会造成大量伊拉克难民涌入周边国家。然而就在战争已经爆发了十多天的时候，我们在位于约旦—伊拉克边境地区的难民营中发现，在这里真正的伊拉克难民并不多，更多的是从伊拉克撤离出来的第三国人士。相反，根据约旦官方的统计，从战争爆发以后，已经有5000多名在约旦的伊拉克人打点行装，返回了他们正在遭受炮火蹂躏的家园。

那几天，在安曼的市中心哈西米亚广场我们看到，大批人聚集在这里，准备搭乘国际长途班车返回伊拉克。哈希米亚广场很大，周围大大小小的楼房密布，1991年的海湾战争后，大批伊拉克人成为难民，流落到约旦，现在还有大约30多万人生活在约旦。这些伊拉克人已经逐渐融入了约旦社会，从事各行各业的工作，他们当中不乏艺术家、工程师和成功的商人，但是多数人从事的还是比较简单的体力劳动。他们大都聚居在首都安曼市城区，这里的居民通常是低收入人群。

安曼的东方旅行社就设在广场一侧，专门出售从安曼到巴格达的长途汽车票。战争爆发后，旅行社老板一度担心生意停顿，本想关门大吉，却没想到前来购票的人几乎踏破了门槛。

一大早我们赶到这里时，果然见到前来购票的人接踵而至，旅行社的生意十分红火。本来就不大的旅行社此时显得十分拥挤，大部分人只好等在门外的街道上。他们告诉记者，几乎所有来买票的都是伊拉克人，大家想尽早买到车票，返回自己在伊拉克的家中，照顾危难中的家人，也有人表示要投入到保卫祖国的战斗中去。

在旅行社门口，一位即将返家的伊拉克人见到我们的摄像机，显得十分激动。他说："你看这里都是男人，都是青年人，看了电视，谁还在这里待得下去呀。我们要回去参加战斗，拿起武器，抵抗敌人的侵略，和自己的祖国在一起。"见到有记者在采访，越来越多的人围过来，表示他们要回国参战。

刚刚买到车票的一个小伙子挤进人群，争着对我们说："我不怕轰炸，也不怕死。我刚刚买了票，明天就走。我们已经有很多人回去了，这几天还会有更多的人回去。"

旅行社里，老板一个人既要负责收钱，又要负责售票，忙得不可开交，好不容易才抽空接受了我们的采访。他介绍说，他的门口就是汽车的始发站，在他这里买了票，然后就能直接上车出发。由于战争带来的风险，原来开到巴格达的汽车现在只能开到边境，乘客通过海关后要另外转乘伊拉克的长途汽车，但是能否到达终点站巴格达，他心里也没有底，因为现在的局势瞬息万变，乘客此番返国，前途未卜，他心里面还是挺担心的。但尽管如此，前来买票的人还是络绎不绝，他这里基本上每小时就要发一班车，每天要发五六辆，每辆车可载40来人，基本上都是满员的，而且这几天几乎天天都是这样。这些车都是空车从边境返回，然后满载开往边境。

正说着，一辆汽车开了过来，等候在这里的人们踏上了汽车，踏上了他们返乡的征程。不知道他们能否最终如愿与家人团聚，不知道返回家乡的他们，在后来持续不断的流血冲突和爆炸袭击中，可曾安好。在人们相互挥手致意道别的时候，车轮徐徐转动起来。这时候，汽笛一声长鸣，响彻整条街道，仿佛在为大家壮行。送行的人目送着车辆远离，久久不肯散去。

开战后，越来越多在约旦的伊拉克人通过旅行社回国。东方旅行社的老板告诉我们说，像他们这样的旅行社在安曼有好几家，近几天都是客满为患。老板还告诉我，在安曼的伊拉克人大都不喜欢萨达姆，同样也不喜欢入侵者。伊拉克人不怕死，但他们既不想为萨达姆去送死，也不想看到自己的土地、家人在战争中失去，所以他们要回去保卫自己的家园和家人。

在大巴车旁，我还遇见一位约旦小伙子，他在巴格达大学上学，上星期才从巴格达出来。当我们问道，这次他为什么还要再回去，回到那个战乱的地方不害怕吗？他说，没有什么好怕的，约旦与伊拉克是兄弟，作为约旦人，在伊拉克兄弟困难的时候，他不能不管，尽管自己的力量很单薄，甚至是微不足道，但也要出份力。他还告诉我，现在学校并没有停课。

开战以来，不少在约旦生活的伊拉克人踏上了返乡之路，其势头越来越猛，官方数字显示，战争爆发的最初十天里，已有近5000名伊拉克人回国，而据这家旅行社的老板透露，实际数字可能达到一万多人。在这些人中，不仅有伊拉克人，还有约旦人、巴勒斯坦人，甚至还有日本人、韩国人。就在前一天，有6名韩国人离开约旦安曼，奔赴巴格达，他们打算去那里自愿作为人体盾牌对抗美英军队的轰炸。

四位留学生在轰炸中丧生

虽然有几百公里宽的大漠把安曼与伊拉克战争相隔离，但战争带给这里的冲击依然不小。战争爆发后没几天，我们在安曼就先后目睹了几场葬礼。去世的人里，有学生，也有我们的记者同行。

我们参加的第一个葬礼是在3月27日，也就是战争爆发之后一周。这天下午，约旦北部伊尔比德省一个小城的大批居民来到当地的清真寺，为在美英对伊拉克轰炸中丧生的四名约旦留学生举行了悼念和安葬仪式。

战争前，约旦在伊拉克的留学生总共有3000多人，他们大部分是在摩苏尔和巴格达等几个大城市的学校中留学。这四名不幸丧生者生前都是伊拉克北部摩苏尔大学二年级和三年级的学生，年龄只有20岁出头。葬礼进行的过程中，数千名民众的情绪逐渐变得激愤，在祈祷结束后，他们走上街头，开始了声讨美国发动战争、杀害学生的示威游行。在现场，一位遇难学生的父亲告诉我们，自己的儿子原本是摩苏尔大学二年级的学生。战争爆发前后，他们几个约旦留学生原打算留在伊拉克，一边参加抵抗美英军队的战斗，一边继续完成学业。这位父亲放心不下孩子的安危，再三催促自己的孩子尽快回国。在父亲的一再坚持下，几位年轻的约旦留学生在轰炸开始后的第三天，一起离开了摩苏尔，取道叙利亚，踏上了返乡之路。但万万没有想到，两天后噩耗传来，美国军队的战机轰炸了孩子们乘坐的汽车，全车人死伤惨重，四名学生和一名伊拉克司机当场被炸死。又过了一天，家人迎来了孩子们的遗体。说到孩子们的悲惨经历，这位父亲几乎痛不欲生，肝肠寸断，如果没有亲人在一旁搀扶，他就要晕倒在地上了。四名约旦学生在伊拉克遇难后，约旦国王阿卜杜拉亲自派一架军用飞机于２６日将他们的遗体从叙利亚运回约旦。

下葬的那天中午，人们为四名遇难的年轻学生在清真寺举行了祈祷仪式，然后开始了抗议示威活动。人们肩抬灵柩，高呼口号，谴责美英对伊拉克发动的战争。参加葬礼的人当中有死者亲友，也有很多媒体记者。300多辆送葬汽车一度在小城造成交通堵塞，经警察现场疏导才恢复了交通。

导弹来袭，记者殉职

几天后，我们又在安曼市里参加了另外一场葬礼，更让我们难过的是，遇难者塔利克·阿尤布是我们所熟悉的一名记者。前几天还经常和我们一起出席约旦政府举办的新闻发布会，在和他的聊天中，我们知道他很快就要作为半岛电视台的派出记者前往巴格达，报道那里的战况。就在这之后没几天，我们从当地的电视新闻中获悉，美国导弹袭击了卡塔尔半岛电视台在巴格达的记者站，为半岛台工作的塔利克不幸丧生。

在葬礼上，我们见到了塔利克的妻子、一个很小的孩子和他年迈的父母。

塔利克的家人说，塔利克是个苦命人，他不喜欢战争，却从生到死，始终与战乱相伴。命运太不公平，注定不让他过上太平的日子。

还在娘肚子里的时候，塔利克就饱尝了战争带来的颠沛流离。1967年，第三次中东战争爆发，战乱迫使居住在巴勒斯坦约旦河西岸城市的塔利克父母迁移到科威特。不久塔利克降生了。

塔利克对外部世界的认识是从战争开始的。5岁那年，他刚刚懂事，听到大人整天谈论的都是战争。其时，第四次中东战争激战正酣。整个20世纪80年代，正是他长大成人的时候，旷日持久的"两伊战争"伴随了他成长的8年。后来就更糟了，1990年，伊拉克军队大举进攻科威特，而随后联合国的多国部队展开攻势，又将伊拉克占领军赶出了科威特。双方军队你来我往，枪炮轰鸣，流血不断，本来是来这里躲避战乱的塔利克和家人只好再度迁徙，辗转来到约旦。

塔利克憎恨战争，他曾经庆幸自己远离了战争。他在平静的安曼城里读书工作，娶妻生子，从一名自由撰稿人成为专业记者，供职于后来在战争报道中大出风头的卡塔尔半岛电视台，成了一名很有作为的记者。谁料到伊拉克战争又一次爆发，再度打破了他平静的生活。他奉命来到炮火连天的巴格达，报道他所憎恨的战争，并最终成为这场战争的受害者。这一天，导弹袭来，三名记者喋血巴格达，其中就有抵达巴格达才四天的塔利克。终于，战争再不会困扰他了。

塔利克死了。他的死在安曼引起了强烈的反响，大家都很震惊。尤其在记者中间。35岁的塔利克同时还是约旦《言论报》和《约旦时报》的编辑，这两家报纸在约旦都颇有影响，拥有众多的读者。

得到这个消息后大家都非常难过。很多人都认识他，熟悉他的作品，有些就是他曾经朝夕相处的同事。他们回忆说，塔利克当时就是从我们下榻的饭店出发，去了边境地区，后来又去了巴格达。他们甚至还回忆了在饭店门口分手时的情景，拿出了塔利克曾经使用过的麦克风。睹物思人，塔利克音容笑貌尚在，而与大家已经阴阳两隔，谁能不热泪盈眶！

在安曼，伊拉克战争期间常驻在这里的外国记者最多的时候达到了1600多名，很多人都是战争爆发后从伊拉克撤退出来，留在这里继续报道战况的。而巴格达激战之际，塔利克却反其道而行之，从安曼来到了这座战火笼罩的城市，义无反顾。所以很多外国同行也对他表示了深深的敬意。那几天，读者、观众、当地记者与外国同行纷纷涌到塔利克家，寄托他们的哀思。很多人对美国军方对记者塔利克遭袭身亡一事做出的解释不满，要求国际组织对此事进行调查，要求美英联军队采取措施避免类似事件的发生。

塔利克遇难当天，约旦政府发表讲话，谴责美英联军袭击记者的事件。约旦新闻大臣还对塔利克的家人表示慰问。第二天，《约旦时报》用了几个整版刊登对他的悼念文章和生平介绍。平时一向套红的报头当天也换成了黑色，头版刊登了塔利克的大幅照片。半岛电视台、美国全国广播公司也在这家报纸上刊登整版广告悼念他。当地报纸介绍说，塔利克学过政治经济学，又在印度获得了英文硕士学位，才华横溢，很敬业，也很能干，而且有很好的口碑，没想到他进入巴格达才4天，就遭此不幸。文章为他英年早逝而惋惜。

一篇文章回忆说，就在他遇难的头一天夜里，塔利克向《约旦时报》发回了他在巴格达的第一篇，也是最后一篇电话报道，而几个小时之后他就遇难了。当时他的同事请他到楼顶帮忙修理卫星电视传输设备。虽然他一夜没有睡觉，还是满口答应了。但恰恰就在他忙碌的时候飞来了导弹。塔利克伤势过重，不治身亡。

塔利克有个贤惠的妻子和刚刚14个月大的孩子，小家伙聪明而漂亮，十分的惹人喜爱。很多人给孩子带来了礼物，祝愿孩子的命运能强过他的爸爸，过上没有战争的太平日子。

中国记者遇险

发生在伊拉克的战争甚至还殃及身在约旦的中国记者。战争爆发一周后的一个下午，安曼城里举行了大规模的群众游行示威活动，抗议美英对伊拉克的军事进攻。游行中，示威者和警察发生了冲突并导致一些人受伤。我们中央电视台正在事发现场进行采访报道的记者梁玉珍老大姐不幸也在混乱中遭到踩踏而受伤。

当天正值穆斯林的礼拜日星期五。下午，上千人在安曼城里的一座清真寺中做完礼拜后聚集在了市中心的街道上。他们高呼反对美国、反对战争的口号。一些人还站在高处发表演讲，抗议美英军队对伊拉克发动的战争，呼吁国际社会立即采取有效行动制止战争。随后游行群众开始沿街游行。在游行中，一些示威者对我们表示，伊拉克人民和约旦人民同为阿拉伯兄弟，他们不能容忍别国发动战争，让伊拉克的人民流血。

当地警方已经提前做了准备，大批防暴警察和警用车辆部署在道路两边。在试图要求示威群众解散的努力失败后，警察开始用棍棒驱散示威者。慌乱中，一些人被警察打伤，更多的人被四散的人群挤伤踩伤。混乱中，道路两侧的部分商店也遭到破坏，玻璃被砸碎。

自美英对伊拉克的战争爆发后，约旦各地已经多次爆发群众自发的反战示威游行。示威者屡屡和警察发生冲突。约旦国王阿卜杜拉二世为此多次呼吁，要本国国民保持冷静，遵守秩序，并派警察在主要城市中加强了巡查。但发生在各地的游行示威活动依然是此起彼伏。

那天下午，在安曼市中心地区，越来越多的人开始聚集，示威游行的规模越来越大。前来报道的各国记者很多，来自中国媒体的记者就有好几位，这里面就包括了我和梁玉珍两个来自中央电视台的记者。游行进行过程中，示威者的情绪越来越激动，秩序越来越混乱，场面逐渐失控了。这时守候在一旁的大批警察开始驱赶示威者，他们手中的警棍雨点般打在了人们的身上，示威的人群一会儿在警察的冲击下四散而逃，一会儿又重新聚拢，再度冲击警察的封锁线。有人加入，有人围观，街道上聚集的人这时候已经多达数万，而街道本身并不宽阔，这么多人在一起就显得特别的拥挤。我为了能拍摄到示威游行的大场面，扛着摄像机转身进入了旁边的一栋楼房，跟主人协商后，获准在他家的阳台上向下拍摄示威的民众。分手前，我和梁大姐商量好，几分钟以后我们在楼下碰头，如果走散了，就电话联系，争取尽快赶回我们下榻的饭店发稿。

几分钟后，我回到楼下，在拥挤的人群中，怎么也找不到梁大姐。我拿出手机联系，也始终无人接听。就这样持续了半个多小时，我再度打电话给梁玉珍时，一位男士接听了，而且说的是中文，原来他也是一位中国记者，刚刚把在冲突中受伤的梁大姐送到医院救治。我赶紧向他要了医院的地址，赶了过去。

在医院里，我看到梁大姐静静地躺在病床上，脸色苍白，一身的泥泞。旁边，是两三位身穿白衣的医护人员。一位年轻的中国记者守候在病床边。

后来，清醒过来的梁玉珍向我讲述了当时的情景。她说，当时她一直走在游行队伍的最前面，一边走一边拍照采访。这时候，游行人员在警察的驱赶下突然开始四散逃跑,局面极度混乱,后面的人往前冲,前面的人又打算向后面跑,混乱中,梁大姐猝不及防,一下子就被冲倒了。可怕的是,混乱的人群根本没有注意到有人倒地了,更不会有人顾得上去施以援手。很多人就这样从梁大姐的身上踩了过去。梁大姐说,当时她就觉得浑身疼痛难忍,心想自己这回是必死无疑了。这时候又有不少人在她的身上,在她的四周倒了下来。她想呼救,却发不出声音,她想伸出手去抓旁边的人,可是双手被死死地压住了。随后她就什么也不知道了。当梁玉珍从恍惚中清醒过来时,她发现自己已经躺在了医院的病床上。

真是天无绝人之路。当时来自国内的《国际先驱导报》的一位记者也在现场采访,混乱中他发现一位女士倒下了,情况危急。而这位女士还是东方面孔,于是他在混乱中冒险去施救,这时候还有两三位当地人冲过来帮他救人,把伤者从别人的脚底下拽了出来,并抬到路边一个小店的门口,接着他们从小店里端出一盆凉水,往梁大姐的身上泼,泼完水就开始拍打她的脸,想把她唤醒,确认她是否还活着。拍了几下,见梁大姐没有反应,他们就又泼了一盆凉水。这时候,中国记者发现,眼前这位女记者是中国人,因为他见到梁大姐穿的衣服上别着一枚胸章,胸章的图案是五星红旗。接下来仔细一看,原来还挺面熟的,前两天大家在中国驻约旦大使馆还一起开过会,见过面。这时候,他马上收起手中的相机,跟两位当地人一起,赶紧叫上一辆出租车,把受伤昏迷的梁大姐送到了医院。

失踪的外国记者

为报道伊拉克战争,世界各地的记者可以说是付出了不小的代价。他们当中有的殉职、有的受伤,也有的被关进监狱。在安曼报道战争新闻时，我们的同行就遭遇了这样一次奇特的经历。

2003年的3月下旬，正在全力报道伊拉克战事的世界各大媒体都在显要位置登出来这样一条爆炸性新闻：美国前副总统戈尔的官方摄影师宾汉姆女士在伊拉克采访时失踪。其时，与她一起失踪的还有另外几位外国记者，其中包括美国《新闻日报》记者33岁的马修和29岁的摄影师萨满，以及丹麦的自由摄影师约翰。

伊拉克战争爆发后，约旦首都安曼成为各国记者汇聚的一个大本营，为了能相互沟通信息，方便报道，包括我们在内的很多记者就集中住在市中心的洲际饭店里。前方战场上的消息经常是先汇集到这里，然后才登上全球各大媒体的版面。约旦新闻部索性也把新闻中心移到了这里，现场办公。因此整座饭店一下变得生意兴隆，不但每间客房都租出去了，就连楼顶平台也被隔离成一个个的小格子，供记者们出镜报道之用。而每一个小格子的租用费用都相当可观。

4月初的一天，当这四位已经失踪8天的记者出现在约旦首都安曼的洲际饭店时，我和久候在这里的数百名各国记者都松了一口气。在众多的镜头前，他们向同行讲述了一段不平常的经历。

战争爆发前后，成千上万名各国记者奔向伊拉克设在世界各地的使馆领馆，希望获得签证，进入伊拉克报道战事。然而大多数人都败兴而归，这几位一度失踪的记者也是这样。他们已经多次申请签证，但每每碰壁，似乎他们的伊拉克之行注定就不会顺利。

战争爆发后仅仅几个小时，不少来自美国、欧洲等国家的反战人士进入了伊拉克，他们自称是"人体盾牌"，要用自己的血肉之躯抗议美英军队的轰炸，护卫伊拉克的民用设施，与伊拉克人民共生死，更主要的是表达他们反对战争的强烈愿望。这些人是凭旅游签证进入伊拉克的，尽管此时此地他们不会有丝毫的热情旅游观光。反战人士们受到了来自伊拉克方面的特殊关照，没有费太大力气就获准进入了伊拉克。这让几位记者看准了机会，他们加入到"人体盾牌"的队伍中，同样凭借旅游签证进入了伊拉克。

抵达之后，他们开始在伊拉克报道战事。而这对他们来说，是一件颇具风险的工作，因为既是"人体盾牌"，他们便无法获得当地的记者证，不能合法地进行新闻采访。这样的"无照经营"持续了4天后，他们的厄运来临了。

从3月24日早上起，这几位记者忽然在激战中的巴格达"人间蒸发"，彻底地与各自的总部失去了联系。同事和家人都在四处打探他们的消息，但没有丝毫的收获。随即他们失踪的消息成为全世界电视和报纸的重要新闻。他们一直失踪了8天，音信皆无。在战火纷飞的巴格达失踪8天，这足以让所有的人都捏一把汗。

4月2日中午，美国《新闻日报》国际编辑部的电话铃声响起："喂，我是马修。"电话那头一个熟悉的声音。"哪个马修？"虽然声音很熟悉，虽然办公室只有一个马修，但接电话的人猝不及防，一时竟难以从马修失踪的现实中回味过来。打电话时，刚刚获释的马修等几个人正在约旦和伊拉克的边境上办理进入约旦的手续。而此刻，他们远在美国的办公室里，已经是一片沸腾。

3月24日凌晨一点半，美英联军对巴格达新一轮的轰炸刚刚结束。巴格达的巴勒斯坦国际饭店距离爆炸现场不太远，记者萨满一直在饭店的楼顶上把镜头对着熊熊燃烧的大火。他和马修住在这家饭店的同一个房间里，此时马修正在房间里对报道的稿件做最后的推敲。几分钟过后，萨满收拾好摄影器材回到房间，发现自己的床上坐着两位伊拉克情报官员。他预感到麻烦来了。

随即，二人被戴上了手铐，乘坐饭店的货运电梯下了楼。他们被告知要被带到叙利亚。但半小时后，他们发现自己已经来到了巴格达郊外的阿布—哈莱卜监狱。这是一间很有知名度的监狱，萨达姆政权倒台后，很多伊拉克战俘就被关押在这所监狱里。后来屡屡被媒体曝光出来的虐囚事件让这里名气大噪。

10天后，已经在安曼豪华的五星饭店安顿下来的四位记者向同行们描述了他们在监狱中梦魇一样的生活。他们被怀疑为美国间谍，一进监狱就遭到了审讯。在随后的几天中又被伊拉克情报人员审讯了很多次，而且每次他们几个人都是被分头审讯，每次都有十几个情报官员一起审问他们。从进入监狱那天起，他们就被禁止与家人和同事联络。

马修说伊拉克人曾经让他们在一份事先用阿拉伯语写好的声明上签字，被他拒绝了。他担心那可能是一份认罪书，在那上面签字无异于在死亡判决书上签字。所以他另外用英语写了一份声明，其中包括"我不是被美国中央情报局和五角大楼派来的，没有人给我任何使命"之类的话。那位曾经为戈尔竞选总统出过不少力的女摄影师也表示自己是自由摄影师，没有受任何一国政府的派遣。

萨满也告诉我们说，伊拉克官员仔细地讯问了他的工作情况：你在伊拉克做什么工作，拍过哪一类的照片。你是否与美国中央情报局或者五角大楼有联系，都去了哪些地方，见了哪些人。其中一位情报人员甚至还问他："你是不是犹太人？"萨满说，伊拉克安全人员指责他不诚实，说他的后半生将会如何度过，就取决于自己是否诚实。他们要求萨满主动坦白，不要总是等着别人来问。

不过四人都表示，他们没有被虐待也没有被体罚，只是有时候能听到周围犯人的尖叫声，他们猜测那是有人遭到了体罚。"那几天，我们一直很担心，觉得自己随时随地都有可能被杀死。"马修回忆起来，依然心有余悸。

监狱里的状况很差。他们虽然有一日三餐，但只是少量的香蕉、煮鸡蛋、面包和鸡汤。晚上，所有的人就睡在地板上，好在每个人得到了两床毛毯，还有监狱服装和拖鞋。四个人被分别关在很小的牢房中，相互间无法交谈。他们周围关的也都是被怀疑为美国间谍的人。

在监狱里面，几位记者依然能经常听到和感觉到巴格达周围的爆炸。"有时候，爆炸太近了，在牢房里能感觉到震动。"马修说。伊拉克军队在监狱的四角都装有高射炮，空袭警报响过，这些炮就不停地射击，让监狱里的人感觉到震耳欲聋。每当此时，几个人就担心战斧导弹会掉到监狱里来。

就这样他们在监狱中一直被关押了8天，与外部世界隔绝了8天。在这8天里，全世界不知道有多少人为此夜不能寐，他们在疯狂地打探消息，寻找他们，拯救他们。美国《新闻日报》的同事一直在不停地做各种努力来争取他们的释放。他们先后找了远在意大利的梵蒂冈教会、伊拉克驻联合国大使以及联合国在一些中东国家的官员。最后他们甚至通过中间人，找到了巴勒斯坦领导人阿拉法特。

前美国驻耶路撒冷总领事，当时担任巴勒斯坦民族自治政府顾问的艾宾顿告诉我们这些在座的记者说，他们的获释在很大程度上应该归功于阿拉法特的出手相助。他说，过去几天他曾经给阿拉法特打了两次电话，阿拉法特同意提供帮助，争取让被关押记者获释。随后阿拉法特指示他的前驻伊拉克大使与伊拉克军事情报部门的官员取得联系。那位官员很快证实记者们确实遭到了关押，并随后进行了调解，让他们获得了释放。

在他们获释的前一天，伊拉克的监狱警卫就对他们说，你们要被释放了，准备回家吧。马修告诉大家，当时他简直不敢相信自己的耳朵。没想到，次日早上他们真的被释放了。

那天早上，伊拉克情报人员把几位记者轰上了汽车，然后在被导弹炸得坑坑洼洼的公路上驱车500公里，把他们带到了约旦—伊拉克边境。

还在办理手续，等待进入约旦，马修就迫不及待地给在纽约总部的同事打了电话，他知道大家都在牵挂着他们，电话那边先是疑虑的声音，随后是一声喊叫："马修？你还活着？你在什么地方？"他告诉同事，他们刚刚离开了伊拉克，目前已经安全，而且身体健康。来自美国肯塔基州的自由摄影师宾汉姆女士和丹麦的自由摄影师约翰也迅速地给家人打了电话，在电话的另一端，他们听到家人喜极而泣。

当天下午，待这场由记者同行举行的发布会结束后，大家纷纷赶往不远处的一家伊拉克银行。有消息说，萨达姆倒台后，这家由伊拉克政府设立在安曼的银行将于第二天关张。得到消息的记者们纷纷赶去这家银行，一方面要在那里做一番报道，也有些人则是想抓紧最后的机会换一点萨达姆的钞票，那上面有萨达姆的头像，以后会是难得的纪念品，而且随着萨达姆政权垮台，这几天伊拉克货币的兑换比值一降再降，正是出手的好机会。

当我们赶到这家伊拉克银行时，赫然发现，原来多少年来高悬在大厅里的萨达姆头像已经被取下了，墙壁上留下了一处明显的痕迹。现在，我手里这几张伊拉克第纳尔纸币和它上面的萨达姆头像，已经成为这一段历史的记忆。

第十章

利比亚：贝都因之子卡扎菲

利比亚是一个中东大国，也是继埃及之后另一个很有影响力的阿拉伯国家。利比亚前领导人卡扎菲从1969年政变上台，到2011年在另一场政变中屈辱地死去，一共执政了42年之久。卡扎菲对利比亚的当代历史有着深远的影响。因此，讲到利比亚，离不开卡扎菲。当年，卡扎菲不但在利比亚权倾一方，呼风唤雨，在整个中东地区也是个具有相当影响力的人物，被称作中东枭雄。他的一生，富有传奇，也充满争议。

卡扎菲时代的利比亚

埃及是阿拉伯世界的政治中心。中东和平进程中的每一件大事似乎都离不开埃及的参与，阿拉伯世界的重大事项通常也会在开罗进行商讨。因此，我在埃及工作的5年时间里，时常会见到从国家元首到部长的大大小小、形形色色的阿拉伯国家的官员，

与利比亚女子警官学院院长及教官合影。这里是为卡扎菲输送女保镖的重要部门

被美军导弹摧毁的卡扎菲官邸后来成为反美教育场所,配有幽暗灯光的废墟让人感到有些阴森可怕

首都的黎波里街头造型独特的建筑

 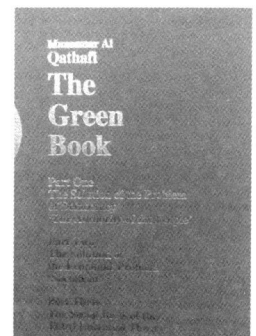

卡扎菲《绿皮书》形象地阐述了卡扎菲 《绿皮书》封面
的理论

第十章

利比亚：贝都因之子卡扎菲

他们或是来开罗出席国际会议，或是对埃及进行国事访问。但那几年间，有一个阿拉伯国家的元首却始终没有到过埃及，他就是利比亚领导人卡扎菲。

卡扎菲曾经十分狂热地鼓吹和推行阿拉伯世界的统一，声称要与埃及、叙利亚合并成一个大一统的阿拉伯国家。但卡扎菲最终没能实现自己的宏图大志。心灰意冷的卡扎菲从此开始冷落阿拉伯兄弟，把目光转向非洲，希望与非洲国家建立起更加密切的关系。

因此，我始终没有在埃及见过卡扎菲。仅有的两次与卡扎菲的会面都是借助于去利比亚采访的机会。而由于卡扎菲特立独行的做法，这两次会面都给我留下了深刻的印象。在那之后，虽然我离开工作了多年的埃及记者站，回到国内从事国内新闻的报道，但依然十分关注在利比亚发生的各种事件，关注卡扎菲时时会发出的惊人言语和举动。2011年10月，我最后一次在电视上看到了卡扎菲，看到了这位中东枭雄传奇人生的最后几分钟。当时，看着满身是血、向政变士兵苦苦哀求的卡扎菲，我目瞪口呆，实在无法想象这就是几年前还在我们和众人面前手执权杖、身披斗篷、谈笑风生的利比亚最高领导人。

卡扎菲死后，他的尸体被摆放在车子的顶部，在城里四处转悠。大群民众则跟在车后欢呼。第二天，利比亚各地的民众也都涌上街头庆祝。在首都的黎波里，人们在街头载歌载舞，互相拥抱，兴高采烈，甚至有人还对天鸣枪，以示庆祝。而我以前看到的画面，都是卡扎菲在精神抖擞、慷慨激昂地发表演说，然后人们向他欢呼，向他致意，甚至表达对他的效忠与崇拜。当年，卡扎菲率领自由军官组织成员，政变上台时，肯定没有想到42年后他的遭遇如此悲惨和屈辱。

当了一回卡扎菲请的客人

初次见到卡扎菲，也许能算得上是我采访生涯中的一段离奇经历。

2001年，我还在位于开罗的埃及记者站工作。一天晚上，我们接到埃及新闻部的电话，称利比亚领导人卡扎菲近日将有重要活动，利比亚方面要从开罗邀请一批外国记者前往首都的黎波里对此进行采访，他们可以提供一切便利条件，并派专机往返开罗接送我们。电话那一头，埃及新闻部的官员问我们是否能一同前往。我们欣然同意，这实在是一个难得的机会，对我们来说，是可遇不可求的。要知道，当时的利比亚，正在西方的制裁之下，卡扎菲本人也成为西方国家下大力气来清除的目标，因此他整天神出鬼没，居无定所，记者要想见到他，其困难程度与采访当时的伊拉克总统萨达姆·侯赛因不相上下。

在当时，埃及是整个阿拉伯世界的中心，也是在中东地区举足轻重的大国。很多国际组织就设立在开罗，一些重大国际会议在开罗召开，因此，开罗也是各国记者云集的地方。相比之下，封闭的利比亚则鲜有外国记者常驻，因此，卡扎菲有重要活动，就要从邻国埃及请记者前往报道。

第二天中午，一架涂有利比亚国徽的巨大飞机降落在开罗国际机场。早已在此等候的十几位各国记者直接从停机坪登上了飞机，没有经过安检，也没有办理任何进出关手续。两三位利比亚新闻部门的官员在舷梯旁对我们表示了欢迎，然后陪伴我们一路向西飞行。飞机有些陈旧，座椅上甚至有些破损的痕迹，看起来已经有至少20年的机龄了。飞机很大，但整个飞机里，包括我在内，只有区区不到20个乘客，因此我们每人享用一排座位还绰绰有余。

专机飞越浩瀚的撒哈拉沙漠，大约三个多小时后，我们抵达了利比亚首都的黎波里国际机场。远远望去，可以见到一片蓝色的大海，那里便是地中海了。一路上，在飞机经过的地方，地面看上去除了沙漠还是沙漠，一片金黄的色彩，单调而乏味，偶尔见到的一小片绿洲也是一闪而过。在这里见到大海，一股欣喜的感觉油然而生。

在的黎波里机场，一辆面包车已经等候在跑道尽头。我们下了飞机，在陪同人员的带领下，直接乘车离开，绝尘而去，竟然没有经过机场海关，也没有办理任何通关手续，我们一行人甚至不曾办理利比亚的签证。看到我们疑虑和不解的样子，陪同人员说，没关系，这不重要，重要的是，你们是卡扎菲请来的贵宾，可以享受最高的礼遇。闻听此言，一车的记者无不露出欣喜的表情。要知道，利比亚可是一个神秘的国度，要想来这里采访绝不是件容易的事，而此番我们这么容易地就来了，而且还能很快见到卡扎菲本人，却竟然没有为办理签证、申请采访许可花费一点的精力，自然大家会喜出望外。

一下飞机，我们首先感受到的是，原来绿色在利比亚人的心目中占有极其重要的位置。绿色是利比亚的象征色。1969年，卡扎菲发动政变，推翻前国王的政权，建立共和国，这场政变后来被命名为"绿色革命"。此后几十年，绿色已经渗透到利比亚的每一个角落，每一个细胞。走出国际机场，初来乍到的人会感觉到自己来到了一个绿色国度。机场四周，到处飘扬着利比亚的绿色国旗。道路两旁，建筑物窗外的遮阳隔板是绿色的，街头巷尾，四处张贴的标语口号是绿色的，街上不少人身上穿的衣服也是以绿色为主打。陪同人员告诉我们，每逢有卡扎菲出席的重要活动或遇到全国性的重大庆典活动，利比亚的报纸也会无一例外地采用绿色大标题，位于的黎波里市中心的最大广场也被称为"绿色广场"。卡扎菲出版自己的著作，书名就是《绿皮书》。

在利比亚，满眼充斥的，除了绿色，还有卡扎菲的画像。从机场通往市中心的高速公路上，卡扎菲的巨幅画像随处可见，而且这些画像中，卡扎菲都有着不同的装束，有的是贝都因人常穿的阿拉伯大袍，有的是一身军装，还有的是身披斗篷骑在骏马之上，在沙漠中驰骋。最常见的是卡扎菲的一幅标志性图像：身穿军装，脸上一个巨大的墨镜，阳刚之气十足。这样的形象让人随时都感到卡扎菲的威严和神秘。

一路上，车并不很多，从机场进入城市中心，没有花费太多的时间。城市街道看起来宽敞而整洁，街道两边栽种了不少的行道树和鲜花。临近闹市区，居然看到有人在路边摆摊兜售衣服，这有些出乎我的意料。汽车靠近地摊时，我注意到，这些服装从款式到图案，不少都有明显的中国制造的痕迹。

我们下榻的宾馆很高很大。因为自认为是卡扎菲的客人，我们相信这里也算得上是利比亚最好的饭店了。但与我们刚刚乘坐的飞机一样，饭店里看上去也有些陈旧甚至破败。楼道里是简单粉刷的白色墙壁，地毯有些污渍和破损的痕迹，电梯运行的时候有些抖动，噪音也比较大。我们享受的是每人一个房间的待遇，房间很宽敞，床单雪白，散发着洗涤剂的香味，毛巾浴巾齐备，而且都是崭新的，看起来还不曾有人用过。只是墙壁的装饰和木制家具有些老旧，告诉客人这里的悠久历史。回想起来，不久前我们在伊拉克首都巴格达入住饭店时，也有过这种感觉。是不是遭遇制裁、孤立封闭于外部世界之外的国家，都难免会有这种场景出现呢？

透过房间宽大的窗子，眼前就是浩瀚的地中海。海风轻抚，海面波澜不惊。海岸边是整洁的街道和成片的绿地，街道很安静，只有三三两两的行人。放下行李，我们顾不上饥肠辘辘，纷纷下楼，去领略地中海海滨的风光，享受一下海风的吹拂。

我们应邀来报道的活动是在第二天举行的一次盛大集会。集会现场在一所巨大的会议中心内。在这里，卡扎菲将阐述他对非洲未来发展的看法。会场外，摆放着一幅巨大的非洲地图，地图上，非洲大陆的最北端，一颗绿色的太阳光芒四射，太阳位于利比亚，从那里四射的光芒覆盖了整个非洲大陆。

早上九点不到，利比亚新闻部的官员们就把我们接到了会场。此时，整个会场几乎已经是座无虚席，我们以为自己迟到了，慌忙中赶紧坐了下来。但没想到，我们这一坐就是四个多小时，会议是到下午一点才开始的。这样的安排让人哭笑不得，也实在有些罕见。我们就一直饿着肚子坚持到了活动结束。

会场里，我们一群记者经过长时间的等待，已经有些疲惫、昏昏欲睡了。突然，高亢的音乐声响起，人们纷纷起立鼓掌欢呼。不远处的主席台上，手执权杖、身披紫红色斗篷的卡扎菲微笑着走来。会议开始了。

这是我第一次见到卡扎菲的真容。此时的卡扎菲，深邃的眼窝，刚毅的表情，有些蓬乱的头发，与电视上所见别无二致，只是脸上的皱纹更明显一些。人们见到卡扎菲时的狂热表情，也与我想象中的几乎完全一样。卡扎菲讲话时，音调不高，但却是抑扬顿挫，铿锵有力，十分具有煽动性，他的讲话不断地被长时间的热烈掌声所打断。

卡扎菲的"社会主义"和《绿皮书》

会议结束后，主办方向我们这十几位不远千里前来与会的外国记者发放了一份礼物：卡扎菲的《绿皮书》。这是一本大小可以放进衣兜里、只有120页的小册子。里面记录的是卡扎菲关于国内、国际政治经济发展的理论和看法。因为封面是绿色的而得名。

在利比亚，《绿皮书》是所有人的必读书，但这本书无疑单薄了点，书中提出的理论也比较笼统，难成体系，图书的印制也有些粗糙。

1973年，年轻的卡扎菲在的黎波里的一次青年聚会上，第一次公开提出了他的"世界第三理论"，一个既不同于资本主义，又不同于共产主义的理论。卡扎菲认为，资本主义理论为第一理论，共产主义理论为第二理论，这两种理论都无法解决人类社会发展所面临的根本性问题。解决全世界社会发展问题的钥匙就在于他的世界第三理论，这个理论的基础是伊斯兰教，目的是为了建设"标准的社会主义"，建立一个伊斯兰式的公正社会，也就是"伊斯兰社会主义"。

1976年，卡扎菲出版了他的著作《绿皮书》，分别从民主问题、经济问题和社会问题三个方面阐述他的世界第三理论。在第一部分"民主问题的解决办法"中，卡扎菲提出，世界上的议会制、政党制、公民投票制等各种制度都是带有欺骗性质的专制制度，在议会制度下，议员代表的是他们的党，并不是人民。第二部分名为"经济问题的解决办法——社会主义"，在这部分章节里，卡扎菲提出，所有的社会成员都有权利平等分享社会财富。工人与雇主之间的实质关系说到底就是奴隶制，应该废除工资，工人平等分享劳动成果。《绿皮书》的第三部分是"世界第三理论的社会基础"，卡扎菲在这部分阐述了他对历史、民族、社会、妇女、家庭及宗教等问题的看法。他认为，把人类群体从家庭、部落到民族一个个地联结在一起的社会纽带是人类社会的基础。卡扎菲还提出，妇女有自己的生理特征，她们需要行经、生育和抚养孩子，因此她们应该待在家中相夫教子，而不应该出去与男人一起并肩工作。

那些年，利比亚的新闻媒体天天都在宣传《绿皮书》，宣传世界第三理论，要求利比亚人按照这一理论去思考问题和工作生活。

应该说，卡扎菲出版《绿皮书》绝不仅仅是在作秀，他的确是想提出一种新的理论来指导自己国家的发展道路。卡扎菲口头上一直讲要让自己的人民过上平等、富裕的日子，但他的思想又经常是十分激进的。1973 年，卡扎菲发动"人民革命"，在各地建立人民委员会。他提出，宣传马克思主义理论的人、穆斯林兄弟会成员、鼓吹西方式民主自由的人都是敌对势力，应该全部关进监狱。1977 年，卡扎菲发表《人民权力宣言》，宣布利比亚进入人民直接掌握政权的时代，改国名为"阿拉伯利比亚人民社会主义民众国"。卡扎菲还号召利比亚民众起来造反，罢免政府官员。他自己也宣布不再担任行政职务，对自己的称谓只能是"九·一"革命领导人。1969 年的 9 月 1 日，卡扎菲指挥由他创立的自由军官组织，通过一场几乎没有流血的政变，推翻了当时的国王，建立了新国家，政变后上台执政的卡扎菲因此经常以"九·一"革命领导人自称。

在卡扎菲的政权下，利比亚设立了人民委员会和总人民委员会。人民委员会就是地方政府，总人民委员会就是中央政府，政府总理称为总人民委员会秘书，各部秘书就是各部部长。卡扎菲还把利比亚驻各国使馆统统改称为驻各国关系联络处，各联络处秘书就是大使。此时的利比亚，没有各级官衔的称谓，只有大大小小的秘书。

利比亚全面贯彻卡扎菲的民众国思想，提出一切权力和财富都归全体人民所有，在全国实行全民免费教育、免费医疗的制度，对粮食、糖、茶叶等生活必需品实行价格补贴。1988 年卡扎菲更是语出惊人，提出要推倒监狱，释放监狱中的绝大多数犯人。

利比亚盛产石油，大笔的石油收入支撑着卡扎菲的新思想、新做法，而此时的利比亚人民确实也得到了许多的实惠，生活水平位居非洲国家前列。利比亚 94%的国土被沙漠所覆盖，居民饮水困难，农业灌溉更是艰难。在卡扎菲的推动下，利比亚不惜耗资 300 亿美元兴修了一座浩大的沙漠水利工程，整个工程铺设了 5000 多公里长的地下管道，把南方的水引到了北部，用作农田灌溉和城市生活用水。这个被称作人工河的工程极大地改善了利比亚的用水条件。那几年，卡扎菲俨然成为利比亚人民，甚至是整个非洲和阿拉伯世界人民心目中的民族英雄。

这次借助这样一个难得的机会来利比亚采访，我对这个神秘的沙漠国家留下了深刻的印象。在我们抵达的黎波里的当天，我们曾漫步在利比亚首都的街头。在这里，人们根本感觉不到这是一个建立在沙漠之上的城市，道路两旁绿树掩映，街心公园随处可见，公园里，鲜花绿草盛开。在机场公路沿线，成片的人工林向人们展示了利比亚人多年努力的绿化成果，也展示了他们改变环境、改善生活的决心。

难逃厄运

在卡扎菲的思想体系中，有着激进的反西方色彩。在美国和其他一些西方国家的压力面前，他不屈不挠，强硬抗争。卡扎菲执政后不久，就收回了美国在利比亚的一处空军基地，赶走了那里的 6000 多名美国军事人员。而这个基地是当时美国在非洲最大的军事基地，同时卡扎菲还废除了利比亚前政权同美国签订的军事和经济技术协定，限制美国舰船在利比亚领海的行动，并最终在 1982 年与美国断交。与此同时，利比亚加强了同苏联的合作，逐渐成为苏联在中东的重要盟友。由此利比亚与美国的积怨越来越深。

1986 年，美国总统里根亲自下令，派美军战机轰炸了卡扎菲位于阿齐齐亚兵营的寓所和其他利比亚境内目标。这次轰炸，共造成 30 多人死亡，其中包括卡扎菲一岁半的养女，卡扎菲的两个儿子也在轰炸中受伤，而卡扎菲本人则是在轰炸之前紧急撤出住所地才得以幸免于难。美军当时声称这是对利比亚的一次报复行动，原因是此前利比亚特工用定时炸弹袭击了德国柏林一家美军士兵经常光顾的迪斯科舞厅。当年4月，利比亚特工在这家舞厅安置炸弹，造成包括3名美军士兵在内的多人死亡，260人受伤。爆炸发生后，美国政府立即指责利比亚领导人卡扎菲与此案有关。

这次轰炸行动的代号为"黄金峡谷"行动。是美国空军、海军和海军陆战队联合执行的一次空袭行动。这次空袭行动被认为是现代"外科手术"式作战模式的开山之战。整个空袭过程仅仅持续了18分钟。空袭中，美军共出动飞机150多架，炸毁14架利比亚军用飞机和多座雷达站，而美军一架战斗机也被利比亚地面炮火击落，两名机组成员死亡。

有意思的是，美国媒体在卡扎菲政权被推翻之后曾发文指出，多年前被美国飞机炸死的卡扎菲养女哈娜依然活着，她的死不过是当时卡扎菲耍的政治手段。报道还绘声绘色地说，瑞士政府在利比亚战争爆发后冻结了卡扎菲家族在瑞士的资产，在整理卡扎菲家族账目的清单时，发现了哈娜的名字。报道还说，哈娜曾经长期生活在英国，卡扎菲炮制出女儿死亡的消息，是为了博得利比亚民众对自己的同情之心。这一说法不知道是否属实，但的确，卡扎菲养女没有死于轰炸的消息在利比亚也流传得很广。

美军的轰炸导致卡扎菲位于阿齐齐亚兵营的官邸变成了一座废墟。但卡扎菲没有重建官邸，而是把它遭轰炸后的原样保留了下来，甚至还在整个废墟上配上灯光、音响系统，开辟为教育民众、谴责美国暴行的基地。而且，卡扎菲还经常选择在这里接见外国政要。

遭受轰炸袭击后的卡扎菲发誓要进行报复。两年多以后的1988年，洛克比空难发生，震惊世界。

洛克比是英国苏格兰地区一个并不为外界所熟知的小镇，全镇不过4000来人，一直过着平静的生活。但1988年12月21日，小镇上空传来一声沉闷的巨响，随之巨大的火球在小镇上空从天而降，洛克比小镇从此名声大噪，开始频频出现于国际媒体的头条位置。

在小镇洛克比上空爆炸的是一架波音747型客机，当时它是从伦敦希思罗机场到纽约肯尼迪国际机场的泛美航空103号航班。当晚，飞机从伦敦起飞半个多小时后，货舱行李箱中的一个塑胶炸药被定时器引爆，把机身撕开一个直径约半米的口子，飞机在空中爆炸解体，残骸碎片像雨点一样坠落到洛克比小镇上的各个角落。机上全体乘客243人和机组16人，加上地面上的11位居民，一共270人不幸罹难，其中189人为美国人。

英国政府很快调动大批军警，在美国中央情报局和联邦调查局的协助下进行了事故调查。这是英国历史上规模最大的刑事调查案件。调查人员判定，有人原本设计让飞机在公海上空爆炸，那样飞机沉入水底后，一切证据也会随之湮没于几千米深的大洋深处。爆炸发生的原因将永远成为一个无法破解的谜。但由于飞机起飞晚点，最终在飞临大洋上空之前，在洛克比上空发生爆炸，留在地面上的众多残骸碎片为调查事件原因，还原真相，保留了关键的证据。

调查的结论表明，利比亚人实施了这次爆炸袭击事件。当时在马耳他机场工作的利比亚阿拉伯航空公司情报官员、保安主管迈格拉希是放置炸弹的人。三年后的1991年11月，迈格拉希被正式指控涉嫌炸毁泛美103号航班。但利比亚方面拒绝指控，不承认自己与爆炸案有任何瓜葛。因卡扎菲拒绝交出嫌犯，联合国安理会通过决议，宣布对利比亚采取制裁措施，实施武器禁运，并停止和利比亚的空中交往。西方国家还驱逐了利比亚派出的外交官。

来自外部世界的7年严厉制裁，终于迫使卡扎菲改变了态度，并在1999年4月把嫌犯送交苏格兰警方接受审判，一年后，迈格拉希被判终身监禁。而更大的剧情逆转发生于2002年5月，当时利比亚出人意料地表示，愿意提供27亿美元，赔偿给洛克比空难的受难者家庭，每个受难者家庭的赔偿金高达1000万美元。后来，利比亚又宣布，承认对爆炸负有责任。在此之后，联合国取消了对利比亚的制裁措施，美国也和利比亚恢复了外交关系。

爆炸案制造者迈格拉希因为在狱中患上前列腺癌，并且到了晚期，在服刑八年半后得到释放。在他乘利比亚政府的包机回到利比亚时，受到了英雄般的热烈欢迎。卡扎菲的儿子亲自迎接，群众在机场挥舞起利比亚国旗。第二天，卡扎菲还亲自接见了归来的迈格拉希。

2006年4月15日，是美国轰炸利比亚20周年纪念日。与往年活动不同的是，的黎波里街头铺天盖地的反美标语和示威游行活动不见了，取而代之的是一场以和平为主旋律的音乐会。而且，音乐会的举办场所，正是在20年前被美国导弹摧毁的卡扎菲住宅的废墟前，音乐会上，众人齐唱美国流行歌曲，领唱者是利比亚花费重金请来的美国著名歌星。

的确，卡扎菲的思想不可思议地出现了巨大的转变。这种转变体现在多个方面。一向坚持要发展核武器的卡扎菲在与西方抗争了多年之后，突然主动提出要放弃发展核武器，停止相关研究工作，并派出专机，将与核试验和导弹开发有关的资料和器材送到美国，接受监督和检查。与此同时，销毁利比亚化学武器的工作也展开了。经过与美国和英国长达9个月的谈判，卡扎菲宣布，利比亚将主动放弃大规模杀伤性武器的研发。

美国"9·11事件"爆发后，卡扎菲是最早对恐怖袭击进行谴责，并向美国遇害者表示哀悼的阿拉伯国家领导人。这在当时，又是大大出乎很多人的意料。

一时间，卡扎菲的言行与过去相比，可以说简直是判若两人，在对美国的态度上更是如此。有人为他的转变欢呼，认为他变得更加成熟了，但也有人因为他的这一系列举措倍感失望，认为他失去了刚毅的性格、铁汉的形象。可悲的是，尽管卡扎菲变得越来越务实，不断向西方、向美国示好，改变了自己原来激进的做法，但西方世界对他的戒备和敌视心理却始终难以消除。最终，在2011年，利比亚发生动荡时，西方站在了反对派一边，他们派出战机攻击利比亚政府军，帮助反对派进攻忠于卡扎菲的势力。在内战中节节溃败的卡扎菲终于不敌对手，命丧乱枪之下。一代枭雄就此灰飞烟灭，一段历史也就此画上了句号。

神秘的阿齐齐亚兵营

2002年，距离第一次赴利比亚首都的黎波里采访的一年多之后，我又来到了这里，开始了我的第二次利比亚之行。这一年，时任我国国家主席江泽民到访利比亚。为配合几位搭乘江主席专机前来利比亚的台里领导和同事进行采访报道工作，我们从开罗出发，赶赴的黎波里，加入了规模庞大的中国代表团。

利比亚是此次江主席出访欧非亚五国的第二站，而我们只需要在利比亚一地做配合报道。所以，当我们接到任务赶到利比亚后，准备时间就相对充裕。于是我们向利比亚方面提出，希望能有机会多做一些采访，更深入更全面地了解利比亚和它的人民。接待我们的新闻部官员欣然答应，愿意为我们尽快做出安排，并告诉我们，不要离开旅馆，随时做好出发采访的准备。

当时我们还有些不理解，通常的采访好歹也要提前一天通知我们准备，这次会是什么样的采访，需要我们招之即来，随叫随到呢？而且看起来这两位接待我们的官员似乎对即将进行的采访已经心中有数了。后来我们终于明白了，原来，一位非洲国家的元首即将访问利比亚，利比亚方面希望能有更多的外国媒体对此进行采访报道，一方面壮大报道的声势，另一方面也希望能让世界上更多的人了解卡扎菲的政策主张，了解卡扎菲在非洲人民心目中的崇高地位。卡扎菲曾经几次推动阿拉伯国家的联合，希望能确立自己在阿拉伯世界的领导地位，但是在埃及、在叙利亚、在沙特阿拉伯这几个阿拉伯大国，他的种种努力遭到了冷遇，人们不接受他的激进主张，更不能容忍他成为阿拉伯世界的领头羊。心灰意冷的卡扎菲与阿拉伯世界渐行渐远，转而把目光投向了同在一个大陆上的非洲兄弟。在那里，他投入了大量的资金、人力和技术，也因此受到了越来越多的欢迎，卡扎菲逐渐找到了作为一个国际领军人物的感觉。因而那几年前来的黎波里拜访卡扎菲的非洲国家元首有很多。

第二天，我们和新华社的同事一起，按照利比亚官员的要求，在旅馆的房间里待了一整天，始终期盼着他们突然而至，把我们领到一个什么地方开始采访，为此我们早早就把摄像机、录音机、照相机准备就绪。但利比亚官员们始终没有露面。天色已晚，看来今天是不会有什么采访机会了。

然而，就在此时，两位新闻部的官员突然来到了我们的房间里。他们通知我们说，卡扎菲要会见一位非洲国家的元首，如果愿意，现在就随他们出发前去采访，车子已经等在楼下了。我们没有问去哪里。几年的采访经验告诉我们，在这样的地方，人家没有主动告诉你，绝不是因为疏忽，而是不想告诉你，因此也就不必去打听了。

采访的机会来了，而且是去见卡扎菲。我们都兴奋起来，二话不说，拿起早已准备就绪的设备，穿好衣服就随他们下了楼。回想起来，我们都猜想，一定是他们昨天就有了这个打算，只是不想提前告诉我们。这不是为了给我们惊喜，而是出于保密的需要。

车行20多分钟后，陪同的人告诉我们，已经到了指定地点，这里就是阿齐齐亚兵营，卡扎菲即将在这里会见非洲国家的元首。

早就闻听过阿齐齐亚兵营的大名，今天终于来到了这里。利比亚新闻部官员告诉我们，这里是卡扎菲办公的地方，也是他的官邸所在。卡扎菲全年一多半的时间都会在阿齐齐亚兵营里办公，另一半时间则是在他的家乡苏尔特。

2011年，卡扎菲政权被推翻，作为卡扎菲权力象征的阿齐齐亚兵营随之被彻底铲除，改造成为一座公园。卡扎菲和他的政权，连同阿齐齐亚兵营一起，从此灰飞烟灭，而利比亚历史上一个特殊的时期也就此结束了。

在幽暗的灯光照射下，巨大的阿齐齐亚兵营显得十分神秘。这座兵营占地多达4公顷，完全被由钢筋水泥浇注的高墙所环绕，墙体足有两层楼高，从外面看过去，只能看到兵营高大的水泥墙，看不到院子里面的任何建筑。围墙外，有一些土坡，可以隐隐约约地看到部署的防空导弹和掩体周围的机枪。兵营大门的入口处，是几排散乱堆放的水泥隔离墩，车辆进入大门需要降低速度，在水泥墩之间蜿蜒穿行。大门口，是一辆严阵以待的坦克。大门四周的围墙上，可以看到各式的警报器和红外线探测设备。围墙内侧，隔一段距离就有一座观察哨，黑暗中，看不到观察哨里面的士兵，只能看到四周密密麻麻的铁丝网。在大门口和城墙周围，到处是手持武器来回巡视的士兵。

来到大门口，我们按照门卫的要求，留下了随身携带的背包和手机，把采访设备拎在手里，经过严格的安检后才被允许进入。

兵营很大，里面的道路弯弯曲曲，七拐八拐的，就像进入了一座迷宫。路上又几次经过水泥墩设置的路障，先后两次穿过大门，每道门都由手持冲锋枪、戴着黑色贝雷帽的利比亚特种部队的士兵把守着，几位穿便衣的安全人员则负责对来客进行检查盘问。在大门口，采访设备和人员要分别接受检查，安全人员让我们把检查后的采访设备摆在地上，然后牵来一条大狼狗在那里闻来闻去。

兵营的院子里，帐篷随处可见。带领我们的利比亚新闻官说，这些帐篷中就有一些是卡扎菲睡觉的地方。兵营里建有好几个一模一样的帐篷，这些都是卡扎菲的住处。为安全起见，卡扎菲的住处几乎每天晚上都要变换，而且都是随机选取，没有人会提前知道卡扎菲会在哪里睡觉。这样的防范措施并不多余，也不夸张。十多年前，卡扎菲就是在这里遭到美国飞机的轰炸，如果不是他始终小心谨慎，而且是狡兔三窟，也许就难逃一劫了。据说卡扎菲一生中遭遇的暗杀多达数十次，但每一次都能化险为夷，侥幸逃脱。这无疑得益于他的谨慎和安保措施的严格周密。

我们终于抵达了最后的地点。原来这里就是卡扎菲遭遇轰炸的官邸废墟。看来这一次他又像以往很多次一样，把与外国首脑的见面安排在了这片有纪念意义的废墟前。电视镜头里，我曾经多次看到这片卡扎菲官邸的废墟，但今天是第一次有机会走近它来仔细观看。原来的官邸大楼似乎有三四层楼高，现在则是堆在一起的砖块瓦砾。废墟上，有红色、蓝色和黄色的装饰照明灯，幽暗的灯光下，整座废墟看起来阴森森的。1986年4月15日夜晚，刚刚结束一天工作的卡扎菲离开这座官邸，转去了远处的一座帐篷。仅仅几十分钟后，悄然而至的美国飞机在这里投下了两颗导弹。导弹精准地命中了官邸，浓烟和大火之中，官邸瞬间化作一片废墟，留在官邸中的卡扎菲的养女、两个儿子和工作人员遭导弹袭击，伤亡惨重。这么多年来，人们一直在猜测，卡扎菲能大难不死，是因为自己的运气、巧合，还是他掌握了绝密的情报？但无论如何，美国人志在必得的一次攻击行动就这样失败了，至少是没有完全达到目的。

废墟前，是一片不大的广场。此刻，广场上已经站满了人，大概有两三百人，他们一排排站在那里，看起来十分整齐，就像学校操场上准备接受校长训话的小学生。由于要见到卡扎菲了，每个人的脸上都透露出兴奋的神情。来到现场，我们迅速架设起各种录音录像设备。这时候我发现，除了利比亚电视台的记者，我们是当天晚上唯一的外国电视台记者。

一段时间之后，人群中爆发出热烈的掌声，不用问，是卡扎菲到了。

和一年多以前相比，此时的卡扎菲又多了些皱纹，但看上去仍旧健康，走起路来也显得步履轻盈有力。配上得体的阿拉伯大袍和披风，60岁的卡扎菲依然是风度翩翩。据说，卡扎菲喜欢运动，尤其喜爱踢足球，而且时不常还要到健身房进行锻炼，所以他精力旺盛，体格健壮。

在卡扎菲身旁的，是远道而来的一位非洲国家的元首。元首身穿金黄色的袍子，笑容满面，频频向等候在这里的人们挥手致意。原来这是一场欢迎非洲国家元首来访的群众集会。集会开始后，卡扎菲用热烈的语言表达了对元首来访的欢迎，也讲到了利比亚和非洲国家亲如兄弟、患难与共的感情，还提出要为非洲国家的发展贡献出更多的力量。那位元首则在讲话时用了许多热情洋溢的赞美之词，盛赞利比亚和卡扎菲本人对自己国家的大力帮助，表示愿意与利比亚并肩战斗。元首讲话的内容和流露出的神态，让自己显得像是卡扎菲的老朋友。

集会结束后，卡扎菲和非洲国家元首在众人的簇拥和护卫下离去，我们并没有像新闻官答应的那样得到机会对卡扎菲进行专访。也许，在他们的理解中，在广场上聆听卡扎菲一番演讲，就算是所说的采访过程了？

当晚，我们是从兵营的另一个大门离开的。我们抵达时留下的背包和手机已经摆放在门卫的桌子上了。据说所有的来访者在兵营里，进和出都要走不同的大门。前往大门的路上，我们近距离看到了据说是卡扎菲使用的帐篷。从外面看，这座巨大的帐篷与平时所见的帐篷并无明显差别。但陪同人员介绍说里面的设施还是比较讲究的。

贝都因人的儿子

卡扎菲在各种场合都会对周围的人提起，自己是生活在沙漠中的贝都因人，他常常挂在嘴边的话就是：我是贝都因人的儿子。卡扎菲的父母亲都是目不识丁的贫穷的贝都因人，他的童年是在故乡的戈壁沙漠和帐篷中度过的。卡扎菲是家中最小的孩子，而且是唯一的男孩。那时候，卡扎菲全家都要依赖父亲的放牧所得为生，全家人生活非常简朴。此后几十年，已经贵为国家元首的卡扎菲依然吃喝离不开骆驼奶和阿拉伯大饼，睡觉办公离不开帐篷。

卡扎菲不但在阿齐齐亚兵营有帐篷，即使出国访问，也要住在帐篷中。就在我们来利比亚采访的同一年，卡扎菲出席了在约旦首都安曼举行的一次国际会议。在安曼，他拒绝了东道主提供的豪华宾馆，坚持要住在帐篷中。为安全起见，约旦国王只好在自己的王宫大院中搭建了帐篷，供卡扎菲下榻使用。的确，卡扎菲对沙漠和帐篷情有独钟。据说，在每次做重要决定前，卡扎菲总要在沙漠中的帐篷里住上几天，闭门思考，他认为沙漠会给他带来灵感。那一次，前来安曼出席国际会议的卡扎菲还用专机空运来几头骆驼，因为他要随时听到骆驼的叫声，更要喝新鲜的骆驼奶。于是，这几头骆驼也就跨过地中海，在王宫的院子中安下身来。可以说，卡扎菲一辈子也没有改变自己作为贝都因人的生活方式。当然，卡扎菲的帐篷并不是简陋的毡帐，不是只能用来遮风挡雨的睡觉之处，帐篷里面通常都装备了先进的通信工具，有些还配备有空调设施。

帐篷还经常是卡扎菲接见外宾、宴请宾客的地方。那次江泽民主席出访利比亚，卡扎菲就是在阿齐齐亚兵营的帐篷中举行盛大晚宴，欢迎江主席的到访。举行晚宴的地方是一顶木头框架的巨大帐篷。白布围起的帐篷中，能容纳几百人。因此，虽然众多的利比亚高官和外国使节也出席了宴会，但帐篷内并不显得拥挤。帐篷四周，是几个功率强大的空调，让外面炎热的沙漠气候与帐篷内舒适的环境形成了巨大的反差。与大帐篷相连的，还有几顶小帐篷，供主人与贵宾在宴会开始前进行小范围会谈或者休息时使用。

在晚宴开始前，我们来到帐篷外面，准备拍摄江主席和卡扎菲到达的画面。时间还没有到，帐篷外面静悄悄的，重重安保措施下，阿齐齐亚兵营里难见行人和车辆。这时候，一辆很小的，看起来就是普通家庭用的轿车由远及近驶来，并且悄然停在了帐篷入口处。这是一辆有些陈旧的德国"甲壳虫"小汽车。开车的是个看起来只有十多岁，还带着满脸稚气的小男孩。在这样的场合，这样一辆小小的汽车、小小的孩子，吸引了我们几个人的注意，这会是谁家的孩子呢，会是什么人的汽车呢，竟敢停在这样一个戒备森严的地方。正在琢磨时，车门打开了，从车里走出一位身材高大的男人，身上是那件招牌式的阿拉伯大袍。我们定睛一看，原来来人正是卡扎菲！这实在是大大出乎我们的意料。卡扎菲就是这样，总有一些不合常理、出人意料的做法。

晚宴后，江主席和卡扎菲出席了中国石油天然气集团公司与利比亚国家石油公司开展合作的协议、中利铁路合作协议等文件的签字仪式。在此后的日子里，这些协议大都得到了履行。遗憾的是，将近十年后，利比亚发生内战，卡扎菲被抓丧命。这些合作项目的工地也遭到洗劫。当时中国政府紧急动员各方面的力量，向身处险境的中国企业和工人施以援手，从海上、陆地和空中三方面紧急撤离了上万名参与这些项目建设的中方人员，但这些企业仍然遭受了沉重的经济损失。

女保镖

无论走到哪里，卡扎菲身边都有一群女保镖时刻护卫着。这些女保镖身穿草绿色军装或迷彩服，个个体格健壮，身手敏捷。她们的年龄都不大，既有年轻女人的青春活力，又不缺乏军人的气质和威武。这些女保镖都受过严格的军事训练，擅长射击格斗。她们执勤时始终高度戒备，准备应对任何突发的紧急情况，甚至做好准备以自己的性命来换取卡扎菲的安全。这支独特的保镖队伍，据说是在卡扎菲夫人的亲自主导下建立起来的，而这位夫人恰恰是一位曾经试图行刺卡扎菲的女刺客。这里面还有着一个流传广泛却难辨真假的故事。

1970年9月1日，是利比亚建国一周年的日子。当卡扎菲在庆典活动的检阅台上阅兵时，一位担任阅兵庆典活动救护工作的女护士登上检阅台，来到了卡扎菲的身边。她从随身携带的药箱里掏出一把手枪，瞄准了卡扎菲的头颅。此时的卡扎菲似乎已经是在劫难逃。当时，执政不久的卡扎菲采取断然措施，强令收回了美国空军在利比亚的一处军事基地。这是美国在海外最大的空军基地，几千名美国军人驻守在这里，基地对美国具有很大的战略意义。失去基地的美国人决定派刺客除掉卡扎菲。

这位貌美的女护士就是美国中央情报局派出的杀手。千钧一发之际，卡扎菲扭过头来看到了身后的女护士，也注意到了她手中的枪。两人四目相遇，却都没有流露出惊恐，而是产生了一些奇妙的感觉。年轻英俊的卡扎菲迷惑、忘情地望着眼前的女杀手，而女护士似乎也忘了自己的任务，始终没有扣动手枪的扳机。警卫人员冲过来夺下了女护士手中的枪，而卡扎菲则喝住警卫，温柔地向女护士询问她的芳名。一星期后，两个人正式结为夫妻，成就了卡扎菲的第二次婚姻。参与刺杀的其他几个人则很快落网并被处决。为了保证卡扎菲不再被别人暗算，这位杀手出身的妻子亲手建立起一支女子保镖队伍。卡扎菲无论到哪儿都会有这些女保镖的护卫和陪伴。这些女保镖几乎成了卡扎菲身边的一道风景和招牌。

卡扎菲的女保镖大多是利比亚两所学院的毕业生。这是成为卡扎菲保镖的基本条件。一所是的黎波里女子军事学院，这里是军事禁区，严禁记者采访，外人无法了解其中的虚实。另一所是利比亚女子警官学院。两所学校都在首都的黎波里市郊。利用随同江泽民主席访问利比亚的便利条件，我们找机会来到利比亚女子警官学院采访。

卡扎菲统治下的利比亚，对新闻报道的控制严格，外国记者如果打算采访政府机构，或者军事部门，几乎是不会被允许的。但笼罩在卡扎菲女保镖身上的神秘色彩，让我们的采访愿望十分强烈，而我们在利比亚逗留的时间又十分有限，于是在我国驻利比亚使馆同志的协助下，我们还是未经预约就硬闯来到了女子警官学院。

到达时，女子警官学院大门紧闭，大门外相隔一条公路就是一眼望不到边际的地中海。学院的环境隐蔽而幽静，深墙大院，高大的铁门透露出威严的气派。在大门口的传达室，我们向哨兵出示了证件，做了自我介绍，也通报了我们此行的目的。几分钟之后，大门旁边的一个小铁门打开了，我们被领进了院子里。在一座大楼里，乘电梯上到三楼，一间宽敞明亮的办公室内，我们见到了学院的院长穆罕默德·贾迈勒上校。贾迈勒院长一身蓝色警服，看上去高大挺拔，十分的干练，时刻流露出军人的气质。听说我们是来自中国的记者，院长说，这是中国记者第一次到访他们的学校，对此他代表学院表示热烈欢迎。寒暄中，我们发现院长原来对中国了解得很全面，也知道江泽民主席正在利比亚进行国事访问。这很快就拉近了我们之间的距离，气氛变得轻松融洽。

按规定，客人来访需要出示证件和相关单位的证明材料。当院长问及我们是否有利比亚内政部的介绍信时，我们有些难为情，只能说，由于时间紧，我们一直忙于江泽民主席与卡扎菲的会见报道，没来得及为此事向内政部提出申请，而且我们很快就将离开利比亚，临时申请恐怕也来不及。院长很坚持原则，却也不失灵活，马上给内政部打了个电话，转达了我们的采访申请，也简要介绍了我们的情况。又过了几分钟，电话打回来，我们的采访申请批准了。院长的热情和友好给我们留下了很深的印象，他说，作为警校，管理十分严格，他作为校长不便带头破坏规矩。在平时，这所女子警官学院连男性家长都不能踏进学院大门，考虑到我们是来自友好中国的记者，这次算是对我们破例了。

穆罕默德院长热情详尽地向我们介绍了学院的基本情况。通过他的介绍我们得知，原来，这所女子警官学院创建于1997年，学院规模不算很大，但这是阿拉伯世界唯一的女子警官学校。学院的学制为3年，目前在校学员有500人左右。这里的学生都选自应届高中毕业生，年龄在18岁左右，入学前要经过严格的文化考试和面试，前来报名的学生很多，而因为选拔严格，淘汰率也很高。为了吸引更多女青年报考，学院采取了很多优惠措施。学员们上学期间不但不用交学杂费、书本费，连一日三餐、服装和部分交通费都由校方负担，此外，学院每月还向学员们提供一定数额的生活津贴。

院长介绍说，学院创办的目的就是向利比亚的公安、法院、海关等部门输送具有专业知识和良好体魄的女警官。学校采取的是封闭式教学和训练方法。学员的学习、训练和生活都是军事化管理，学员们只能在周末下午回家，次日晚以前必须返校。学院的课程安排很满，学生平日的课业比较紧张，每天要上6节课。课程分理论课和实践课两部分，而且学院特别注重实际技能，因此实践课要多于理论课。学员在最后一年要在全国各地的法院、海关、警察局等部门参与社会实践。几年来已经先后有4批学员共270人毕业。学院的要求是，学生毕业后，无论在哪个岗位上工作，都要做到遇事沉着，反应灵敏，而且还要有良好的身体素质，精通格斗，更要掌握法律知识和现代科技知识。在这几年的毕业生中，每年都有一些品学兼优的学员经过严格挑选，成为卡扎菲等领导人的保镖。

院长透露说，卡扎菲对女子警官学院的发展十分关心，曾经两次来学校视察，还为学生们颁发过毕业证书。由于学员分配的去向都是国家的要害部门，学院非常重视对她们进行爱国主义教育和道德素质教育，每周都开设有专门的课程向学员们讲授利比亚的历史，讲授卡扎菲领导"九·一"革命以来的30多年里利比亚的巨大变化。论述卡扎菲革命理论的著述《绿皮书》更是学员们的必修课程。学员在校期间不准谈恋爱，更不准结婚。

简短交谈之后，在我们的请求下，院长安排了两位工作人员，带领我们到学校各处进行参观。

我们首先下楼来到操场，观摩学员的列队操练。在操场的跑道旁，几十位学员身穿统一的蓝色校服，进行站队和列队行进训练。学员面前的地面上，整齐地摆放着枪支。队列操练完毕，学员进行了枪支组装和拆卸训练。看起来学员们都训练有素，手枪、冲锋枪在她们手里，几十秒钟之内就被拆卸成了零散部件，然后随着教官一声令下，学员们蹲在地上，很快又将散乱的部件组合装配成枪，全套动作一气呵成，干练利索。

在此之后，学员们为我们进行了擒拿格斗表演。站出来表演的是一名女教官和一名学员，我猜想既然敢于在外国记者面前表演，这应该是她们当中功夫最深的两位了。两个人的对打进行得十分投入，你来我往打在一起。但看得出来，这明显是设计好的套路。

训练结束后，陪同人员安排一位女学员在操场旁接受了我们的采访。她告诉我们，学院里面的学习、训练、生活都实行军事化管理，教官管得很严，学员们在校期间基本上没有时间来自由支配。当年，她是抱着好奇的心理报考这所学院的，但面对严格艰苦的训练，她犹豫过、动摇过，她也曾哭过，甚至想到过要弃学回家。好在经过将近一年的校园生活，目前她已经适应了。她告诉我们，周围的同学们都很崇拜领袖卡扎菲，都期待着能在毕业后成为一名光荣的卡扎菲保镖，并愿意在危急时刻为卡扎菲献出自己的生命。

观摩完操场上的军事训练，陪同人员又带领我们来到教学楼，观摩了学员的专业理论课程。在计算机教室，正在学习计算机编程的学员们在老师的带领下，用热烈的掌声欢迎我们这两位来自中国的记者，一位乖巧的女孩还在电脑上用阿文打出了"欢迎中国记者参观访问"的字样，让我们这些贸然闯入的记者感受到了师生们的热情好客。接着，我们又来到了刑侦实验室。实验室的墙壁上挂满了各种手枪的照片，上面注有枪支的口径型号、出产国家和基本特性。从教室前面的黑板上，我们能看出，学员们刚刚学习完弹道分析的课程。讲台上，一名教官向学员们讲授着如何获取和辨别指纹。只见他把一小袋白色的粉末撒在讲台上的玻璃板上，然后用刷子小心翼翼地涂抹着。他的四周，是摆放着各种药水和试管的柜子。学员们聚精会神地听着，还不时有人提出问题。

采访结束后，院长赶到学院的大门口和我们热情道别。院长欢迎我们有机会再来参观采访，还提出希望在女警官培训方面同中国加强合作和交流。

眼下，距离这次到女子警官学院的参观采访已经有10多年的时间了。这期间，利比亚发生了天翻地覆的变化，执政40多年的卡扎菲也在内战中死于非命。不知道当年这个学院的女学员们是否真的有人成了卡扎菲的保镖，更不知道那几位随卡扎菲战死的保镖中，是否就有这所学院的毕业生。

第十一章

阿尔及利亚：地震袭来，同胞罹难

2003年5月，我们在约旦参与了有关伊拉克战争的新闻报道工作之后，回到驻地开罗没几天，就接到任务，赶赴位于非洲西北部的国家阿尔及利亚。那里刚刚发生了一场强烈地震。地震导致了严重的人员伤亡和财产损失，更令人难过的是，9名在那里工作的中国同胞也在地震中不幸罹难。

地震是在当地时间5月21日夜晚发生的。这场里氏6.7级的地震破坏力极大。首都阿尔及尔和位于震中地区的布米尔达斯省受灾最严重，这两个地区的公路以及电力、通信和供水设施均遭到严重破坏。地震发生后，时任中国国家主席胡锦涛向阿尔及利亚总统布特弗利卡发去了慰问电，中国政府和红十字会捐赠了总价值540多万元人民币的人道主义救援款项和物资，同时，中国专业救援队和医疗队迅速搭乘专机，赶赴万里之外的阿尔及利亚地震灾区现场。

首都阿尔及尔市中心的纪念碑在地震中经受了严峻考验

大使相助记者紧急出动

2003年5月22日一早，也就是阿尔及利亚地震发生的几个小时以后，我们接到台里的任务，要立即赶赴阿尔及利亚首都阿尔及尔，与即将赶到那里的我国国际救援队汇合，开展救灾工作的采访报道。我们迅速定购了机票，打点好了行装。我们暗自庆幸，两地之间居然还有航班通行。随后我们联络了埃及的新闻部，办理好了采访设备进出海关的相关手续。因为我们的采访设备中有摄像机等价值比较高的器材，每次从开罗出发，办理海关进出口手续都是一个很烦琐的过程。好在地震发生后，从开罗前往阿尔及利亚灾区采访的记者有不少，埃及方面也对灾区民众充满了同情，所以通关手续就容易了一些。但是一个最大的问题出现了：我们还没有阿尔及利亚的签证。而通常办签证，没有三五天的时间是不行的，等上个十天半个月的，也属于正常。但我们接到的指令是，第二天夜晚，运送我国国际救援队和救灾物资的专机就将抵达阿尔及尔，而我们需要在专机抵达之前赶到那里。

军令如山。没有讨价还价的余地，没有任何理由和借口可以晚到。我们急得像热锅上的蚂蚁，但依旧一筹莫展，只好向我国驻埃及大使馆求助。使馆给了我们很大的也是最为关键的帮助。我国驻埃及大使亲自打电话给阿尔及利亚驻埃及大使，请求对方关照，特事特办，协助我们尽早拿到签证。事后大使和我们开玩笑说，帮别人"走后门"办签证，这还是他任大使以来的第一次。使馆的鼎力相助，让我们大为感动，也在绝望中看到了一丝光亮。

第二天，我们带着行李和采访设备，以及各种证件和文件，早早地就开始守候在阿尔及利亚驻埃及使馆。中午，签证拿到了，我们欣喜若狂。签证上面印章的油墨还没有干，我们已经把护照拿在手里，坐上了赶往机场的出租车。

我们的航班抵达首都阿尔及尔不到两个小时，运送救援队员和救灾物资的我国专机在机场降落了。

这次发生在阿尔及利亚北部地区的地震达到了里氏6.7级，造成2250多人死亡，1万多人受伤。5月21日晚地震发生，23日夜里，我国的救援专机就已抵达阿尔及利亚首都阿尔及尔。前来参与阿尔及利亚地震救援工作的共有来自20多个国家的38支救援队，中国国际救援队的反应速度名列前茅。中国专机抵达机场时，一直在现场忙碌的联合国救灾协调中心官员十分激动，他们高度赞扬中国国际救援队的快速反应，并且说中国救援队反应速度之快简直超出了他们的想象。

而对我们两位记者来说，最大的幸运是，相比万里之外的北京，开罗到阿尔及利亚的距离要近许多，这才让我们有可能赶到了救援队的前头。

中国救援队不负众望

参与这次阿尔及利亚地震救援的中国国际救援队一共有30多人。中国国际救援队是一年前才刚刚成立的，这是他们第一次出国参与国际救援。这支年轻的救援队伍一共有200多人，是由中国地震局的专家、来自北京军区的工兵、武警北京总医院的医务人员组成的，这次他们抽掉了精兵强将，组成了一个救援小分队，并且配备了国际一流的搜索仪器和营救设备。第一次在国际上露脸，这支队伍就展示出他们不凡的身手。

阿尔及尔机场也在地震中遭到了重创，有些地方的房顶装饰板已经脱落，天花板上裸露着各种电线、管道，地上四处淌水，很多航班已经停飞，不少的值机柜台都关闭了，黑灯瞎火的。进出机场大厅的旅客并不多，而且看起来他们大都是和救灾有关的人。我们的出关手续办理完毕不久，一架巨大的飞机从头顶上轰鸣着飞过，降落在跑道上，飞机的尾巴上喷着巨大的五星红旗。这时，我们悬了一路的心也随之落地了，长长地舒了一口气。

我们拍摄到了救援队员们走出飞机的镜头。经过跨越亚、欧、非三大洲、长达 14 个小时的长途飞行，队员们看起来有些疲倦，但一下飞机，就整齐地列队待命，准备随时出发投入搜救工作。在救援队员身边，我还看到了同样排在队伍当中的中国国际救援队的特殊队员——三只搜救犬。这是我第一次见到搜救犬，它们与我想象中的形象完全不同。以前我一直以为搜救犬就应该是电影里常见的军犬那样，高大凶猛。但在这里，三只狗个头都不很大，看起来也蛮温顺的，眼神里充满了对异国他乡的好奇，和家里的宠物犬几乎没有什么差别。

更让人没有想到的是，就在第二天的搜救工作中，这三位特殊的队员立下了大功。它们在一处废墟中发现了被埋的一个男孩。随后不久，男孩被我国的救援队员救了出来。这个男孩也是整个地震救援过程中，仅有的两个获救人员之一。在阿尔及利亚参加救援工作的所有 38 支国际救援队伍中，只有中国和法国救援队各救出一名幸存者。后来，不但是我国的救援队员，这三只搜救犬也得到了在地震灾区的联合国官员和当地民众的称赞，成为当地人眼里的"救灾明星"。

中国国际救援队下飞机后，立即接受了联合国救灾协调中心的调遣。24 日早上 6 时，刚下飞机不久、彻夜未眠的中国救援队队员们赶到了震中地区，也是受灾最严重的布迈尔代斯，展开了救援工作。几位中国记者也随着队员们来到了救援现场。

在从首都阿尔及尔赶往布迈尔代斯的路上，救援队路过一座被地震摧毁的小城。正在现场指挥救援工作的当地政府官员见到中国救援队，急切地提出了救援请求。他告诉救援队说，当地有个小男孩一直下落不明，他们怀疑孩子很有可能是被埋在了废墟里，但他们自己能力有限，缺乏专业装备，希望我国救援队能够伸出援助之手，协助他们搜索救援。虽然阿尔及利亚政府和联合国救援机构都给各国救援队划分了救援区域，而这个小城不在中国救援队的管辖范围内，但人命关天，为了抢救孩子的生命，中国救援队派出了8名队员和两只搜救犬，组成救援小组留下来参与搜索救援。

救援现场距离公路不远，救援队很快赶到了现场。这里，大批当地民众围着一片楼房倒塌后的废墟，正手足无措，焦急地等待着救援。中国救援队的到来让他们看到了希望。围观人群迅速让出一条通道，并给队员们指出了被困孩子可能的方位。废墟上，两只搜救犬来回奔跑着，到处闻来闻去。两只小狗不负众望，在一块折断的水泥楼板前，搜救犬突然显得十分兴奋，对着下面叫个不停。叫声吸引了救援队员，大家知道这样的叫声意味着什么。他们瞪大了眼睛，纷纷围拢过来，仔细地往里面查看。在搜救犬的引导下，人们在废墟中看到了一只细小的胳膊在微微颤抖着。失踪的孩子找到了，而且他还活着！经过一番紧张的援救，这名在废墟下已经与死神抗争了3天的12岁男孩终于被救了出来。在现场围观的当地群众十分激动，不少人流下了眼泪，他们纷纷涌过来表达对中国救援队的感激之情。汗流浃背的中国救援队队员顾不上休息，马不停蹄地赶往了下一个预定的救援地点。

在震中布迈尔代斯，展现在中国国际救援队面前的是一片人间地狱般的悲惨景象：到处是倒塌的房屋，废墟旁，失去亲人的市民围在一起悲痛欲绝。那几天，灾区的气温高达30多摄氏度，没遮没拦的废墟上，毒辣辣的太阳烤得人脑袋发烫，而废墟下，那些来不及清理的尸体正散发着令人窒息的恶臭。

中国救援队队员丝毫没有顾忌环境的恶劣。一下车，他们就伴着频繁发生的余震和腐尸的恶臭，迅速投入搜救工作。

震后，灾区的很多房屋都在倒塌后呈现出"叠饼状"，就是所有的楼层都在垮塌后严严实实地重叠在一起，未留下一点缝隙，而没有像有些地方的地震那样，倒塌的房屋东倒西歪的，这样才有可能给被困其中的人留下一点生存空间。中国救援队中，有一位是来自中国地震局工程力学研究所的专家，这位专家对房屋结构很有研究，他解释说，这次地震中房屋之所以损坏严重，倒塌房屋呈现出这样的倒塌特点，很有可能是因为当地的房屋安全标准偏低，建筑单位在施工过程中偷工减料，因此出现了大量房屋不堪一击的现象，即使没有这样强烈的地震发生，楼房的倒塌几乎也是迟早的事情，而这种垮塌方式让被埋人员的存活概率变得很小，也给救援工作带来很大难度。

在废墟上，搜救队员们要先用液压钳把纵横交错的钢筋一根根剪断，随后其他的队员进入废墟深处，操作各式各样的探测仪器，仔细检查每一处缝隙，捕捉废墟下可能出现的任何一点生命迹象。虽然气温很高，但队员们还必须穿上厚厚的隔离服，带着防毒面具。工作结束时，他们已经水淋淋的像洗了澡一样。看到这样的情景，在场的人都感到特别的心疼和担忧，担心我们的队员会中暑昏倒。

经过一整天的持续搜索，队员们先后在不同地方的废墟下发现了四具遗体。此时的遇难者遗体早已经是血肉模糊、肢体残缺、气味熏人，队员们小心翼翼地把遗体装入专用的口袋，从倒塌的楼板下运到地面。

傍晚时分，这一处的搜救工作结束了。一直在救援现场围观的当地民众纷纷向中国队员们表达他们的感谢和钦佩之情。有人把鲜花送到了中国救援队的基地，还有人给队员们送来了蔬菜、水果甚至是自己家里的鸡蛋。

找寻罹难的同胞

救援队的另一个工作现场是我国援建企业的一个基地。现在这个基地已经化作一片废墟，曾经长期在这里工作的几位中国同胞就被埋在这片废墟之下。救援队判断，他们已经没有了任何生存的可能。

在这场地震中，有9名中国工程技术人员和职工不幸遇难。他们都是中建总公司八局的管理人员。地震发生时，他们因居住的六层宿舍楼倒塌而被埋，因此伤亡惨重。除了9位遇难的同胞，还有10多名员工受伤。这些受伤人员很快被接回中建总公司的驻地进行抢救治疗。

一位侥幸逃生的员工告诉我们说，当时，他从晃动的房间中冲出来，想跑下楼梯逃生，但强烈的晃动让他无法站稳，眼睁睁看着楼梯就在前面不远的地方却怎么也迈不开腿。他惊恐万分，感觉末日就在眼前，死神已经向他冲来。突然，脚下又是一阵强烈的震颤，巨大的作用力猛地把他从二楼楼道的窗口中甩了出去，后来他就什么都不知道了。当他清醒过来时，已经躺在了床上，几个中国同事围着他，正在呼唤他的名字。后来他才知道，他们住的楼房已经在地震中夷为平地，几位和他住在同一栋楼里的同事已经与他阴阳两隔，只有他幸运地死里逃生。而就在前一天晚上，他们还在一起吃饭喝酒，还热闹地谈天说地。给我们讲述的时候，这位大难不死的员工不住地流下热泪，声音颤抖着，一副惊魂未定的样子。

对遇难中国同胞的搜救也是中国国际救援队在阿尔及利亚灾区参与救援工作的重点内容。塌楼现场已经是一片废墟，砖头瓦砾、钢筋水泥密密麻麻地叠落在一起，根本看不出来这里原来是个六层楼房。距离废墟还有一段距离时，浓烈的尸臭味已经随风飘来，让人们的胃里翻江倒海，无法呼吸。但搜救队员们丝毫没有做出任何的异常反应，下了车，他们拿上各自的工具仪器就默默地踏上了废墟。而我们这些记者和围观的当地民众则在划定的警戒线外，选择了一块废墟的高坡远远观望。在烈日的暴晒下，搜救工作看起来十分艰难，队员们要在废墟上小心翼翼地来回行走查看，找寻可能掩埋在下面的遗体。

在一处断裂的水泥板下，队员们发现了一具遗体。几位队员立即围拢过去，用专用工具剪断纵横交错的钢筋，将水泥块一块块挪开。将近一个小时的工夫，遇难者的遗体完全暴露出来。但由于遭受了楼板的挤压，又经过了连续几天的高温天气，尸体已经残破不全，队员们在清理的时候花费了很大的力气，有时候他们不得不用铁锹铲起已经高度腐烂的人体组织和浓黑的液体，然后放入旁边的塑料裹尸袋里。

就在搜救工作进行中，一次规模不小的余震发生了。当时，只听得一声闷响，脚下随之颤抖起来，四周废墟上的砖头瓦块随之哗哗掉落下来。惊恐之下，我们和围观的民众轰的一声四散跑开。但惊魂过后，我发现搜救队员们依然专心致志地在废墟上工作着。见此情景，很多人朝队员们竖起了大拇指。

几天后，9位遇难同胞的遗体被安葬在阿尔及尔东郊的艾尔亚公墓，永远地长眠在了他们曾经工作过的地方，长眠在了这个离家乡万里之遥的非洲大地上。9位同胞所属的中建总公司八局的同事、中国驻阿尔及利亚大使王旺生和很多使馆工作人员，都出席了在墓地前举行的追悼会。哀乐声中，9具棺椁带着一束束鲜花，带着同胞们无尽的思念，缓缓抬入墓穴。

中国驻阿尔及利亚大使王旺生向我们介绍说，阿尔及利亚多年来都是我国在非洲地区开展国际经济合作业务的重点国家，也是我国在非洲从事工程承包、劳务合作人员最多的国家。当时，在阿尔及利亚的中国公民多达8000人左右。在这次地震中，除了中建总公司的员工出现严重的伤亡情况外，其他中国公民都平安无恙，这是不幸中的万幸。而且，当地有很多中国企业设计建造的住宅楼，这些成片的楼群都经受住了地震的考验，没有任何一座建筑倒塌，显示出中国建筑企业强大的实力和中国设计施工人员高度的责任心。这让以中建公司为主的建筑承包商和中国的施工队伍颇感自豪，当地的政府官员和居民也对此赞叹不已。在那样一个特殊的时刻，看着中国人承建的楼群巍然屹立，而四周其他的房屋却摧枯拉朽一般纷纷垮塌，身为置身现场的中国记者，我们都觉得脸上有光。

三十秒生死体验

结束了在地震现场的采访之后，我们回到了首都阿尔及尔，这里距离震中只有100多公里，也遭受了很大的损失。我们下榻在市中心的希尔顿酒店。这个酒店在当地算得上是最好的了，但现在也是一副残破的样子，院子里四处是倒塌的广告牌、破碎的玻璃，主楼的墙体上还有不小的裂缝。但这里好歹还能接待客人，而周围一些饭店已经在地震发生后关门谢客了。入住的当天晚上，我们就经历了一次余震，现在回忆起来仍心有余悸。

地震发生后，强烈的余震持续不断。为此我们已经有所准备，在饭店的卫生间里放上了应急用的矿泉水、饼干和照明设备。因为我们住在16层，一旦有地震发生，电梯停用，我们要想跑下楼去避险肯定是来不及的，只能躲在房间里等待救援，而这些东西就会成为我们置身废墟下，等待救援时的必备之物。

那天夜里，整个大楼忽然一阵剧烈的抖动，房间的窗户哗哗作响，吊灯来回摇摆。地震了！我打算起身向外跑，身体却来回摇摆不听使唤。好不容易跑到门边，却发现房门无论如何也打不开。情急之下，我跑到卫生间里，据说这里因为管道多，支撑能力强，待在这里也许能躲过一劫，保住性命。我站在卫生间的马桶旁，感受着脚下的震颤，眼看着摆在地上的矿泉水瓶在抖动，耳边响起隆隆的声音，像万马奔腾一般。当时的感觉就像被押赴刑场的犯人，在等待那一声枪响的到来。还好，大约30秒钟之后，风平浪静，一切安然，只是头晕得不行。而当时经历的那30秒钟却感觉是极其漫长。

余震过后，我马上拿起电话，给中国驻阿尔及利亚大使馆打电话。因为使馆对我们的安危特别关心，要求我们每隔两小时来一次电话，以确信我们平安无事。如果我们过了规定的时间没有与使馆联系，那里的同志们就会知道我们可能发生了意外，他们会采取相应的措施。此时此刻，他们一定在挂念着我们的安危。

危机中的中国大使馆

地震发生的那几天，我国驻阿尔及利亚大使馆也损失惨重。不少馆舍变成了危房。使馆的电报室设在二楼，因为特殊的工作需要，电报室的墙壁内建有金属夹层，用来屏蔽无线电信号，因此整个房间就像扣上了一个巨大的金属罩，特别的厚重。地震中，电报室下面的房间不堪重负，濒临垮塌。但因为这里是唯一能收发密码电报的地方，工作人员每天还要冒险坚守在这里，与国内联系，收发电文。大使本人的房间也在电报室下面，因为涉及保密工作，他不能离开办公室，地震发生后，他把职工们都安排到使馆院内的帐篷中办公，而自己却一直在楼房中坚守着岗位，那种将生死置之度外的精神不但感动了馆内的职工，更感动了我们这些记者。地震那几天，阿尔及尔也是余震不断，所有的人都为在楼内坚守的同志们捏着一把汗。

由于使馆办公楼的楼门在地震中毁坏倒塌，以前严密的安保措施变得不堪一击，为确保重要文件在意外情况下万无一失，使馆在派出馆员彻夜轮流把守外，还把两条看家护院的大狼狗拴在进出大楼的通道处，让它们24小时站岗放哨。这样的措施一点都不为过。因为阿尔及利亚多年来宗教、种族纠纷不断，社会矛盾尖锐，治安并不太好。在使馆的院子里，我们见到了一辆有防弹功能的奔驰轿车。这是我国驻外使馆中极少见的防弹车，它无言地向人们发出要时刻小心谨慎的警示。再赶上这样一个特殊的危急时刻，使馆上下自然会高度戒备。

当时，阿尔及利亚的通信设施在地震中遭到严重损坏，尤其最初几日，对外联络已经完全中断，我们每天如何向国内发回新闻稿件就成了大问题。最后，我们还是只能向使馆求助。在取得使馆领导同意后，我们每天需要发稿时，都要在使馆的电报室门口，将新闻稿件递交给使馆电报员，由他通过明码电报的形式拍发出去。使馆有严格的保密制度，自己的馆员也不是谁都可以随意进出电报室的，我们更不能违反规定。每到这个时候，门口的那两条大狼狗就成了我们最难逾越的关口。灾难当前，我们和使馆同志们很快就成了患难之交，但这两条大狗却对我们这两位陌生人六亲不认，每次没有使馆工作人员的陪伴，我们是万万不能从它们眼皮底下进入大楼的。

大地震惊动了我国外交部。远在北京的外交部迅速启动了应急机制，采购了大批物资运送到了阿尔及尔的中国大使馆。很快使馆工作人员就在院子里搭建起多个帐篷，这场景让我想起了唐山大地震的时候，遍地都是抗震棚的北京街头。

归国专机遭遇尴尬

5月29日,联合国救援组织通报称,废墟内已不可能有人生还,各国救援队承担搜救幸存者的使命已经完成。当天下午5时,中国救援队在完成阿尔及利亚地震灾区的救援工作后,乘专机离开阿尔及尔回国。

在中国救援队离开驻地启程奔赴机场时,很多当地居民都前来送行,他们依依不舍地站在车队旁边,向远去的队员们挥手致意,还不断地高呼着"中国!中国万岁!"王旺生大使和使馆其他工作人员、中建总公司的负责人以及阿尔及利亚的部分政府官员到机场欢送中国救援队。几位在地震中受伤的中建员工也搭乘专机回国接受治疗。

但是,就在中国国际救援队完成在阿拉及利亚地震灾区的救援任务,准备搭乘中国政府专机返回祖国时,机场上出现了不太和谐的一幕。一些中国建筑工人围住了专机,不让专机离开。这些工人穿着破旧的衣衫,身上满是灰尘,他们的脸被非洲强烈的阳光晒得黝黑,他们不停地用手抹去脸上淌下的汗水,那双手强壮有力,却粗糙得像打磨家具用的砂纸。经过询问,我们得知,原来是承包商没有如约支付足额的工资给他们,他们在异国他乡的艰苦环境下,辛苦工作了一年,原本就是为了能多挣几个钱,却不料被拖欠了不少工资。他们几次找负责人讨要工资,但问题却始终没有得到圆满解决。于是,他们想出了阻拦专机这样一个极端的办法,希望能以此引起更多人的重视,向承包商施压。后来我们又向承包商了解此事,他们也有自己的说法,也有一肚子的苦水。我们始终也没有搞清楚孰是孰非,不知道谁更有道理,但在那样一个场合,看到这样一番情景,我们还是十分同情这些建筑工人。看起来,为了能多挣一点钱养家糊口,在异国他乡,他们干得好辛苦啊。

　　我国驻阿尔及利亚使馆经商处的官员及时赶到了现场。他们站在高处，一番激情演讲，对工人们动之以情，晓之以理，劝说大家要顾全大局，有问题回到家中，坐下来解决，并承诺一定要让问题得到圆满解决。工人们虽然一直表示说，拿不到钱绝不收兵，不会放行飞机，但看得出来，大家还是知道深浅的，并没有在那里死缠烂打，在使馆工作人员的劝说下他们很快撤离了。专机离开后，我们也撤回了在开罗的大本营。不知道这些工人后来有没有拿到工资。真心希望他们能如愿以偿。

第十二章

土耳其：连遭强震

我在埃及记者站工作了5年多，其间曾多次前往周边的国家进行采访报道。北到土耳其，东到伊朗，南到南非、乌干达等非洲国家，覆盖了从亚洲西部到整个非洲大陆的众多国家，以至于我们护照上的签证页很快就用完了，不得不通过我国驻埃及使馆，在护照上做加页，也就是在护照上再粘上几张纸，供办理签证时盖章用。现在把这本过期的旧护照拿在手里，感觉像一本小书一样厚重，它已经成为我驻外工作的一个见证。

在中央电视台驻埃及记者站工作期间，我们第一次从埃及大本营出发去驻地以外的另一个国家采访，就是土耳其。那时候，我们抵达埃及才两个月，当地的情况还不是很熟悉，甚至人还寄住在旅馆里，自己的办公室和住房还在寻找的过程中。但这时候，报道任务来了，我们紧急出动。

1999年11月中旬，土耳其西北部的迪兹杰地区发生强烈地

城市成为废墟

灾区救援工作困难重重

土耳其强震后部分楼房整体倒塌,看起来房子很结实,地基却不够牢固

第十二章

土耳其:连遭强震

震,伤亡情况惨重。当天,我们接到台里的通知,要求我们以最快的速度,尽快赶到土耳其地震灾区进行报道。放下电话,我们立即行动起来,分头办理各种手续,准备采访设备和行李,同时就近找到一家国际旅行社预订飞往土耳其的机票。那时候网络还不发达,不能像现在这样随时随地在网络上自助订票。十几个小时后,我们乘班机赶到了土耳其最大的城市伊斯坦布尔。最让我们庆幸的是,我们手持的中国公务护照,在土耳其是免签的,这为我们及时赶到灾区带来了极大的便利,争取到了宝贵的时间。

在伊斯坦布尔机场,我们一下飞机就叫上出租车,连夜奔往300多公里外的地震灾区现场。第二天早上,天刚蒙蒙亮,我们赶到了灾区,看到了触目惊心、令人难过的灾难场面。

土耳其这次强震的震中位于距离首都安卡拉约200公里的博卢省迪兹杰城。地震是在前一天下午的3点左右发生的。土耳其西北部地区一直都是地震多发地带,就在三个月前,这一带刚刚发生过一次强烈地震。那次地震夺去了15000多人的生命。当救灾工作还在进行,人们还没有从悲痛和痛苦中缓过来时,灾难却又一次降临。11月12日,土耳其西北部发生里氏7.2级强烈地震,几小时之内,已经造成至少321人死亡,2000多人受伤。由于不少居民被埋在倒塌楼房的废墟里,所以当时土耳其官方估计,人员伤亡数字还会进一步增加。一周以后的11月19日,土耳其地震危机中心通报称,土耳其西北部地区12日晚发生的地震已造成675人死亡,4794人受伤。此外,地震还造成750栋建筑物倒塌。

这次灾难距离8月份造成近一万人死亡的地震不到三个月,这让全世界为之震惊,为之痛心。土耳其当地媒体对于三个月内接连两次发生的大地震表示出无尽的悲痛和无奈,有的报纸写道:"当人们还在忙着包扎8月地震的伤口之时,我们的家园却遭受了又一次地震的蹂躏。"还有的报纸写上了这样的通栏标题:"真主啊,请帮帮我们吧!"

地震发生后,时任中国国家主席江泽民致电土耳其总统苏莱曼·德米雷尔,对土耳其发生强烈地震并造成严重人员和财产损失表示深切慰问。江泽民主席代表中国政府和人民对土耳其人民表示深切的同情和诚挚的慰问。

我们是从机场狂奔了五六个小时后赶到灾区的。一路上,为了赶时间,我们顾不上吃饭,只在加油站加油时买了点矿泉水备用。靠近灾区时,我们发现道路已经被封锁,路中间放置了水泥路障,持枪的军人站在道路中央,盘查过往车辆,除了救护车和运送物资的车辆,其他车辆基本上难以通行。虽然经过软磨硬泡,我们终于获准可以进入灾区,但还是耽误了不少的时间。继续前行不久,又遇到一段被封锁的道路,原来,地震造成了这里公路塌陷,原本好端端的公路上出现了一个很大的坑,我们只能开下公路,从旁边泥泞坎坷的小道上绕行过去。

在灾区,我们看到,整座城市基本上已经在地震中被夷为平地,进入城市中心区域的道路中断,因为一些楼房就倒在了公路上。地震刚刚发生不久,所有的力量都在全力搜救被困废墟下的人员,还顾不上清理道路。道路两旁,有些倒下的楼房已成一片废墟,砖块瓦砾叠在一起,也有几座五六层高的楼房齐刷刷倒下后,楼体结构竟然能保留完整,只是门窗玻璃全都破碎不见了,似乎只要把它们重新竖起扶正后就能继续使用。看来这几栋建筑的质量是相当的高。有些建筑在地震中着起了大火,我们赶到时还在冒着浓浓的黑烟。我们是徒步走了很长一段距离进入城市中心区的,一路上我们看到,虽然是凌晨时分,但街道四周聚集了不少的居民。他们为躲避随时可能发生的余震,成群结伙地涌向街头,不少人都裹着毯子,在寒风中瑟瑟发抖。还有些人相拥在一起相互取暖御寒。废墟之上,是他们燃起的一片片取暖用的火堆。

第十二章
土耳其:连遭强震

地震发生后，土耳其政府迅速派出了众多的救援队伍奔赴震中地区，抢救被埋在废墟里的居民。这些救援人员在一天的时间里就救出了14名被困人员。我们到达时，灾区的搜救工作正在紧张进行中。搜救人员很多，几乎遍布于每一座倒塌的建筑。从他们的服装上判断，参与搜救的有消防人员，有警察，也有一些人看起来像是遇难人员的亲朋家属。一部分土耳其军人也参与到救援中，更多的军人则是在一旁持枪警戒。这些人在一起紧张地忙碌着，一言不发，用双手传递着砖块瓦砾，在破碎的楼板下搜寻可能存在的生命。每个人都戴着口罩，身上覆盖着一层厚厚的灰尘。也许是因为连续奋战了一整夜，有些人看起来相当的疲惫，但为了和死神争夺时间，他们还在片刻不停地忙碌着。我们本来想对他们进行采访，但看到这样的情景，实在是不忍心打扰他们，给他们带来任何额外的负担。我们甚至想上去，加入到他们当中，帮他们传递一块碎石，换取他们片刻的歇息。最后我们只能在远处拍摄他们紧张的搜救过程。

由于城内的电力供应已经全部中断，各个倒塌楼房的救援现场都是漆黑一片。搜救人员在废墟上工作时，都要在旁边点上火堆，或者打开汽车上的大灯来照明。在一处倒塌的楼房前，我们看到几个人正在紧张地清理废墟上的石块，还有人不时地用手电筒向废墟下面照射。几个人在悄悄地耳语着，似乎在商量着什么方案。一只看起来像搜救犬的小狗趴在废墟上，紧张地吐着舌头，一派紧张的气氛。我们打开摄像机上的照明灯，悄悄地凑上去，打算拍摄这样一个救援画面。一位救援人员好像做了个手势让我们离开，但因为天光很暗，我们没有看清，继续向前靠拢。突然，有人向我们扔了一块很大的石块，石块重重地落在脚下，发出一声闷响，把我们着实吓了一跳。原来，搜救人员在这里发现了一名幸存者，正在仔细地辨别这位幸存者的确切位置，准备展开救援。我们的到来干扰了他们的工作，让他们无比愤怒。救人要紧，我们赶紧又悄无声息地退回到远处。当天下午，我们又赶回到这里，希望能拍摄到救援成功、被困人员获救的场面。但废墟上静悄悄的，救援人员都不见了，不知道他们的搜救工作是否成功了。

11月中旬的土耳其北部已经进入了冬季，震中地区的气温已经降到了摄氏零度以下，御寒保暖成了灾区的大问题。一些机构向灾区运来了毛毯、帐篷、药品等紧急救援物资。在城市的中心区，已经搭建起了几个巨大的帐篷，里面堆满了各种救灾物资，帐篷外是堆积成小山一样的瓶装饮用水，持枪的军人守卫在帐篷四周，帐篷前，一些志愿者在搬运和登记不断运来的物资，准备天亮后分发给灾区的居民。

距此不远的地方，大批的土耳其士兵正在紧张地架设帐篷，准备收留因房屋倒塌无家可归的人，让他们免遭寒冷天气的折磨。后来我们了解到，一周之内，土耳其政府机构、红新月会就向震中地区发放了1万多顶帐篷、26万多条毯子和大量的生活必需品。土耳其政府已经向国际社会发出了呼吁，请求援助更多的救援物资和志愿人员。呼吁很快就得到了许多国家的积极响应。我们抵达伊斯坦布尔机场时，就看到了四五支分别来自奥地利、法国和英国等国的救援队伍正在整装待发，开往救灾一线。而眼下，当我们到达灾区时，这些国际救援队伍也已经在灾区展开了紧张的救援工作。

在城市中心区域，有一座属于政府的公立医院。医院一新一旧的两栋大楼在前不久的那次地震中已经遭受了严重破坏，但还矗立在那里。而这次灾难再度降临，旧的医务大楼再也没能坚持住，在几秒钟之内就彻底垮塌了，那座新一些的大楼也成了危楼，墙壁上非常夸张地出现了几道巨大的裂纹。但医院并没有关门，而是在院子里搭起帐篷，抢救那些在地震中受伤的人员。那几天，灾区余震不断，而为了及时抢救伤员的生命，医务人员和当地居民组成人链，从大楼里把各种医疗设备和药品不断地传递出来，交给帐篷中正在紧张诊断治疗的医生护士们。

在医院大门口，我们被告知，因为属于医疗重地，记者不能进入里面。我们当然不能给紧张的救治工作带来干扰，毫无条件地服从了医院的规定，只在大门外向里面眺望，感受那里紧张忙碌的气氛。晚上，我们在电视上看到，这里的医务人员正忙碌着在户外给伤者动手术，止血、包扎，争分夺秒地抢救生命。缺少照明设备，夜间工作的医生们只好利用医院自备的发电机发电照明，而在医院大院里的草坪上，还有数十名在地震中受伤的人员躺在那里等待接受治疗，有的伤员在痛苦地呻吟着，有的还处在昏迷的状态。大灾面前，医院无法接纳如此多的伤员，很多重伤者被转移到了首都安卡拉和其他邻近城市的医院里。在灾区采访的那两天里，我们总是能见到救护车拉着警笛，呼啸着从身边疾驰而过。每逢这时候，我们都要早早地躲闪到路边，生怕耽误一分一秒的抢救时间。

这次的报道工作进行得十分艰难和辛苦。强烈的地震导致灾区供电中断，不少地方的电话线路也中断了，我们的采访联络都十分吃力，要想把节目及时传送回北京就更加困难。有几次，稿件的写作和画面的剪辑甚至是在颠簸的出租车上完成的。下车时，我们一个个都是头晕眼花的。

土耳其新闻部在地震灾区设立了一个临时机构。这里的工作人员告诉我们，前来灾区采访的有40多个国家的记者，但中国记者起早贪黑、深入废墟采访的工作态度给他们留下的印象最为深刻。土耳其电视台的记者把我们在现场采访工作的画面拍摄下来，并且还对我们进行了采访。回到伊斯坦布尔的那天晚上，我们在饭店的房间中打开电视机，居然还真的看到了对我们进行的采访报道，而且这个节目还先后在当地多个频道的新闻时段反复播出。几天来一直陪伴我们的出租车司机也对我们的工作态度大加赞赏，从灾区回到伊斯坦布尔，他执意把我们请到家中，吃了一顿传统的土耳其饭，喝了一杯典型的土耳其咖啡，这是到土耳其几天来，我吃得最香也是最多的一顿饭。虽然吃饭只用了一个小时左右的时间，但女主人的淳朴热情和家里小女儿的活泼可爱都给我们留下了深刻的印象。现在回忆起来，仿佛又看到他们灿烂的笑脸，又闻到那道土耳其餐的香味。

第十二章
土耳其：连遭强震

第十三章

叙利亚：一个古老国度的前世今生

近年来，有关叙利亚的新闻长时间占据着国际新闻的重要版面。这是因为发生在这个古老国度的惨烈内战。到2016年年初，旷日持久的叙利亚内战已经进入了第六个年头。3月中旬，美联社根据联合国有关机构和国际红十字会，对内战前5年叙利亚的人员和财产损失情况进行了统计。美联社在报道中称，叙利亚内战5年已经造成25万人死亡，数百万人受伤，而此时的战争依然看不到有任何停止的迹象。美联社称，这是最保守的统计数据，其他一些渠道的统计数字还要比这高出许多。叙利亚战前2300万人口中，将近一半的人因战火而背井离乡，失去了家园。其中有480万叙利亚人流散到了国外，很多人跑到了周边的约旦、土耳其、伊拉克等邻国，也有不少人千辛万苦避难到了欧洲。与此同时，叙利亚境内的众多历史文化遗址，那些在联合国教科文组织名下的世界文化遗产基本上被摧毁殆尽。

这真是一组让人心痛、让人流泪的统计数字。这样一个有着古老文明的国家，就这样被战争撕裂，而且是自家兄弟，同室操戈。

十多年前，我作为中央电视台驻中东地区的记者，曾经从驻地所在的埃及首

哀悼哈菲兹·阿萨德总统去世期间的大马士革街头,已故总统的画像和楼房一般巨大

遍布大马士革街头的卖水人衣着华丽、热情善谈,是城市里的一大特色

都开罗来到大马士革和其他一些叙利亚城市进行采访报道。那里淳朴的人民，悠久的文化，都给我留下了深刻的印象，十多年后，当我打开电视机，看到昔日安静祥和的叙利亚整日炮火连天，满目疮痍时，不由感叹道，难道这就是中东地区人民的宿命？难道他们的日子注定要与战火和流血相伴？

沙漠遇险，叙利亚司机出手相助

一次意外事故，让我第一次见到了叙利亚人，并从此让我对叙利亚人民有了深深的好感。

2000年初夏的一天，我和我的同事梁玉珍大姐从巴以地区采访回来。为赶时间尽快发稿，我们决定从以色列—埃及边境开车穿越西奈半岛的浩瀚沙漠，连夜赶回驻地开罗。现在回想起来，当时的这个想法实在有些大胆、有些冒险。坐在车里，抬头望，沙漠的夜空繁星点点，一碧如洗。往前看时，却只能见天地四合，漆黑一片，没有一丝亮光。我们打开了车上的远光灯，但暗夜无边，灯光仿佛被吞噬了，没有反射回来一丝光亮，透过车窗玻璃，我们只能看到路前方的一小段路途，能看到沙漠公路上被大风吹上路面的流沙。我们有些担心，甚至有点恐慌，但脚下的油门却没有丝毫的松弛，因为我们别无选择，只能向着沙漠的深处高速冲进去。如果一切顺利，明天一早我们就能赶到开罗，通过那里的专门设备，把费尽心思采访到的节目送上卫星，按时传送回北京。在欧洲上空，在距离地面几百公里的地方，某一颗属于国际卫星组织的通信卫星已经做好了准备，几个小时后，会在我们约定的时刻将它的转发器打开10分钟，专门用来把我们制作的电视节目信号传输到北京的卫星地面站，然后转发到中央电视台。那时候网络还没有今天这样发达便捷，还不能通过网络传输用于电视新闻的信号。

我们的汽车在沙漠中高速奔驰，时速接近170公里，像一颗从枪口射出的子弹。前方不远处，隐约可见是个拐弯的地方，路上散落的沙粒反射着车灯光。我们的车准备减速，但转眼间已经到了转弯处。刹车踏板已经重重地踩下去了，但沙粒上的汽车已经失去了控制，像一匹脱缰的马不管不顾地冲出了道路。道路外，是一块篮球大小的石头。

轰的一声巨响过后，汽车跟跄着停了下来。现在回想起来，这声巨响可能并不是汽车撞击石头的声音，而是车内安全气囊爆炸的响声。就在那一瞬间，汽车前排的六个安全气囊一起炸开了，车内瞬间弥漫起一片气囊爆炸后产生的雾气和碎片。汽车与石头相撞的那一刻，我的头和手臂狠狠地撞向了车门一侧的玻璃。当时我的反应是，完了，这下要把这条命搁在异国他乡的沙漠里了。万幸的是，车门上的气囊在百分之几秒的时间内炸开了，鼓起的气囊接住了我，把我从死亡线上又送了回来。我的同事梁玉珍大姐也有惊无险，安然无恙。还好，我们还都活着。这是事故发生之后我们的第一反应。这也是我有生以来第一次见识汽车安全气囊的神通，当然今后我是不想再有这种见识和经历了。

在这伸手不见五指的夜晚，在这样一个人迹罕至的大漠深处，我们的汽车抛锚了。惊魂未定，我们赶紧拿出手机打算求援。但可怕的是，沙漠之中，手机没有丝毫的信号。那个时候，我们的沮丧之情当然不用多说。

我们在黑暗中煎熬了一个多小时后，一辆满载货物的大卡车由远及近地驶了过来。我们的救星降临了。我们赶紧跳下车，到路边挥手求援。货车上下来了三个人，他们都是叙利亚人，正在运送一批货物到开罗去。这是我平生第一次见到叙利亚人，看起来他们的装束、长相和埃及人没有任何的差异，只是他们的口音略有不同。不过到最后我也没搞懂他们是怎么在埃及跑上运输的，要知道，叙利亚与埃及并不接壤，两国中间还隔着叙利亚的死对头以色列。

叙利亚司机简单了解了情况，就把我们拖上了公路。这时出乎意料的是，我们的汽车又启动了。于是我们跟在大货车后面，继续赶路。

没想到，行驶没有两公里，我们的车子又抛锚了，而且看来是彻底罢工了。我们尝试着关了发动机然后重新启动，但一切都无济于事，发动机已经拒绝工作了。我们只有眼睁睁看着前方的大货车渐行渐远，最后一点光亮也不见了。我们再一次绝望了，手足无措，不知道在这荒凉的沙漠中，在伸手不见五指的夜晚，该如何是好。

又过了差不多20分钟，前方再度有亮光出现，一辆大货车迎着我们驶来。不知道他们能否帮上我们，毕竟他们是开往相反的方向。我们正踌躇着，货车已经在我们身边停下。驾驶室里跳下来一个人，走近一看，竟然是刚才帮我们的叙利亚司机。我们喜出望外。原来，大货车开出一段时间后，察觉到跟在后面的车没了踪影。他们放心不下，就在路边等了一会儿，看我们还没有赶上来，就猜想到我们可能又遭遇了麻烦，于是他们掉头回来，一路查找，终于找到了我们。这回，他们把我们的车子用绳子拖在了货车的后面，一直拖着行驶了100多公里。终于，我们来到了加油站，加油站设在两条沙漠公路交错的路口，居然深更半夜的还有人在值守。我们在那里停下，借用人家办公室里的电话多方联系，终于有人答应会在天亮后赶来救助。于是我们依依不舍地和大货车司机互道珍重，握手告别。我们相互留下了联系方式。交谈中我们得知，其中一位司机的家就在首都大马士革。几个月后，我又接到报道任务，第一次来到叙利亚，来到大马士革。在那里，我曾经按照联系方式打电话给这位好心的司机，想去他家里探望，但最终没有联系上。

2011年叙利亚内战爆发后,我一直在默默地想,那位好心的司机,你和家人都平安吗,一切都好吗?

新总统临危受命

第一次来到叙利亚,是在2000年6月。那一年的6月10日,在中东举足轻重的叙利亚总统哈菲兹·阿萨德因心脏病突然发作而去世。当时他正在与黎巴嫩总统拉胡德通电话,交谈中,电话那一段突然间没了音信。13日,叙利亚为总统阿萨德举行了国葬。

哈菲兹·阿萨德担任叙利亚总统长达30年,是执政时间较长的阿拉伯领导人之一,是中东地区很多重大事件的亲历者和参与者,在中东地区有着巨大的影响力,也是中东和平进程中的关键人物之一。因此他的去世引起了全世界的关注。新的叙利亚领导人会带领这个国家走一条什么样的道路,会给中东和平进程带来什么样的变化?这些猜测和分析成为那几天国际媒体上的热门话题。

当时,我国国务委员司马义·艾买提作为中国政府特使,出席了阿萨德总统的葬礼。出席当日葬礼的还有埃及总统穆巴拉克,巴勒斯坦民族权力机构主席阿拉法特以及法国总统希拉克等国际风云人物。

接到台里的任务,我们迅速从开罗出发,赶往大马士革。其实,就在前一天,我们还在黎巴嫩进行采访报道,而黎巴嫩紧邻叙利亚,两国还有着特殊的密切关系。如果我们晚回来一天,也许就可以从贝鲁特开车直接过去,几个小时就可以赶到大马士革。

当我们匆匆赶到大马士革时,看到整座城市已经完全笼罩在悲痛之中。叙利亚政府已经宣布了40天的哀悼期,政府机关的办公大楼和市中心的高大建筑上,都大面积地用黑布包裹着,显得庄重肃穆。一些大楼的外面还张贴着悬挂着阿萨德总统的巨幅画像。街道上四处都是缅怀已故总统的横幅标语。哀悼期间，大马士革城里很多商店都关门谢客。

13日一大早，葬礼开始。安放阿萨德灵柩的炮车从他的官邸出发，沿大马士革主要大街前往总统府人民宫。沿途成千上万的民众与他们已故的总统挥泪告别。街道上，一些接受我们采访的民众都表示，他们视已故总统为自己的生身父亲。很多人都是自己凑上来，主动要求接受采访，而且不少人都是边接受采访，边流下泪水。看来，尽管国际社会对阿萨德总统这位中东枭雄有着各自不同的看法，但广大叙利亚人民还是对他充满了感情。

那天，我们随国务委员司马义·艾买提的代表团，见到了已故阿萨德总统的接班人巴沙尔·阿萨德，一位当时看起来还有些稚嫩的年轻人。1965年出生的巴沙尔·阿萨德是哈菲兹·阿萨德的次子，因为哥哥不幸在车祸中遇难，立志成为眼科医生的巴沙尔临危受命，进入政界。当时，叙利亚执政的阿拉伯复兴社会党已决定推举巴沙尔为该党的总统候选人。为此，叙利亚还专门修改了宪法，将总统候选人年龄的下限由原来的40岁，按照未来总统的年龄，降低到了34岁，从而使巴沙尔有资格参选总统。这位年轻的眼科医生几乎是在一夜之间被推上了总统宝座，当然，统领这个国家的重任也突然间落在了这位年轻人的肩上。当时，毫无悬念、看似平稳的父子间的权力移交也出现过一点插曲。巴沙尔流亡在西班牙的亲叔叔发表讲话说，提名巴沙尔当总统是违反宪法的，然而，他的亲生儿子却站出来，公开表示支持自己的堂兄巴沙尔接任总统。一场危机就这样在萌芽状态被平息掉了。

一年半以后的2001年年底，我们随时任外交部部长唐家璇率领的代表团再度来到了叙利亚，也再一次见到了年轻的总统巴沙尔·阿萨德。与上次见面相比，此时的巴沙尔总统成熟老练了

第十三章

叙利亚：一个古老国度的前世今生

许多，也自信了许多。他对唐外长对叙利亚的正式访问表示热烈欢迎，还高度赞赏了中国在中东问题上一贯同情和支持阿拉伯国家的立场，并表示期待中国在中东和平进程中发挥更大的作用。巴沙尔总统甚至还提到，叙利亚人民钦佩中国的经济发展成就，赞赏中国政府所选择的有特色的发展模式，称叙利亚十分重视发展与中国的全面友好合作关系。这样有高度的话语，显然不是一个眼科医生当年所能表达出来的。

千年古城大马士革

这次的日程比较松快。利用工作的间隙，我们有机会参观了久负盛名的大马士革倭马亚大清真寺和萨拉丁墓。

倭马亚大清真寺始建于伊斯兰教创立早期的公元705年，是伊斯兰教的第四大圣寺，也是联合国教科文组织认定的世界文化遗产。现在，这里已经成为在叙利亚游览的首选名胜古迹。倭马亚大清真寺面积很大，走进清真寺的大门，眼前是一个宽敞的庭院，庭院的三面都是长长的走廊，走廊上雕刻着精美的宗教故事图案。庭院静悄悄的，院子里古色古香的建筑，陈旧的廊柱、房檐，仿佛一下子把时光拉回到了历史上那个著名的王朝——倭马亚王朝统治时期。

这座名气很大的清真寺其实最早是罗马帝国时代传下来的基督教堂——圣约翰大教堂。公元705年，倭马亚王朝的哈里发见到这座精美的教堂后，立即被吸引住了，他下令将教堂改造成伊斯兰教的清真寺，并用伊斯兰教的风格加以装点。于是就成就了后来著名的倭马亚大清真寺。庭院中,那些点缀着精细缀饰的走廊，到处折射出阿拉伯建筑艺术风格的特色。阿拉伯帝国当年的强盛，大马士革作为帝国首都的荣耀，都在这座精美辉煌的清真寺建筑中得以体现。高耸的宣礼塔，庄严肃穆的礼拜堂，无不给来访者留下深刻的印象。虽然这座清真寺历史上几经焚毁和重建，但最终还是在大马士革屹立了千年之久，它目睹了大马士革的千百年历史沧桑，也经历了千百年的风云变幻。

出倭马亚大清真寺向北，便是萨拉丁的墓地。著名的历史人物萨拉丁就长眠于这里。萨拉丁以反抗欧洲人的十字军东征而在历史上赫赫有名，是中世纪伊斯兰世界著名的军事家、政治家，他曾作为埃及苏丹，打败东征的十字军，夺回圣城耶路撒冷，萨拉丁因此成为埃及和整个阿拉伯世界的民族英雄。萨拉丁在与十字军的战争中夺取了叙利亚，大马士革就是他最喜爱的城市，在他的统治下，大马士革成为整个伊斯兰世界的中心。直到现在，关于萨拉丁的各种传说故事还在阿拉伯世界广为流传，有着就像岳飞、杨家将在我国人民心中那样的崇高地位。

倭马亚大清真寺外面是一个面积很大的市场，平日里一向熙熙攘攘。市场里，卖衣服的、卖水果的，各式各样的摊铺密密麻麻地挤在一起，还有人在制作出售传统的阿拉伯小吃，香味弥漫在市场中，让人禁不住直咽口水。正是傍晚时分，市场四周有不少咖啡店都坐满了客人，人们聚在这里喝着咖啡，吸着长长的阿拉伯水烟袋，悠闲自得。现在回想起来，这种时光真是很难得，不知道在激烈的内战冲突中，这样的情景是否还能见到？

有意思的是，在市场的道路旁，我们居然见到了几个摆地摊的中国人，他们蹲在地上，向每一个路过的人用阿拉伯语吆喝着，前面摆放着一些看起来很廉价的中国塑料制品，不时有一些逛市场的人猫下腰来，打听价格，然后把东西拿在手里审视着。我真是发自内心地佩服这些有经营头脑的中国商贩，也知道他们来这样一个并不富裕、购买力并不很强的国家做生意，一定会有很多不容易的地方。

第十三章

叙利亚：一个古老国度的前世今生

市场里，来回穿梭的是几位卖水的人。卖水人是大马士革的一大特色，这些人衣着艳丽，动作夸张，身上背着一个巨大的水罐，水罐里是添加了柠檬汁或者香料的水，客人用很少的钱就可以买上一杯，而杯子是所有人共享的，也并没有人介意。最重要的是，卖水人身上背的是个巨大的陶罐，虽然很沉重，却能让里面的水长时间地保持比较低的温度，因此很受当地人的欢迎。卖水人很是开朗善谈，我们借买水的机会，和他聊上了十几分钟，从他那里得到了关于大马士革历史和民俗的很多知识，以至于我们坚持要多付一些钱给他来报答他的热情，并且在最后与他和他的水罐合影留念。

也许是因为靠近市场，前面街道上的秩序有些杂乱。一辆运货的小货车要从横过马路的人群中强行穿过，警察吹响尖利的哨音，示意他停下来。但司机根本不予理睬，照样往前冲，就像根本没有看到警察，没有听到哨音一样。警察情急之下死死拽住了车子的反光镜，却被车子拖着，差点摔倒。

一天的时间里，我们领略了大马士革古老的文化，现代的生活，也购买了不少特色十足的纪念品，大有收获满满、恋恋不舍的感觉。

战略重地戈兰高地

第二天，在叙利亚外交部的安排下，我们集体乘车前往戈兰高地参观。

从1967年的那场战争打响之日开始，戈兰高地就开始成为热点，这个名词就不断地出现在世界各地的报纸和电视上，并且这个名词始终是与战争冲突和流血相联系。直到今天，战火虽然已经暂时停息，但戈兰高地的归属问题，仍然是阻碍阿拉伯国家和以色列之间实现和平的一个巨大障碍。

战后，戈兰高地一直是军事禁区，平时禁止人们往来于此。正是因为有了这样一个难得的机会，我终于有幸登上了这块被敌对双方反复争夺过的战略要地。站在这片饱经战火的土地上，我按捺不住内心的激动。在我刚刚开始蹒跚学步的时候，这里就遭受了战争的摧残，而当我的双脚踏上这片土地时，已经接近不惑之年，可战争的硝烟竟然在这里还没有散尽，曾经交战的双方依旧是剑拔弩张。看着眼前城市化为废墟、良田被弃置荒芜，我心中感到无比的难过。

人们通常所说的戈兰高地，主要是指原叙利亚西南部的库奈特拉省所在的一大片地区，面积大约为1860平方公里。因这里地势较高，平均海拔近千米，而当地人又习惯称这里为戈兰，于是就有了戈兰高地这个名字。

戈兰高地位于叙利亚、约旦、黎巴嫩和以色列四国交界的地方，又居高临下，谁占领了这片高地，谁就占据了地理位置上的巨大优势。因此戈兰高地战略地位十分重要，千百年来为兵家必争之地。而且，这里资源丰富，水源充足，土壤肥沃，气候条件也很好，农牧产品一向都比较丰富。这在到处是沙漠、始终为水资源短缺所困扰的中东地区，实在算得上是个难得的好地方了。战争爆发前，有50多万人生活在这里，安详而平静。可有谁会想得到，大自然虽然给予了这里特殊的恩赐，人类自己却不能尽情享用，没有好好珍惜，硬是把好端端的一块地方变得满目疮痍。

战略要地戈兰高地距离叙利亚首都大马士革不过区区60公里。从首都驱车出发，不到一个小时我们就来到了戈兰高地的"心脏地区"，原库奈特拉省省会城市库奈特拉市所在地。这里就是我们当天要参观的重点区域。这是一座建在山脚下的城市，四周不远处的几个山包上，以色列军队的哨所清晰可见，高倍望远镜、通信天线布满了哨所四周。置身在这里，你自然就会明白为什么以色列人至今不肯归还这些地方：在山包上，以色列士兵对这里的一举一动都能"明察秋毫"，而且屯兵山上，易守难攻。当时我还真有点担心，唯恐高地上的士兵把我当活靶子瞄准。眼下，大马士革的一切都暴露在以色列炮火的射程内，而如果叙利亚方面占据了这些不起眼的小山包，以色列腹地也同样能被叙利亚的炮火所覆盖。一旦战争再度爆发，拥有高地的任何一方军队，都可以居高临下，势如破竹，直逼对方首都。这一点，始终让叙利亚人寝食难安。

1967年的"六五战争"爆发后，以色列军队经过激战，最终占领了这座城市和周边的制高点。当时为避战火，数十万住在这里的居民举家逃亡到了大马士革等后方地区，留下的不到两万人。曾经十分繁荣的库奈特拉市一夜之间成了空城。1973年，这里又卷入了一次阿拉伯国家和以色列之间的战争，双方在这里展开了"二战"以来最大规模的坦克战。1974年6月，以色列军队将包括库奈特拉城在内的数百平方公里的土地归还叙利亚，但至今仍然占领着1200余平方公里的重要战略地点，包括山包上的那些哨所。最令人痛心的是，以色列军队在撤退前，将整个库奈特拉城用炸药、推土机夷为平地。这座城市已经在此存在了数百年，而摧毁它却只用了短短的几天。

站在库奈特拉城中心的一个土包上，放眼望去，你会感到自己的心在震颤、在滴血。这就是曾经辉煌过的一个省会城市吗？我宁愿认为这里其实是被火山灰埋没的庞贝古城，而不愿相信这是人类自己造的孽，是被战争毁掉的现代城市。在此之前，我曾经去过大地震后的土耳其，目睹了大自然给人类带来的巨大灾难。但在这里，你会发现，夺去了数千人生命的大地震也没能把一座城市毁灭得如此彻底，在地震中心地区，仍然有不少楼房矗立在那里。然而在库奈特拉，你见不到任何一座完整的建筑，一排排的街道、房屋，大多都被齐刷刷地铲平了，只剩下房顶完整地扣在地上。

通过当地官员的指点介绍，当年库奈特拉城的规模依稀可辨：这里应该是曾经的居民区、商业区，学校、商店的招牌就躺在废墟上面；前面就是以前的城市广场，还残存着喷水池的模样；广场旁边那一片瓦砾应该是清真寺所在的地方了。你还可以看出，一条条平整的柏油道路曾经贯穿城市中，并且交错成网，宽一些的道路中间还有种了花草植物的隔离带，只不过当初的鲜花嫩草已经被眼前的野草和荆棘所代替。整个城市里，除了很少几座东倒西歪、摇摇欲坠的建筑外，就只有遍地的瓦砾和茅草了。

眼前是库奈特拉城里最宽敞的一条道路，它的两侧应该是当时的中心地区了，这里有两座倒了一半的楼房，楼下似乎是一家卖水果或者是果汁的商店，残存的招牌上画着各种水果，而经过多少年的风吹日晒，画面的色彩已经难以辨别。商店的铝制卷帘门被拉下来一半，看来店主是在仓促中逃走的，而他这一走就是三十几年，再也没有回来过，而整个城市的历史也就被定格在了那一刻。

城市的外围可能在当时是富有人家的住宅区。现在还能依稀分辨出曾经有一座座的小别墅分散在起伏的山坡上，不过如今也都是趴在荒草丛中的一堆堆瓦砾，废墟上已经长满了蒿草。整个城市死一样的寂静，只有荒草在风中发出轻微的声音，像有人在废墟下抽泣。在废墟周围，我甚至听不到一声虫鸣鸟叫，如果不是有一群人围在左右，还真觉得有些恐怖，感觉眼前闪现的是火光、血色，耳边还有马嘶人喊，枪炮声在炸响……突然间，一只野狗不知从哪里蹿了出来，向我们这些不速之客狂吠，执意要把我们撵走。也许它就是这片废墟的主人了，容不得任何人打破这片属于它的宁静冷清的世界。

第十三章

叙利亚：一个古老国度的前世今生

在这里，最完整的建筑可能要数戈兰医院了。在这里，至少人们还可以判断出这曾经是一座三层的钢筋水泥建筑。如果不是墙体上密密麻麻像蜂窝一样的枪眼，你也许还可以把它想象为一座刚刚完成水泥浇注，尚未竣工的建筑物，整座残存的建筑上，诸如门窗一类的东西早已经荡然无存，更不用说里面的设施了。进入里面，我发现几乎每一面墙体上也都布满了枪眼，真不敢想象当时这里面究竟发生过什么，也许敌对双方的军队曾经在这座医院的大楼里发生过逐个房间的争夺战，或者是占领者在撤出之前在这里进行了彻底的破坏。据说这是当年整个库奈特拉省规模最大、设施最先进的一家医院，如今落到这个结局，怎能不让人唏嘘不已。

沿路再往前走，开车过去一两分钟，就是以色列人控制的地区了，路当中摆着障碍物，路外的土坡上，到处都插着标有地雷的提示牌，在这里，我们真是不敢越雷池一步了。旁边是一座铁塔，高高的塔尖上，飘扬着联合国的旗帜。铁塔上有一个观察哨，联合国维和部队的士兵正在警惕地观察着前方。在中东工作了几年，对这面旗帜实在是太熟悉了。我们经常在这片危机四伏、动荡不安的热点地区采访，总少不了要穿梭往来于敌对双方的领地，每当此时，见到这面旗帜，我充满不安甚至恐惧的心情就会有所缓和。烈日炎炎下，当你口干舌燥时，可以向那里的维和官兵要一杯冷饮；枪声乍响时，任何肤色的维和部队军人都会把防弹衣和钢盔借给你穿戴。部署在双方接触地区的联合国维和部队有效地减少了冲突，维护了和平。

当时，中东地区已经刮起和解之风。人们已经意识到，多年来你来我往兵戎相见，并不能根本性地解决争端，坐下来进行谈判成为新的潮流。在这样的大气候下，叙利亚和以色列方面也在国际社会的斡旋下，酝酿进行和平谈判。但谈判最大的障碍依旧还是来自于戈兰高地的归属问题。因为事关重大,双方在这个问题上都是寸步不让,似乎没有任何讨价还价的余地。因此双方的和谈也就搁置下来,敌对的状态一直持续了几天。我真诚期待双方能和平解决争端,不要继续刀兵相见,早一天让安详的生活和昔日的辉煌重返戈兰高地。

第十三章

叙利亚:一个古老国度的前世今生

第十四章

巴林：海湾小国突遇灾难

在流血冲突不断的中东地区，巴林是相对祥和平静的地方。这个只有100多万人口的海湾小国位于波斯湾的一个小岛上，远离周边那些相互敌对的前线国家，远离民族矛盾、教派冲突频发的是非之地。这里没有空袭，没有自杀式爆炸，相比之下，这里的民众就像生活在世外桃源一样（令人难过的是，几年后这个安静的小国也几次发生恐怖袭击事件，中东动荡局势殃及的范围又扩大了），而且当地百姓的日子也比较富庶，汩汩流淌的石油给这里带来了不尽的财富，一座20多公里长的跨海大桥把这里和海湾地区的第一大国沙特连接起来，每天各国游客通过大桥蜂拥来到巴林，首都麦纳麦的国际机场也是一个重要的国际航空枢纽，每天航班起降频发。

就在这个平时不为人所关注的小国，2000年8月23日，一场突如其来的灾难发生了。我们因而也再次从大本营开罗紧急出动，来到了这个在新闻报道中很少触及的海岛小国。

空中客车坠毁麦纳麦

2000年8月23日晚上,一架从埃及首都开罗飞往巴林首都麦纳麦的客机失事,坠毁在麦纳麦国际机场外不远处的海湾里。失事的飞机是海湾航空公司的GF072航班,是一架空中客车320飞机。飞机当天下午从开罗飞往巴林,几个小时的飞行一直顺利平稳,却不料在最后的降落过程中,在机场外不远处的波斯湾坠毁。飞机上135名乘客和8名机组人员全部罹难。罹难者当中,有3名中国同胞。

平时,我们比较注意和埃及政府机构及众多相关部门保持密切的沟通联系,因此消息来源比较多、比较快。失事的飞机是从开罗起飞的,因此灾难发生后不久,我们就得到了消息,并立即着手办理各种手续,准备尽早飞赴失事地点——巴林首都麦纳麦。虽然这是一次跨国的新闻报道,但埃及新闻部门、巴林驻开罗使馆都特事特办,十分配合。我们当夜就办好了相应的签证和采访设备进出海关的手续,随后驱车赶到200多公里外的另一座埃及城市亚历山大。第二天一早,这里将有一班飞机飞往麦纳麦,而这是从埃及到巴林的最早一个航班。

当天,刚刚从亚历山大机场起飞不久,我们乘坐的飞往麦纳麦的航班遭遇了强烈的不稳定气流,飞机剧烈摇摆,上下颠簸起伏。同行者当中,有几位埃及的年轻记者,飞机的上上下下让他们有些紧张,再联想到刚刚发生的空难,他们越发地担忧起来。平时乘飞机时,我也常常因为飞行的不稳定而紧张,但这次我却十分的坦然,我在心里暗想,我们的航班是无论如何也不会出现事故的,因为从概率上讲,同一航线上在一天之内接连发生事故的概率应该是接近于零。我把自己的想法告诉了那几位紧张的年轻记者,他们听了后果然觉得很有道理,于是乎放松了许多。

终于我们赶到了麦纳麦。而海湾航空公司派往埃及接运遇难者家属的专机又过了4个多小时才到达这里，这为我们的工作赢得了宝贵时间。两天后当我们离开这座悲情笼罩的城市时，已经先后向国内发回了11条新闻报道，而在这48个小时的时间里，我们更是身临其境地感受到了许许多多生离死别的人间悲剧。当时那些让人肝肠寸断的场面，至今还深深地刻印在脑海中。

因为飞机是坠毁在浅滩处，残骸肉眼可见，所以飞机的飞行记录仪和机舱录音器很快就找到了。美国的航空运输专家以及法国空中客车公司的人员也很快来到巴林协助调查。这次出事的海湾航空公司已经经营了40年，一向有着良好的飞行安全纪录。这次是海湾公司首次出现客机意外坠毁的事故，也是1988年空中客车A320型飞机投放市场以来最严重的空难事件。出事时，机场周边天气和能见度都很好，黑匣子的数据也表明，机上各项机械设备的运行状态一切正常。发生这样重大的灾难，实在让人觉得有些匪夷所思。

事后的鉴定结果显示，空难是由于飞行员操作失误造成的。飞行员在最后一次进行着陆尝试时飞行速度过快，高达每小时490千米，超过了降落时应有的最高限定速度。飞机在接近机场时，飞行员两次请求降落，但都没有降落成功，后来突然转向，最终在19点30分左右，栽入离跑道大约一千米远的海湾浅水中。

24日凌晨，巴林国王埃米尔在空难发生几个小时后发表电视讲话，宣布机上所有乘客和机组人员全部遇难，无一幸免。他宣布全国降半旗，停止所有娱乐，举哀三天。同时下令成立一个技术小组，全力调查这一悲惨事件发生的具体原因。当地报纸很快公布了遇难者名单，其中埃及人最多，三位中国人不幸名列其中。

空难发生后，巴林王储亲临现场指挥救援。正在国外休假的首相也中断休假，赶回国内参与救援指挥工作。巴林军方还派出了蛙人参与了救援工作。在事发现场的海岸边，可以看到大批的救护车往来穿梭，运送救援人员或者是遇难者的遗体，天上有三四架轰鸣盘旋的直升机，海面上，消防船、军舰和标有红十字的医疗救援船只围绕着出事地点紧张地展开救援和打捞工作。那几天，海湾地区烈日当头，天气晴朗无云，风力不大，海面波澜不惊。气候条件比较有利于打捞工作，而且，飞机坠落的地方离岸边不太远，水不太深，因此，打捞工作进展得比较顺利，很快，143具遇难者的遗体和飞机上的两个黑匣子都被打捞上来。事发的第二天上午，当我们赶到海岸边时，还能看到漂浮在水上的飞机残骸和众多散落在水面上的行李。而到了当天傍晚，当我们再次返回岸边的时候，原来密密麻麻的漂浮物就已经所剩无几了。

在机场时，一位海关官员告诉我们，有一名埃及人侥幸逃此一劫。这个人原打算乘此次班机前往巴林打工，但因没有出国工作的有效签证，在机场海关被海关官员拦下，最终未能登机成行。埃及当地媒体报道说，此人当时还因此在机场大闹一场。但殊不料，此人却因此捡回一命。据说此人事后两天依旧惊魂不定，他专程赶到机场，向当时那位海关官员致歉，并感谢他因工作认真负责而救了自己一命。

遇难者当中，还有一名美国驻巴林使馆的外交官。他从巴林来开罗取外交邮袋，然后乘此次航班返回巴林。美国国务院事后透露，这位外交官携带了高度机密敏感的文件。巴林是美国第五舰队的驻地，驻有大批的美国海军舰艇。坠机事件发生后，第五舰队出动大批舰船和人员协助搜索失事现场，打捞遇难者遗体和飞机残骸，参与水下搜索的包括多达26名的美国海军潜水员。美国海军第五舰队发言人说，美国潜水员的重要任务之一是搜寻遇难美国外交信使及其所携带的一袋重要外交文件。事发三天后，第五舰队对外宣称，美国海军潜水员已经在巴林岛附近浅水海域找到了在失事客机中丢失的外交邮袋，而且所有文件看起来完好无损。

因为适逢暑假，本次事故中有不少随父母外出旅游度假的儿童惨遭不幸。事件中，共有36名学生和幼儿遇难，其中最小的一名只有一岁多。举家全体遇难的也有不少，因此在海湾航空公司在事件发生次日公布的遇难者名单上，能够看到许多名字上都有相同的姓氏，这些家庭成员一起随着飞机的坠毁而罹难。在这当中，有一家四口人遇难的，也有的一家六口人遇难，最多的是一家九口人无一幸免。如此悲惨的遭遇，让很多人唏嘘不已。那天，我们在从麦纳麦国际机场乘出租车前往预定的饭店途中，出租车司机告诉我们，他的姐姐带着三个女儿到开罗去度假，没想到全家人在返家的路上竟然遭此不幸。

遇难者家属悲痛欲绝

为便于采访报道工作的开展，在首都麦纳麦，我们和大多数遇难者家属住在同一家饭店。这是当地最大的一家饭店，出事的海湾航空公司把从各个地方涌来的遇难者家属统一安置在这里，有关善后工作的会议也在这里召开。在这里，无论是大堂中，还是在电梯内，进进出出的人们都是表情悲哀凝重，毫无疑问，这是我本人多年来在外出差采访所住过的最令人伤痛欲绝的饭店。

在这家饭店的大堂里、庭院中，到处是三五成群的遇难者亲属，他们相互搀扶着、拥抱着、失声痛哭着。泪水在不同肤色的脸上奔流着，很多人的手里都拿着遇难亲人的照片，不敢相信，不愿相信，这就是他们不久前还在一起吃饭、一起看电视、一起谈笑的家人，他们难以接受的是，短暂的离别竟成一生的永诀。有不少人围在一起，泪眼模糊地看着亲人的照片，一遍遍地呼喊亲人的名字。一位几乎崩溃的男子对经过他面前的人不停地唠叨着："我老婆没了，她已经怀孕了，我儿子也没了，他才一岁半。"一名看起来只有10多岁的女孩一边痛哭，一边喊叫着："我亲爱的爸爸，怎么把我抛弃了，真主啊，让我跟你一块儿走吧。"所有路过的人，闻听孩子的哭诉声，无不动容。

所有打捞出来的遗体都在拍照后编了号码。饭店的一间工作室被腾出来，装订成册的遇难者照片摆放在这里，让家属们轮流前来辨认，然后按照号码前去停放尸体的地方认领尸体或者遗骸，办理善后手续。我们曾经陪同中国遇难者家属翻看了几页照片，但很快就不忍再看下去了，因为看了照片以后，你就能想象得到飞机在海面上坠毁的时候具有多么大的冲击力。在这些照片里，很少能见到完整的尸体。尽管有了思想准备，但前来辨认尸体的家属还是无比震惊，他们面对亲人的照片目瞪口呆，有的人甚至当场昏厥过去。有几位女士控制不住放声大哭起来，身边的男子强压着悲痛在一旁搀扶着她们，安慰着她们，然后他们的眼泪也不住地流淌下来。

面对如此惨痛的灾难，我们都倍感难过。但更让人感到悲痛的是，遇难的三位中国同胞是我们的女同行，她们都是新华社职工，而且也是新华社中东总分社的职工家属。三位家属原计划在巴林转机回国，不料在中途遭此一劫，不幸遇难。她们三位是相约来开罗探亲的，她们的丈夫都在位于埃及首都开罗的新华社中东总分社工作了很长时间，平时我们在采访工作中也经常能彼此见面。新华社中东总分社人多地方大，逢年过节之际，经常会作为东道主，邀请在开罗的其他几家中国媒体的记者加入他们的联欢庆祝活动，因此我们与总分社的工作人员都比较熟悉。那年夏天，几位家属结伴来开罗探望各自的亲人，给总分社增添了许多的热闹气氛。老王是分社年龄最大的记者，当时他还把前来探望的妻子女儿向我们做了介绍，并说他们刚刚沿着尼罗河乘船旅游了一趟。言谈之中，幸福之情溢于言表。

事发当晚，中国驻埃及使馆领导赶到新华社中东总分社看望了几位家属，并对他们表示哀悼和慰问。第二天上午，三名中国遇难者亲属和新华社中东总分社领导搭乘埃及赴巴林飞机处理善后事宜。中国驻巴林大使馆的负责同志专门到机场迎接中国遇难者家属。

在运送遇难者家属的飞机抵达麦纳麦机场前,我们和众多不同肤色、不同语言的各国记者早早就等候在机场的到达旅客出口处。在以往的各种采访中,记者们聚在一起等待要人出现前,经常会叽叽喳喳兴奋热烈地交流,但此时此刻,记者们都沉默不语,现场一片肃穆沉重的气氛。等待中,他们到了。远远的,只见众多遇难者家属在海湾航空公司乘务员的搀扶下,踉跄着、木然地步入机场大厅。他们当中有人坐着轮椅,有的双臂被人架着,有的人一路上都在失声痛哭,还不时地捶胸顿足。其他一些人则显得神情麻木迟钝,看得出来,他们是被痛失亲人的巨大悲哀所击倒,已经是欲哭无泪了。

人群中间,三位中国遇难者的家属在新华社中东总分社社长葛相文等同事的陪同搀扶下缓缓地走了过来,一夜之间,灾难性的变故让他们看起来苍老了许多,白发明显地增多了,人看上去也虚弱了许多。我们迎上去和他们握手,劝慰他们时,大家又相拥而泣,我们只能哽咽着对他们说句节哀顺变,就再也不知说什么才能安慰几位熟悉的朋友,也只能默默地握着他们的手或是拍拍他们的肩膀,然后帮他们拎起手中的行李,陪伴他们入住到饭店中。

按照安排,我们陪同新华社的同事三人一组到饭店指定地点辨认死者照片。这个过程进行的比较长,因为不少遇难者已经是面目全非,肢体残缺不全。进去辨认照片之前,有些人还在盼望着奇迹的出现,他们仍旧不敢相信自己的亲人就这样离去了,但残酷的现实将他们的最后一线希望击碎了。辨认死者照片的房间外,哭喊声、叫骂声、劝慰声一整天都不曾断过。紧挨新华社同事边上的,有一位看上去大约有七十来岁的阿拉伯老人,他的两眼已经哭得通红,浑身不停地颤抖,双唇哆嗦着说不出一句话来,旁边的人紧紧地抱着他的双肩，防止他从坐着的椅子上滑落，同时不停地轻声劝慰着老人。见此情景，在场的其他人也都流下了难过的泪水。

直到第二天晚上10点，中国遇难者的家属才辨认完自己亲人的照片。但他们一时仍然难以接受这个残酷的事实。他们站在大厅的角落里，无声地哭泣，还不时地在问：这是真的吗？真是太惨了，太惨了。我们在一旁轻声安慰着，但显然这一切都无济于事。看着他们悲痛欲绝的样子，我们的双眼也止不住流下泪水。

与遇难同胞的最后告别

巴林政府专门派来了内政大臣的法律顾问做联络员，负责协调三位中国遇难者的善后事宜。第三天一早，他陪同着我们一组中国人前去确认遇难者的遗体。在此之前，我们被告知遇难者的遗体存放在巴林最大的一家医院里。但是，到了现场我们才发现，原来停尸地点位于海边，是巴林一家港口冷藏货物用的巨大冷库。因为遇难人数多，医院摆放不下大量的尸体，才临时决定借用这座冷库。这里戒备森严，无关人员一概不得进入，更不允许记者进入和拍照。我们只能作为家属亲友进入冷库里面。

进入冷库之前，我们做了一些相应的准备工作。每个人都戴上了双层的口罩，有些人在两层口罩之间还涂抹了一层清凉油。为防止家属在见到亲人残缺的遗体时悲伤过度而发生意外，我们都是两三个人搀扶着一位遇难者家属，间隔着一定距离进入冷库中。

进入冷库大门，放眼望去，巨大的冷库中，原来储藏在这里的货物都不见了，地上搭起了一排排的木头支架，支架下是两层支撑用的砖块。地上淌着冰凉的水，能看出水中夹杂着污血，我猜想这可能是从尸体上融化的冰水。空气中弥漫着浓烈的气味，既有腐尸的味道，又有消毒水的味道，令人几乎窒息。尽管我们早有思想准备，但当走进那些铺在地上的木架时，仍然像触电一样被强烈地震慑到了。用惨不忍睹这个词来形容当时的情景，已经不足以描述。143具遗体分六排摆放在地上，每排之间仅仅留出不到一米宽的距离，人在其间走动，时不时地会碰到四周遗体的残骸。再看那些遗体，大多用深色塑料裹尸袋装起来，也有少数用的是雪白的袋子。一些袋子包裹不严，或者曾经被前来寻尸的亲属翻动过，遗骸就裸露在外面。这里的尸首大都面目全非，几乎没有一具是完整的，有堆放在一起的残缺肢体，有连着骨盆的两条大腿，有连着脊椎的头颅。有些遗体的面部惨白得像一张纸。写到这里时，当时那种极度难过、恐怖的情景又重现眼前，但在这里我不想更细致地描写下去了。所幸的是，我们的三位遇难同胞的遗体，相对来说还算是比较完整。看到亲人的遗体就这样躺在那里，想到她们和家人朋友已经是阴阳两隔，我们都失声痛哭，家属们更是悲痛欲绝，几乎要昏倒在地上，我们只好死死抱住他们，把他们搀扶起来。

那几天的气温很高，中午室外的温度更是高达四十多摄氏度，湿度也高达百分之九十左右，闷热相加，几乎使人窒息。大量的尸体停放在这里，尽管这里是冷库，安装了众多的空调设备，尸体四周也放置了许许多多的巨大冰块，但制冷效果并不明显，冰块不停地融化，满地都流淌着浑浊黏稠的污水。我们的鞋底浸透了，裤腿也浸湿了一大片。事后几天，我们还是会不断地用鼻子在身上各个地方嗅一嗅，总觉得有难闻的味道挥之不去。

回到驻地后，几位遇难者的丈夫一边抽泣，一边向我们回忆起他们和妻子家人在一起时的温馨片段，回忆起不久前他们在开罗机场道别时的情景。在他们的眼中，各自的妻子都是典型的贤妻良母，她们平时不但温柔贤惠，而且善理家务，孝敬老人，对孩子自然更是关爱有加。

年龄最大的老王告诉我们，他的妻子喜爱摄影，这次来开罗探亲拍摄了30卷照片（那时候数码相机还不常见），记录的全都是埃及风光和全家人在一起的温馨时刻。现在这些胶卷和妻子一起失去了，他多么希望能找回这些照片，留作永久的纪念。他还告诉我们，临分手前，女儿精心挑选了一件衣服让妈妈穿上。妈妈走后，女儿一直在独自默默地流泪，想念妈妈。

遇难家属里还有一位年轻一些的记者。因为心脏一直不大好，他的情况更让人担心。突然失去心爱的妻子，让他难以承受这样沉重的打击，初到巴林的那两天，他几次出现病情危重的情况，幸亏有几位同事朋友始终陪伴在他周围，及时看护劝慰，他的病情才转危为安。两天里，他一直不停地流泪，时而失声痛哭，时而抽泣，不停地重复着说，她去了，她去了，女儿还在家里等着她呢。他的女儿还不到四岁，正是需要妈妈的时候，而且再过几天就是女儿的生日了，可她的妈妈再也不能给她过生日了。

这一天是8月25日，正值周五，是穆斯林信众做礼拜的日子，巴林全国众多的清真寺都在为遇难者祈福祷告。

当天夜晚，我们和使馆官员、新华社中东总分社的同志一起，陪伴着三名中国遇难者家属，来到一处海滨共同凭吊遇难者。这里靠近飞机坠落的港湾，前方不远处的海面上，有三三两两的灯光在闪烁，那是还在灾难现场打捞遗物和残骸的搜救船只，远处，灯火比较集中的地方，就是麦纳麦国际机场，站在海边不时还能看到飞机在起降。尽管灾难发生了，但机场和城市很快就会恢复到平静的状态中，而逝去的亲人却再也无法相见。三位家属在大家的搀扶下，在海滩上与自己的亲人做最后的告别，我们一起向大海抛撒了鲜花，然后肃立默哀。亲人们，愿你们一路走好！